中公文庫

剣神　鬼を斬る

神夢想流林崎甚助３

岩室　忍

中央公論新社

目次

主要登場人物

林崎甚助重信　素戔嗚尊に神夢想流居合を授かり、父数馬の仇討を果たした後、廻国修行を続ける。

志我井　重信の母。願掛けの薬断ちにより死去。

深雪　重信の許嫁。

甚助勝信　重信と深雪の子。因幡守の近習。

高森伝左衛門　重信の伯父。

藤原義祐　熊野明神の祠官。

楚淳　祥雲寺の大和尚。

楯岡因幡守満英　楯岡城城主。

千谷の方　因幡守の奥方。

横山監物尚昌　家老で深雪の養父。

青木玄蕃　次席家老。

氏家左近　監物を支える重臣。東根道場の四天王の一人。

高木兵馬　監物を支える重臣。

松本掃部　監物を支える重臣。

西村隼人正　監物を支える重臣。

岩崎惣兵衛　楯岡城の筆頭家老。

東根刑部太夫　楯岡城の剣術師範。

寺山又五郎　厩衆。家中一の使い手で、重信の仇討に同行した。

阿部五郎八　東根道場の四天王の一人。

大石孫三郎　東根道場の四天王の一人。

柏倉宗兵衛　東根道場の四天王の一人。

小林忠左衛門　馬廻りを率いる。

西岡三郎太　因幡守の近習。

高尾喜平次　足軽大将。

覚浄坊・蓮覚坊・蒼覚坊　修験者。重信の弟子。

森藤左衛門　米沢城下の郷士。

森薫　藤左衛門の娘。重信の子、元信と幸信を産んで死去。

森惣太郎　薫の弟。祖父の名、栄左衛門を名乗る。

小川弥左衛門　薫の大叔父。会津赤井村で道場を構える。

最上義光　山形城城主。

氏家守棟　最上義光の家臣で謀略の天才。

江口五兵衛　義光の近習で最上軍の勇将。

延沢満延　八楯の猛将。

伊達藤次郎政宗　幼名、梵天丸。伊達輝宗の嫡男。

鬼庭左衛門綱元　政宗の重臣。

吉岡直賢　吉岡憲法の孫で吉岡道場の主。

疋田景兼　新陰流を開いた剣聖上泉伊勢守信綱の甥で高弟。

柳生石舟斎宗厳　柳生新陰流を開いた剣豪。

宝蔵院覚禅坊胤栄　宝蔵院院主。十文字鎌槍を考案した。

阿修羅坊胤鹿　宝蔵院で修行する大坊主。

丸目蔵人佐長恵　上泉伊勢守の高弟。肥後の剣客。

田宮平兵衛重正　重信の弟子。後の神夢想流二代目。

長野十郎左衛門業真　重信の弟子。後の神夢想流三代目。

北条氏政　北条家当主。

松田尾張守憲秀　北条家の重臣。

風間出羽守　風魔小太郎。北条家に仕える忍び・風魔の頭領。

風魔幻海　風魔の一人。鎖分銅を使う。

竜太郎　箱根の馬子の親方。

大野将監　将監鞍馬流を開いた剣客。重信を二代目に指名。

大西大吾　大野将監の弟子で将監鞍馬流の三代目に目される。

富田五郎左衛門勢源　一乗谷城下に道場を開く

盲目の剣豪。

鐘捲自斎　富田勢源の弟子。戸田一刀斎。

伊藤一刀斎　鐘捲自斎の弟子で一刀流の開祖。

古藤田勘解由左衛門俊直　一刀斎の弟子。

津田小次郎　富田道場の門弟。巌流。

新免無二斎　黒田官兵衛の家臣で当理流の開祖。

富田重政　勢源の甥。後の名人越後。

伝鬼坊　斎藤金平忠秀。塚原卜伝の弟子。

真壁氏幹　金砕棒を振るう「鬼真壁」。塚原卜伝の弟子。

師岡一羽　塚原卜伝の高弟で、一羽流開祖。

根岸兎角　一羽の弟子。

岩間小熊之介　一羽の弟子。

土子土呂助　一羽の弟子。

片山久安　神夢想流を伝授した岩国の片山松庵の甥。

中津川童鬼斎　楯岡でかつて勝負した宝蔵院流槍術の使い手。

高松良庵　重信の叔父。武蔵一ノ宮の社家。

阿国　出雲の巫女神楽で舞う巫女。

中村三右衛門　阿国の父で、出雲大社の鍛冶方。

勧修寺尹豊　紹可入道。天皇の信任厚い「化け物公家」。

剣神　鬼を斬る

神夢想流林崎甚助3

一章　山河あり

箱根の竜太郎

天正七年（一五七九）六月、重信《しげのぶ》は風魔《ふうま》の幻海《げんかい》と箱根山に向かっていた。

重信の廻国修行も十八年目になる。

幻海も重信と同じように、北条《ほうじょう》の風魔として諸国を旅してきた。

小田原城下には滅多に戻ってこない。戻って来ても風間《かざま》出羽守《でわのかみ》に報告するとすぐ旅に出る。

信玄《しんげん》も謙信《けんしん》も亡くなり、北条家としては今や天下人の信長《のぶなが》やその同盟者の家康《いえやす》の動き、甲斐《かい》の武田勝頼《たけだかつより》の動きなどに眼を光らせている。

その最前線にいるのが幻海たちだ。

前年の三月に越後《えちご》の上杉《うえすぎ》謙信が病に倒れた。

その三日後に急死すると越後の春日山城では、謙信が養子にした甥の景勝《かげかつ》と、人質から謙信の養子になっていた北条氏政《うじまさ》の弟景虎《かげとら》の家督争いが起きた。

北条軍は越後に侵攻して景虎を支援する。

ところが、景勝が氏政の妹を継室に迎えて甲相同盟《こうそうどうめい》を結んでいた武田勝頼に領地である北信濃の一部や、上野《こうずけ》の一部を割譲すると持ちかけると、勝頼は氏政を裏切り景勝の味方に回った。

そのため氏政の弟景虎は景勝との相続争いに敗れ、三ヶ月前の三月二十四日に自害した。これに氏政が激怒し甲相同盟は破棄される。

氏政は徳川《とくがわ》家康と同盟することになった。

乱世は利害と意地によって、敵味方が目まぐるしく変わる。昨日の味方は今日の敵ということだ。

氏政と家康は駿河《するが》にある武田領に猛攻をくわえる。

ところが、長篠で信長に完膚なきまでに叩き潰された武田軍は復活しつつあり、上野などでは勝頼の攻勢が続くようになっていた。

そこで氏政は翌年三月には信長に臣従したり、嫡男氏直《うじなお》の正室に家康の二女督姫《とくひめ》を迎えるなど、信長と家康に急激に接近する。

北条家は相模《さがみ》、伊豆の二十六万石に武蔵《むさし》、上野、下野《しもつけ》、上総《かずさ》、下総《しもふさ》などの一部を押さえている。

領土が百二十万石を超える巨大大名になっていた。

そんな激動の中で幻海は忙しく動いている。

三島を過ぎ箱根山にさしかかったところで、重信と幻海の前に笠をかぶった二人の男が立った。

誰なのか幻海には分かったようでスッと前に出た。

「何んの用だ！」

「出羽守に会いたい……」

「馬鹿を言うな。裏切ったのはうぬらの方だ！」

「そうか……」

「惚《とぼ》けるな。もう手切れだろう」

「そこにいるのは風魔ではないな？」

重信を咎《とが》めたのは、武田のかまりとか三ツ者《みつもの》と言われる間者の富田郷左衛門《とみたごうざえもん》だ。もう一人は真田《さなだ》の滋野《しげの》とか吾妻忍《あずましの》びと言われる腕利きの横谷左近《よこやさこん》だった。

幻海は二人をよく知っている。

越後上杉の軒猿《のきざる》を相手に一緒に仕事をしたことがあった。だが、今は勝頼の裏切りで甲相同盟は破綻した。

それを幻海は手切れと言った。

「このお方はうぬらとは関係ない！」

「そうか。できそうだな？」

「うぬらの五人や十人では相手にならぬわ！」

「なるほどな……」

「やるなら俺が相手になる！」

幻海が懐に手を入れて分銅《ふんどう》のついた鎖を握った。

「慌てるな。ここでやる気はねえ、出羽守に聞いてみてくれ……」

「くどいぞ！」

「まあ、そういうな。また来る……」

二人の男は最後まで布を下げた笠をとらなかった。忍びは顔を見られることを嫌う。

「あれは武田のかまりと真田の吾妻忍びです」

「最後まで顔を見せなかったな」

「忍びですから……」

「風間さまに会いたいと言っておったようだが？」

「おそらく、越後の軒猿とうまくいっていないのでしょう。それで出羽守さまに会いたいと……」

「軒猿には加藤段蔵《かとうだんぞう》という手練れがいると聞いたことがある」

「よくご存じで？」

「越前の一乗谷で聞きました」

幻海が怪訝そうに重信を見た。

先ほどの三ツ者も吾妻忍びも風魔も、恐れているのはただ一人、軒猿の頭領加藤段蔵であった。

その名が重信の口から出たことに幻海は驚いた。

「幻海殿も苦労な仕事でございますな？」

「忍びですから……」

幻海が同じことをいってニッと照れるように笑う。

「三ツ者はずいぶん軒猿に殺されましたので、大将同士が手を結んでも仲直りは、そう簡単にはいかないかと……」

「なるほど……」

「信玄と謙信の戦いは長く続きましたので厄介なことです」

「北条家と徳川家も？」

「徳川には伊賀《いが》者がおります」

「服部半蔵《はっとりはんぞう》？」

「そう、なかなか手強い忍びです……」

二人が話しながら箱根峠に上り、幻海が案内したのは箱根の竜太郎《りゅうたろう》の家だった。

「いるか？」

幻海が慣れた様子で声をかけて引き戸を開けた。

「あら、幻海さん、お帰りなさい」

「竜太郎はまだか？」

「もう、戻ってくるころです。どうぞ……」

竜太郎は留守だったが姉のお仲《なか》が親しげに幻海を迎え入れた。

「どうぞ……」

幻海が重信を百姓家に招き入れる。

「珍しい、お客さまですか？」

「お仲、わしの剣の師匠だ。竜太郎の命の恩人だぞ」

「まあ、それでは林崎《はやしざき》さま？」

「そうだ。その林崎さまだ。粗略にするなよ……」

「ええ……」

お仲が戸惑っている顔だ。

実は、お仲は幻海の隠し妻なのだ。忍びは大っぴらに妻を持てない。

そう決まっているわけではないが、どこで命を落とすか知れない危ない仕事で、その覚悟のない女を妻にはしないからだ。

二人が炉端に座ると白湯《さゆ》が出てきた。

忍びの幻海はほとんど酒を飲まない。

いつも懐に分銅つきの鎖を忍ばせて警戒している。どこで襲撃されるか分からないのが忍びだ。

それをお仲は知っている。

半刻ほどで竜太郎と妻のお満《みつ》、それに竜太郎の配下の馬借《ばしゃく》や馬子が帰ってきた。

「おう、幻海さん、あッ、林崎さまッ！」

「元気か？」

「はいッ、お満、林崎さまだ。女房の満です……」

竜太郎がお満を紹介した。色の浅黒い日焼けした丈夫そうな女だ。

気の強そうな顔で、箱根山で仕事するにはいい面構えだ。腰に短めの脇差を差している。

この山で生まれ育った山賊の娘のようだ。

ニッと笑うと笑窪《えくぼ》ができて、愛嬌があって何んとも可愛らしい。

翌朝、まだ暗いうちに起きて湖畔に出て、二字国俊《にじくにとし》一尺八寸五分の大脇差を抜いた。

父数馬《かずま》が愛用していた脇差だ。

横一文字に斬り上段から斬り下げ血振りをして鞘に納める。

息を整えて何度も繰り返す。湖畔に正座して瞬間、片膝立ちで一気に抜いて斬る。

重信の居合は静かで美しい。

剣には必ず剣士の心が宿る。それが重信の信念だ。

居合は急に処してこれに応じ、己の身を守り、強靭な心身を錬成し、自己を究明する道であり、仏家の禅と同じにて武道の根源。

処世の大道であると重信は信じている。

己を磨かずして、一剣を以て大悟すること叶わず。剣は己の魂を映す鏡でもある。

乱取《らんどり》備前《びぜん》二尺八寸三分の鞘口を切って抜いた。

深山幽谷の冷気を一閃、逆袈裟に深々と斬り上げる。その剣先に白い夜明けが絡みついてくる。

箱根の湖には昔、竜が棲んでいた。清浄な神域である。

原生の森に薄い霧が湖の彼方から漂ってくる。鳥のさえずりも聞こえない静かな夜明けだ。

湖畔から戻ると竜太郎の百姓家からは煙が立ち既に覚醒している。

馬には今朝刈り取った新鮮な飼い葉が与えられ、今日の仕事が動き出していた。重信は人間の営みの力強さを感じる。

あの遠い日の幼い馬子がひょっこり現れるように思う。

重信と幻海はお仲に見送られ、遅い朝立ちで箱根山から小田原に下って行った。

幻海は小田原城下に小さいが屋敷を貰っていて、そこには幻海の老父母がいて、お仲の産んだ男の子を育てている。

幻海の一粒種で小吉《こきち》という。

三高弟

幻海の屋敷で旅装を解いた重信は松田尾張守憲秀《まつだおわりのかみのりひで》の屋敷に向かった。

北条家の家老である尾張守は、重信を大いに歓迎し北条家への仕官を勧めた。有り難い話なのだがどんな高禄でも重信は仕官できない。

「身に余るお話にございますが、未だ未熟にて修行の途次であれば、尾張守さまのお気持ちだけを頂戴いたしたく存じます」

それが重信の偽らざる気持ちだ。

重信は尾張守の気持ちに深く感謝し、小田原城下に一ヶ月近く滞在して幻海は西に向かう。

重信は久しぶりに武蔵《むさし》一ノ宮《いちのみや》の叔父の道場に向かった。

小田原から八王子に出て、八王子から川越《かわごえ》まで行き一ノ宮まで歩いた。

一ノ宮の高松《たかまつ》良庵《りょうあん》は重信の父数馬の弟だ。重信と血のつながった身内といえる叔父で、出羽楯岡《たておか》の重信の母志我井《しがのい》の兄伝左衛門《でんざえもん》と今も交流している。

「甚助《じんすけ》、まだ、楯岡に戻っていないそうだな？」

「はい、西国などを回っておりましたので……」

「そうか、剣客は修行が第一だが、深雪《みゆき》を放りっぱなしではいかんな」

重信が叔父の良庵に叱られた。

「十七、八年も戻っていないそうだな。楯岡の甚助は十七になるそうだ。深雪は甚助を武家にはしたくないようだが？」

「そうですか……」

「兎に角、一度、楯岡に戻ってみることだ」

「そうします」

深雪が産んだ子も、薫《かおる》が産んだ子たちのことも、廻国しながら重信が気にしていたことなのだ。良庵に叱られて重信は一度、出羽に戻ろうと考えた。

そう思いながらもこれまでは足が向かなかった。厳しい廻国修行中の剣客には辛いところだ。

重信が恐れているのは剣の修行が怠惰になることだ。

その重信は自分の迷いで神の怒りに触れ、大切な母志我井と最愛の薫をスサノオに奪われたと思っている。

三度《みたび》、神の怒りで深雪を奪われることはご免だ。神には情け容赦がないとわかっている。出羽に近づかなかったのは深雪を守りたい気持ちがあったからだ。

一ノ宮に十日ほど滞在し叔父の良庵と色々話し合い、道場にも出て門人の稽古を指南した。

一ノ宮氷川《ひかわ》神社に参拝して常陸《ひたち》に向かった。

暑い時期で笠だけが頼りの旅だ。

重信は筑波山の北方にある常陸真壁井手《まかべいで》村に、京で会った伝鬼坊《でんきぼう》の道場を訪ねたが、まだ廻国修行から戻っていなかった。

そこで近くの真壁城に向かった。

城主の真壁氏幹《まかべうじもと》は卜伝《ぼくでん》翁の弟子で、伝鬼坊と歳が同じ、互いに腕に自信のある好敵手だった。

氏幹は六尺を超える樫木《かしき》の棒に、鉄の星鋲《ほしびょう》を打ち込んだ金砕棒《かなさいぼう》という奇妙な棒で、馬ごと敵将を叩き潰すことから鬼真壁《おにまかべ》と恐れられた。

荒々しいことでは伝鬼坊と双璧だ。

「よくお出で下された。お会いしたいと思っておりました」

氏幹は重信が塚原卜伝道場にいた時から、神夢《しんむ》想流《そうりゅう》居合はすごいと聞いていたが、重信の技を見たことはなかった。

当時、氏幹や伝鬼坊はまだ十七歳の遊び盛りだった。剣の稽古より喧嘩や酒飲みや女をからかうことが楽しかった。そんな氏幹と伝鬼坊だから稽古は熱心ではなかった。

「神夢想流の噂は聞いております。一手ご指南いただきたいが？」

剣客として卜伝の弟子として、氏幹は重信を兄弟子として丁重に遇した。

「承知いたしました。ところで、京で斎藤《さいとう》殿とお会いしました。剣技を天覧に供したということで、名を伝鬼坊と変えておられました」

「伝鬼坊？」

「まだ、道場には戻っていないようですが？」

「あの男は滅多に道場にはいない。そのうち人のいないあの道場は、腐って崩れ落ちてしまうだろう」

氏幹と伝鬼坊は酒を飲むと喧嘩もするが仲がいい。

翌朝から重信と氏幹の猛稽古が続き、半月余りかかって重信は神夢想流神伝居合抜刀表二十二本を氏幹に伝授した。

この後、真壁城は常陸佐竹《さたけ》家に従って関ヶ原では石田三成《いしだみつなり》に味方するが、佐竹家は取り潰されることなく、家康によって秋田に移封を命じられる。

佐竹家に従い真壁家も秋田角館《かくのだて》に移るが、猛将氏幹は角館には行かず愛する常陸に残った。

鬼真壁は武骨だが心優しい武将でもあった。

重信は常陸にはもう一人会いたい人物がいる。

それは卜伝門下の兄弟子師岡一羽《もろおかいっぱ》だ。

美濃の土岐《とき》一族で重信とは同族なのだ。その師岡一羽が常陸信太江戸崎《しだえどさき》村にいることを伝鬼坊から聞いている。

真壁城を辞した重信は信太の江戸崎村に向かった。

師岡一羽は卜伝翁の高弟で、一羽流を開きこの時四十七歳だった。ただ、強い剣士ではあったが一羽は病弱だった。

重信が訪ねた時も体調がすぐれず病臥していた。だが、一羽には根岸兎角《ねぎしとかく》、岩間小《いわまお》熊之介《ぐまのすけ》、土子土呂助《ひじこどろのすけ》など若く優れた弟子がいた。

「甚助殿、道場の弟子を見てくれぬか。このように寝たり起きたりでな……」

「承知いたしました。出羽に行く都合もござれば半年、一年は無理ですが一ヶ月ほどであれば喜んで、お手伝いをさせていただきます」

「相すまぬな。弟子に引き合わせよう……」

「師岡さま、そのままで、道場のことはご心配なさらぬよう」

「かたじけない……」

重信は起き上がろうとする一羽を制して、乱取備前を握って一人で道場に向かった。二十四、五人が稽古中で重信が現れると「止めーッ！」と声がかかって門弟たちが羽目板の傍に引いた。

根岸、岩間、土子の高弟三人が重信の前に出る。三人とも若い。

「林崎甚助です」

「師匠から神夢想流のことはお聞きしております」

「今、師岡さまとお会いしてきた。一ヶ月ほど厄介になることになった。よしなに頼みたい」

「承知いたしました。それがしは根岸兎角と申します」

「それがしは岩間小熊之介にございます」

「土子土呂助です」

「早速、稽古を拝見したい。始めてください」

「承知してござる」

元気のいい三人だ。

稽古が再開すると、重信は師範代の席に座って四半刻ほど黙って見ていた。温《ぬる》い稽古だと思った。

師範の師岡一羽が病では致し方のないところだ。

重信が座を立って、道場の中央に歩いて行くと、稽古が止まって門弟がまた羽目板に引いた。

「根岸殿、まいられよ」

「し、真剣で……」

道場が一気に緊張した。

「神夢想流をお見せしよう。その木刀でよい、まいれ！」

背が高く目つきの鋭い根岸兎角が恐るおそる木刀を構える。

林崎甚助と神夢想流の名は聞いているが、その居合とはどんな剣法なのか全く分からない。

「まいれ！」

兎角が木刀を振り上げて上段から踏み込んできた。

一瞬早く、後の先で重信の乱取備前が鞘走った。兎角の胴に入った乱取備前が横一文字に右胴から斬り抜いた。

「アッ！」

「ゲッ！」

誰もが斬られたと思った瞬間、兎角が前のめりに床に崩れ落ちた。

「次ッ、岩間殿！」

道場荒らしのような迫力だ。

小熊之介が木刀を握って立ち上がる。斬られた兎角が四つん這いで羽目板に這って行く。

いきなり小熊之介が木刀を振り上げて斬り込んできた。真剣を恐れない勇気だけは褒めるが、剣の腕の方はなんとも情けない。

それでも剣の基本はしっかりしている。だが、そこまでだった。

鞘走った乱取備前が木刀を弾いて、小熊之介の左肩をビシッと抑え込んだ。

「まいったッ！」

「次ッ、土子殿！」

呼ばれた土呂助がその場に立って重信をにらんでいる。

「どうした。出てまいれ……」

「は、はい！」

道場の中央に飛び出した土呂助が木刀を構える。

その瞬間、乱取備前が鞘走って土呂助の左胴に入った。先の先に逃げ切れずに仰のけにひっくり返った。

「次ッ、次はいないか？」

緊張した静けさだ。ギョロギョロした眼が怯えるように重信を見ている。

「一人ずつ、それがしが稽古相手をする。今日は誰か？」

「お願い申す！」

根岸兎角が脇腹を押さえながら立ち上がった。逃げ腰にならないところはさすがに高弟だ。

その日は重信と根岸兎角の猛稽古が続いた。

翌日には岩間小熊之介が重信とみっちり稽古をし、その翌日には土子土呂助が重信と稽古をした。

膝が笑って立てなくなる厳しい稽古だった。

道場の門弟の顔色も変わって緊張が道場に充満する。だが、稽古の手応えは土呂助までだ。

あとは厳しい稽古に耐えられそうもない。

四半刻も続かない者ばかりで、さすがの重信も手心を加えるしかない。道場の門弟が辞めていなくなる。それは困る。

「甚助殿、手応えのない者ばかりで相すまぬな。今夜、それがしに神夢想流を伝授していただけないか？」

「そのお体では……」

「構わぬ。神夢想流を見て死ぬなら本望だ。卜伝さまがあの剣は美しい、あの剣は良いと仰せられたのを聞いたことがある。頼む……」

「承知いたしました」

重信は病臥している体調では、無理ではないかと思ったが、神夢想流居合を伝授することにした。

神の剣は悪党でない限り望む者に披露してきた。

その夜、静まり返った道場に、師岡一羽と重信が現れた。小さな灯りが二本立っている。

一羽も重信も襷《たすき》がけで紐の鉢巻を締めている。一羽が道場主の座に座った。

「では、まず型を披露仕ります」

重信は一礼して一羽の前に正座すると、瞬間、乱取備前が鞘走って立ち膝になると、グッと切っ先が一羽の目の前まで伸びた。

敵は深々と胴を貫かれている。

血振りをした剣が鞘に戻るとその瞬間、再び鞘走って乱取備前が敵を逆袈裟に斬り上げていた。

一羽は重信の動きに目を凝らしている。

型が終わると二人は木刀を持って対峙した。

「まいります」

「おう！」

一羽が中段に構える。卜伝の高弟で一羽流の開祖だ。

病臥しているとはいえその鍛え上げた腕は確かだ。だが、重信は神伝居合抜刀表五本を伝授してやめた。

これ以上は体に障り無理だと判断する。

痩せた一羽の息が上がって倒れそうだ。道場の入口には岩間小熊之介が来て座って見ている。

「師岡さま、本日はここまでにてお休みくださるよう……」

「うむ、甚助殿、卜伝さまが良い剣だと仰せになられたことがよく分かった」

「恐れ入りまする」

「なんとも美しい剣だ。すべて学びたいものだ……」

師岡一羽は壮絶な覚悟で重信の神夢想流に取り組んだ。その様子を毎晩岩間小熊之介が道場に現れて見守った。

この師岡一羽流に不幸が襲いかかる。

数年後、一羽が癩風《らいふう》に倒れ起居が不自由になると、根岸兎角は一羽を見限って逐電《ちくでん》してしまう。

それだけならまだしも、兎角は小田原に出ると天下無双の名人であると、派手に喧伝して一羽流を自分が開祖の微塵《みじん》流と称する。

なんとも不肖な弟子だった。

一羽を看病したのは岩間小熊之介と土子土呂助の二人だった。やがてこの師岡一羽の三高弟の間で殺し合う事件が勃発する。

最上義光

重信は卜伝道場の兄弟子師岡一羽の道場を手伝い、秋も十月半ばになると江戸崎村を発って会津《あいづ》赤井《あかい》村に向かった。

雪が降る前に出羽に入りたいと考えていた。だが、江戸崎村の師岡道場で思わぬ長居になってしまう。

白布《しらぶ》峠《とうげ》は雪のため越えられず赤井村で年を越す覚悟をする。

猪苗代《いなわしろ》湖畔の赤井村はいつも風光明媚な山里だ。雪に覆われた磐梯《ばんだい》山は富士山のような優美な山だったのだろう。

その山頂部がいつの頃か吹き飛んでしまったと思う。

重信の愛した薫の大叔父、赤井村の小川弥左衛門《おがわやざえもん》は高齢だが、元気にしておられたのはうれしい。

米沢《よねざわ》では薫の祖父栄左衛門《えいざえもん》が亡くなっていることが分かった。

薫が残した二人の子どもは林崎を名乗って、分家を立てて自立していることも分かった。

栄左衛門が重信の林崎家を残すためにそうしたのだ。

その赤井村にも、重信が到着して数日後には雪が降った。重信は春まで赤井村で過ごすことになった。

小川家の道場で新年を迎え、三月まで滞在し白布峠が通れるようになると赤井村を発った。まだ雪の残る三月初めに重信は白布峠を越えた。

遂に、重信は出羽に戻ってきた。

まだ廻国修行が終わったわけではない。神との約束はまだ果たしていない。

栄左衛門と薫のいない寂しさはあるが、米沢には薫が残した二人の息子がいる。薫に会いたい。

栄左衛門の好意で二人はそれぞれ分家を起こした。

林崎元信《もとのぶ》と林崎幸信《ゆきのぶ》と名乗っていた。元信は十七歳、幸信は十三歳で共に元服していた。

重信は二人の息子を連れて、亡き栄左衛門と薫の墓にお参りした。

いつもにこやかで明るかった薫が「お帰りなさい……」と、ひょっこり顔を出すような気がする。

やがて元信は米沢に残り、幸信は伊達《だて》家の移転と共に仙台に移る。

重信は十日ほど米沢にいて、薫の父藤左衛門《とうざえもん》、弟の惣太郎《そうたろう》、元信と幸信に見送られて山形に向かう。

藤左衛門の話で出羽の国も、乱世に巻き込まれ苦悶していることが分かった。

六年前の天正二年（一五七四）に最上《もがみ》家で内乱が勃発、その原因は最上家当主の義《よし》守《もり》が嫡男義光《よしあき》を嫌い、次男義時《よしとき》に家督を譲ろうとしたことに始まったという。

義守の娘義姫《よしひめ》を妻に迎えた米沢の伊達輝宗《てるむね》は義守に味方した。

親子の戦いになったが小競り合いで済み、義光が家督を継ぎ、義守は出家して決着する。

義光二十四歳、義守四十九歳の時だ。

実は、この争いはまだ決着していなかった。

義光が最上家の当主になったことに、反発した国人領主や豪族が、隠居した義守を担ぎ出して最上家の内乱になった。

それが天正二年だった。

この時、義光に味方したのは寒河江《さがえ》家や大崎《おおさき》家、里見《さとみ》家などわずかだった。

一方の義守には伊達家、上山《かみのやま》家、天童《てんどう》家と最上八楯《やつだて》、白鳥《しらとり》家、戸沢《とざわ》家、細川《ほそかわ》家、大宝寺《だいほうじ》家など、出羽の多くの家々が味方についた。

義光は大男で十人力と言われ、刀の倍ほども重い鉄の棒を指揮棒に戦う猛将である。敵を馬ごと叩き潰したという。

この戦いは決着がつかず最上義光と伊達輝宗が和睦する。

義光の山形城は南の上山城、米沢城、北の天童城、谷地《やち》城、楯岡城に挟まれて、たえず危険に晒されている状況だった。

それを打開したい。それで狙われたのが天童城だ。

天正五年、義光は最上軍を北上させ、天童軍と激突。

最上軍に襲われた天童頼貞《よりさだ》は苦戦する。

舞鶴山の天童城は落城寸前まで追い詰められた。だが、この時、最上八楯軍の救援が間に合った。

八楯の盟主天童家を守るため延沢満延《のべさわみつのぶ》、楯岡因幡守《いなばのかみ》ら尾花沢《おばなざわ》家、飯田《いいだ》家、長瀞《ながとろ》家、六田《ろくた》家、成生《なりう》家など八楯軍が、舞鶴山麓の戦場に雪崩れ込んだ。

佛向寺《ぶっこうじ》の僧兵まで出陣して戦いが逆転する。

義光にはまだ八楯と戦う余裕はなかった。

八楯は上山家、東根《ひがしね》家、細川家など有力者とも同盟している。その八楯に手を出せば厄介なことになりかねない。

さすがの猛将義光でも崩れた最上軍を立て直すのは容易ではない。

そこで義光は天童頼貞の娘を側室に迎えることで、最上家と天童家が合意して和睦が成立した。

義光には謀略の天才氏家守棟《もりむね》がついている。

迂闊なことは決してしない男だ。

乱世の危うい均衡状態にある出羽は、いつ火を噴いてもおかしくなかった。

折しも、谷地城主白鳥長久《しらとりながひさ》は出羽守の官職が欲しくて、信長に名馬小雲雀《こひばり》を贈ったりしていた。

その後を追った義光の使者が、信長に出羽守は最上家代々の官職だと訴える。

そんな天正八年三月に重信が氏家守棟の屋敷に現れた。この時、最上義光は三十五歳、氏家守棟は四十七歳だった。

「林崎殿、よく訪ねてまいられた。出羽の状況をご存じですかな？」

座敷に入れて守棟が重信に聞いた。重信は武家の争いに巻き込まれたくない。重信の願いは別にある。

「米沢で粗方のことはお聞きいたしました」

「米沢で、なるほど、米沢の伊達家には殿の妹、義姫さまが嫁いでおられます」

「はい、その義姫さまの産まれた藤次郎《とうじろう》さまが、三春《みはる》からご正室さまをお迎えになられたとお聞きいたしました」

「うむ、その藤次郎政宗《まさむね》さまは隻眼《せきがん》だが、なかなか気性が荒いようだ。良い武将になることだろう……」

「そのように聞いております」

梵天丸《ぼんてんまる》こと伊達政宗は前年に十三歳で、三春城の田村《たむら》家から十二歳の愛姫《めごひめ》を正室に迎えている。

その頃、伊達家は北の最上家と西の越後上杉家の圧力を感じていた。

乱世の大名家は近隣に敵を抱えていることがほとんどで、油断すればたちまち侵略され危険に晒された。乱世は武家による領地の取り合いである。

「長い廻国修行だったようだのう？」

「はい、西国から九州まで回ってまいりました」

「ほう、九州か、九州のどこを回ってこられたか？」

「肥後《ひご》人吉《ひとよし》に、丸目《まるめ》蔵人佐《くらんどのすけ》殿という剣客がおられますので、会いに行きましてございます。筑前《ちくぜん》大宰府《だざいふ》や豊後《ぶんご》府内《ふない》などを共に回りましてございます」

「肥後人吉と言えば薩摩《さつま》が近いな？」

守棟は九州に行ったことはない。

遥かに遠い西の国だと思っている。鉄砲やキリシタンが南から入ってきた暖かい国だと思う。出羽とは別天地だろう。

「暫らく逗留して諸国の話や剣の話を聞かせてくれぬか？」

重信が帰る楯岡のことや天童のことを守棟は話さなかった。

この時、氏家守棟は天童一族で最上八楯と同盟している上山城主上山満兼《みつかね》を、天童頼久《よりひさ》より先に倒そうと謀略を仕掛けていたのである。

実は天童城主天童頼貞は前年に亡くなり、家督を十二歳の嫡男頼久が相続したばかりだった。年が明けて頼久は十三歳になったばかりである。そういう幼い子を攻めるのは少々気が引ける。

そこで間もなく最上軍は重信が通ってきた上山城に、戦いを仕掛けようとしている。

そういうことを守棟はいわない。

既に、上山満兼の重臣里《さと》見《み》民部《みんぶ》に守棟は謀略を仕掛け、義光に内応するという返事待ちになっていた。

それが届きしだい最上軍が出陣する段取りである。

乱世はどこもかしこもギシギシと軋んでいた。

この謀略の名手氏家守棟は、最上家を巨大大名に育て上げて行くことになる。

数日後、重信の話を聞きたいと城主義光が氏家屋敷に現れた。城中では堅苦しくて思う話ができない。義光はなかなか聡明な武将だった。

「甚助、二十年ぶりの帰国だそうだな？」

「はッ、日々、出羽のことは心にございました」

「うむ、分かるぞ。そなたの気持ち、余にはよく分かる。これからはちょくちょく顔を見せろ、いいな？」

「はい、御意に叶いまするよう心がけまする」

「余は出羽を統一する。天下は間もなく信長さまが統一される。出羽はいまだにバラバラだ。遅れておるのだ。このままでは越後の上杉に庄内《しょうない》を盗られこの山形も盗られる。余に力がないからだ。甚助、余はやるぞ。鬼になる」

「泰平の世が来ることは民の願いにございます」

義光が盃を重信に渡した。重信は曖昧なことしかいえなかった。深入りすると最上家にとどまれなどといわれかねない。

「頂戴いたします」

「尾張守、注げ……」

義光が守棟に命じる。受領名が氏家尾張守守棟なのだ。

「九州に行ってきたそうだな？」

「肥後人吉までまいりました……」

「余は若い頃、京まで行ったことがある。その西には行ったことがない。信長さまは西国毛利《もうり》と戦っておられるようだな？」

「はい、羽柴秀吉《はしばひでよし》さまというお方が御大将と聞いております」

「うむ、信長さまに猿と呼ばれておる男だ」

「殿、そのような渾名《あだな》を口にされることはお控え願います」

守棟が義光を叱った。

「そうであったな。それにしても信長さまはおもしろい渾名をつけられる」

大男の義光は豪力無双の豪胆な武将だが、米沢に嫁いだ妹義姫を溺愛し、最上家と伊達家の戦いを止めようと義姫が戦場に輿で乗り付けると、素直に兵を引くような優しい人情家でもあった。

一方ではなかなかの文化人で源氏物語や伊勢物語に造詣が深く、連歌では里村紹《さとむらじょう》巴《は》らと交流があり、後に後陽成《ごようぜい》天皇から発句を賜り、連歌三十三巻二百四十八句を残すなど、細川幽斎《ほそかわゆうさい》に次ぐ存在と言われるようになる。

信仰心も深く山寺立石《りっしゃく》寺、羽黒《はぐろ》山や慈恩《じおん》寺など多くの寺を庇護した。

最上川で獲れる鮭を好み、妻利予《としよ》を愛した。この翌年、利予が運命の子駒姫《こまひめ》を産む。

この利予と駒姫の親子は非業の死を遂げることになる。

「甚助、久しぶりに神夢想流を見せてくれぬか？」

「畏まりました！」

すぐ義光の近習たちが支度を始める。重信は下げ緒で襷がけし、懐から紐を出して鉢巻を締めて裸足で庭に下りた。

縁側に義光が席を移し、守棟以下の近習がずらりと並び、煌々《こうこう》と灯りが何本も並べられ庭には篝火《かがりび》が焚かれていた。

重信は義光に一礼すると乱取備前の鞘口を切る。

スルスルと抜いて、四方八方から攻撃された時に敵を斬り伏せる神夢想流秘伝万事《まんじ》抜《ぬき》を披露した。

近習たちは初めて見る神夢想流に身を乗り出している。

舞うように四方を斬り八方を斬り、十六方を斬り伏せる重信の動きを見つめていた。

静かに息を整え太刀を鞘に戻す。

「誰かッ、天下無双の神夢想流と立ち合う者はいるかッ？」

義光が聞いた。

「恐れながら、それがしが相努めまする」

「江口五兵衛《えぐちごへえ》ッ、真剣だぞッ！」

「はいッ、仕りまする」

席を立ったのは、十八年前、重信が出羽を出る時、楯岡因幡守の近習氏家《うじいえ》左近《さこん》の紹介で、守棟屋敷に立ち寄った折に若き義光が連れてきた近習だ。

その江口五兵衛が庭に下りた。

「お久しゅうございます」

「江口五兵衛でござる。十八年前のこと覚えておられるか？」

「はい、この場にてお手合わせ願いました」

「それでは再度のお手合わせをお願いできましょうか？」

「承知いたしました」

重信が了承すると五兵衛が下げ緒で襷をした。江口五兵衛は最上軍の中核にいる勇将だ。

槍も太刀も使う豪傑である。

「では！」

二人が一礼して、五兵衛が太刀を抜いた。

見ている縁側に一瞬にして緊張が走った。戦場以外での真剣の立ち合いなど誰も見たことがない。そもそも戦場以外で刀を抜くことなどない。

五兵衛は中段に構える。重信の太刀はまだ鞘の中だ。

重信の不思議な構えに縁側で見ている人たちが息を呑む。鞘口を切っているが手は柄の上で抜く気配がない。緊張が一瞬のその時を待っている。

五兵衛は十八年前に胴を一文字に抜かれ、左脇の下から心の臓を一突きにされたことを鮮明に覚えている。

忘れようとして忘れられない重信の一撃だった。

その恐怖を振り払い五兵衛が上段に太刀を上げた。

上段から五兵衛が振り下ろすのと、重信の乱取備前が鞘走るのがほぼ同時に見えたが、重信は後の先を取っている。

間合いは心にあり。

五兵衛の太刀に乱取備前が絡みつくように擦り上げると、左胴から右脇の下へ逆袈裟に斬り上げた。

神伝居合抜刀表一本石貫《いしぬき》、重信の残心に見ている者が総立ちになった。

斬られた五兵衛がガクッと両膝から崩れ落ちた。

「五兵衛ッ！」

義光が叫んだ。

あまりに一瞬で鮮やか過ぎた。恐怖の一撃である。重信が血振りをして太刀を鞘に戻す。ググッと天に伸びるなんとも美しい剣先の流れだった。

もちろん五兵衛は斬られてはいない。ゆっくり立ち上がると「まいりました……」と重信に一礼する。

誰もがホッとして座り直した。

白い山塊

重信は氏家屋敷に八日ほど滞在して楯岡に向かった。

東に蔵王《ざおう》山が聳え、やがて天童城下を過ぎると、西に巨大な月山《がっさん》の白い山塊が見えてくる。

真夏でも雪が消えないという。

羽州街道を北上すると甑岳《こしきだけ》の麓に楯岡城が見えてきた。

四方を山々に囲まれ、重信が生まれ育った美しい偉大な山河が、去りし者をやさしく迎える。

十八年の歳月は長い、だが、故郷の景色は何も変わっていない。

重信は旅装のまま楯岡城に登って行った。

城門の前に立つと城内から三人の武士が出てきた。

「あッ！」

「あーッ！」

「寺山《てらやま》さま……」

「おうッ、甚助殿！」

城から下りてきたのは暴れん坊の高尾《たかお》喜平次《きへいじ》、重信の仇討《かたきうち》に同行した寺山又《また》五郎《ごろう》、それに因幡守の近習だった西岡《にしおか》三郎太《さぶろうた》の三人だ。

「甚助ッ、生きていたかッ？」

喜平次が泣きそうな顔でよろこんでいる。

「殿に知らせるぞ！」

三郎太が踵《きびす》を返して城内に駆けて行った。

「無事で何よりだッ。殿がどんなに喜ばれるか、行こう……」

又五郎と喜平次も城内に引き返す。

「殿さまはおられるのか？」

「いるいる、みんないるッ。ご家老の岩崎《いわさき》惣兵衛《そうべえ》さまが亡くなった。あとはみんないる。元気だ！」

重信の伯父伝左衛門の配下だった足軽の喜平次は足軽大将に出世していた。

本丸の大玄関には氏家左近、西岡三郎太、阿部《あべ》五郎八《ごろはち》、大石《おおいし》孫三郎《まごさぶろう》らが出てきて待っていた。

「おう、来たなッ、殿が広間でお待ちだぞ！」

左近が急ぐように促した。

重信は敷台に笠と荷を置き、腰の乱取備前を鞘ごと抜いて傍に置き草鞋《わらじ》を脱いだ。

懐から布を出して足を拭き敷台に立つ。笠と荷を三郎太が預かると、太刀を握った重信と左近が廊下を歩いて広間に入った。

精悍《せいかん》な重信が因幡守の前に進み三間ほど手前に座った。

「ただいま戻りましてございます」

因幡守に頭を下げた。

「うむ、待っておった。どうだ、乱取備前は？」

因幡守は重信の戦いで、太刀が折れたりしていないか心配していた。修行中の剣客を守るのは一振りの剣だけだ。

「良い太刀にて数多《あまた》の戦いに刃毀《はこぼ》れ一ついたしません」

重信が傍の左近に乱取備前を渡した。

氏家左近が因幡守に運んでいくとそれを抜いて、刀身を確かめ因幡守が納得してうなずいた。

「鞘がだいぶ痛んできたな？」

「はい、修行の賜物にございます」

「そうだな。甚助、二十年は長いぞ……」

因幡守が叱るように言った。

「恐れ入りまする」

「旅の話はおいおい聞くとして神夢想流を見たい」

「はッ、承知いたしました」

「殿、御前試合を？」

「おう、監物《けんもつ》、それがいい、早速、支度せい！」

「明後日、馬場にて？」

「うむ、それでよい」

深雪の養父で筆頭家老になっている横山《よこやま》監物が御前試合を決めた。

次席家老は青木玄蕃《あおきげんば》が務め、高木兵馬《たかぎひょうま》、氏家左近、松本掃部《まつもとかもん》、西村隼人正《にしむらはやとのしょう》が、四重臣として横山監物を支えている。

「左近、刑部太夫《ぎょうぶだゆう》に相談せい……」

「はッ！」

「隼人正、当日は甚助の縁者を馬場に入れてよいぞ。みな甚助の剣を見たいであろうからな」

「有り難き仰せにて、早速、手配仕りまする」

「玄蕃、試合は何組がよいか検討せい……」

「承知いたしました」

あっさり御前試合が決まった。

「監物、甚助、奥へまいれ……」

因幡守が座を立って奥に消えた。

「甚助殿、奥で千谷《ちや》の方さまと深雪が待っている」

「お養父上さまには深雪が厄介をおかけしております」

「気にするな。近頃では千谷の方さまが深雪を頼りにしておられるのよ」

「有り難いことにございます」

二人が本丸御殿の因幡守の居室に入った。

そこには因幡守と奥方の千谷の方、その傍に深雪が座っている。部屋の隅に因幡守の若い近習が一人いる。

「甚助、よく戻ったな……」

「千谷の方さまにはご壮健にてお喜びを申し上げまする」

「深雪のお陰じゃ、病しらずで過ごしておる。これはそなたのために深雪が仕立てた小袖だ。これはわらわからの引き出物じゃ……」

「恐れ入ります。有り難く頂戴いたしまする。深雪、苦労を掛ける……」

「いいえ……」

深雪が両手で顔を覆い泣きたいのを我慢した。深雪の苦労を知っているのが養父の監物と千谷の方だった。

「甚助、その隅にいるのが甚助勝信《かつのぶ》だ。昨年から余の近習に取り立てた。深雪は反対だったようだが数馬の孫だからな。勝信、そこにまいれ……」

因幡守が深雪の傍を扇子で指した。

部屋の隅から出て来ると勝信が頭を下げ、「父上、ご無事の帰国、祝着に存じまする」と挨拶した。

「これからも母を助けてくれるように……」

「はい、そのようにいたします」

勝信は深雪の実家の広大な敷地内に、屋敷を持って林崎甚助勝信と名乗っている。深雪の菊池《きくち》家は祖父の半左衛門《はんざえもん》が亡くなり、深雪の父が家代々の半左衛門を名乗っていた。

その日、重信は城に近い伯父の高森《たかもり》伝左衛門家で旅装を解いた。

夜になって千谷の方の好意で、深雪が輿に乗って城から下がってきた。その深雪はお年寄りの侍女なのだ。

千谷の方に信頼されている。

重信と深雪の間には山ほど話すことがあるが、会うとこれといって話すことがなくなってしまう。

二人の間にはスサノオが結んだ強い絆がある。

翌早朝、まだ深雪が寝ている傍で、重信は奥の院に行く支度を始めた。その気配に深雪が目を覚ました。

「熊野明神へ？」

「うむ、奥の院に行ってくる。寝ておれ、まだ寅の刻を過ぎた頃だ……」

腰に二字国俊を差し乱取備前を握って寝所から出た。外に出ると小兵衛《こへえ》と小梅《こうめ》がうずくまっている。

「おう、小兵衛、奥の院に行くか？」

「はい、お供いたします」

「小梅、深雪を頼む……」

「はい、殿さま、ご無事のお帰りで……」

「うむ、子はできたか？」

「男が三人、女が二人……」

「五人か、それは賑やかでいいな？」

「はい、若さまの奥方さまにお世話になっております」

「うむ、聞いておる。勝信のことを頼むぞ」

小兵衛と小梅は重信の息子勝信の屋敷で暮らしていた。

深雪が城に上がったため、甚助勝信を亡き半左衛門と小兵衛と小梅が育てたともいえる。

孫助《まごすけ》とお民《たみ》は十年ほど前に相次いで亡くなっていた。

「深雪が奥にいる。間もなく起きるだろう」

「はい、お手伝いいたします」

「昼前には戻る」

重信と小兵衛は林崎の熊野明神に急いだ。

幼い頃から父の仇討成就を祈り、祭神スサノオから神夢想流を神伝された。その神の杜《やしろ》は清浄だ。

二人が参道から境内に入ると熊野明神の拝殿の扉が開かれ人が立っている。その人影は藤原義祐《ふじわらよしすけ》だった。

「お待ちしておりました。どうぞ、拝殿へお上がりください……」

三年前の天正五年、この熊野明神の別当祠官二十一世藤原義貫《よしおき》が亡くなり、嫡男の義祐が二十二世別当祠官に就いた。

小兵衛が階の下に控え、重信が一人で拝殿に昇った。

祭神スサノオの神域だ。涙がこぼれる。

重信が父数馬の仇討を果たして、奉納した初代信国三尺二寸三分が鎮まっている。義祐のお祓いを受けた。

重信は心静かにスサノオに廻国修行の報告をした。その重信をスサノオがどう思うか。

スサノオとの約束はまだ果たしていない。これからも続くだろう修行の旅の無事を祈った。

「初代信国を抜いてみますか?」

「よろしいですか?」

「父がよく手入れをしていました。いつも甚助さまがお帰りになる時のためにと申していました」

「有り難いことです。拝見いたします」

義祐から大太刀を受け取ると腰に差して、抜く構えで鞘口を切りスルスルと三尺二寸三分を抜いた。

薄い灯りを撥ね返して美しい太刀だ。

父の仇坂上主膳《さかがみしゅぜん》を京の産寧坂《さんねいざか》で斬った時の感触が蘇る。神の手にお返しした大太刀である。

その大太刀を刀架に戻して、義祐と三人で石城嶽《いしきだけ》の奥の院に向かった。大旦川《おおだんがわ》沿いに甑岳山麓まで行くと山の稜線が白くなった。三人が山を登り釜ケ沢《かまがさわ》に下りて行くと夜が明けた。

祠官の義祐が春先に来て、奥の院の注連縄《しめなわ》や御幣《ごへい》を取り換えていた。巨岩の奥の院に来ると重信はスサノオの気配を感じる。ここには確かに神々がおられる。

重信のすべてはこの深山幽谷から始まった。まだ寒い山の冷気に身も心も洗われる。お参りが済むと重信は二人の前で太刀を抜いた。乱取備前は美しい豪刀である。

秘伝万事抜は四方八方を斬り、十六方三十二方を斬り突き、六十四方を円を描くように足をさばき、体をさばいて舞うように淀みなく斬る。

万事抜とも卍抜《まんじぬき》とも萬字剣《まんじけん》ともいう。

神夢想流の無敵の秘剣だ。剣は理合《りあい》にあり。

義祐と小兵衛が重信の運剣の乱舞を見ている。石城嶽から吹き下りる春風が重信の剣で斬り裂かれる。

スサノオに奉納する修行で磨かれた神夢想流だ。

三十九歳の重信が神との約束を果たすべく、廻国修行で磨きに磨き工夫に工夫を重ねてきた秘技だ。

この剣を天下一の剣に育てるのがスサノオとの約束だ。

それはまだはるかに遠い。

三人は山を下りると、重信と小兵衛が祥雲寺《しょううんじ》に向かい、義祐は林崎熊野明神に戻って行った。

祥雲寺の老僧楚淳《そじゅん》和尚は、すでに重信が帰国したことを聞き、寺に現れるのを待っていた。重信の禅の師であり学問の師である。

楚淳和尚に願って重信は座禅をした。幼い日にここで結跏趺坐《けっかふざ》を組んで法界定印《ほっかいじょういん》を結んだ。

重信はあの日と同じように、座禅をすると呼吸を整え静かに随息観《ずいそくかん》に入る。

壁に向かい一炷《いっちゅう》の只管打坐《しかんたざ》を行い、本堂に入って和尚の懐かしい話を幼い日のように聞いた。

一刻ほど祥雲寺で過ごし、重信と小兵衛は志我井の墓に行った。

小兵衛と小梅が墓を守っていてくれるから母は寂しくないだろうと思う。

昼前に高森家に戻ると遅い朝餉《あさげ》を取って、剣の手ほどきを受けた刑部太夫の道場に向かった。

大きな銀杏の木は悠然と立っている。

「民治丸《みんじまる》、強くなったかい？」

そう語りかける。

重信は銀杏の木に一礼すると、乱取備前の鞘口を切って抜いた。

「ほう、ずいぶん修行をしたようだな民治丸……」

「まだこれからにございます」

「そうだな、また戻って来い。わしはいつまでもここに立っておるから……」

「はい……」

道場は稽古が終わって若い門弟が数人いるだけで静かだ。

重信は刑部太夫の居室で懐かしい剣の師と対面した。何から話すべきか頭の中が大混乱する。

七十歳を超えた刑部太夫は白髪の老人剣士だ。

「長い旅であったな。まだ続くのか？」

「はい、明神さまとの約束ですから、まだ半ばかと考えております」

「そうか。体を壊さぬようにな……」

刑部太夫にとって重信はわが子同然だ。親を闇討ちで亡くしてから、刑部太夫が重信に剣を教えてきた。

「左近殿が明日の対戦を聞いてきたので、前と同じように寺山又五郎を推挙しておいた。いいな？」

「はい、寺山殿とは京でずいぶん稽古をしました」

「うむ、鞍馬や奈良だったと聞いておる。楽しい旅だったと言っておった」

そんな刑部太夫と重信の話は夕刻まで続いた。

楯岡城の勇者

翌朝も熊野明神に行き、祥雲寺で座禅をしてから登城した。

馬場ではなく本丸御殿の庭に陣幕が張られ、御前試合の支度が整えられていた。試合は五組が決まっている。

ドーンと太鼓が鳴って立ち合いが始まった。

「氏家左近殿に阿部五郎八殿ッ！」

東根《ひがしね》刑部太夫が二人を呼んだ。

この二人は刑部太夫道場の四天王と言われた剣士で、互いに手の内は知り尽くしている。

だいぶ歳を取っていて立ち合いは長引いたが左近の方が少し強く勝利した。

「大石孫三郎殿に高尾喜平次殿ッ！」

呼ばれた喜平次は槍を抱えて出てきた。戦場では槍で敵を何人も叩き潰してきた剛腕の喜平次だ。

だが、大石孫三郎は寺山又五郎に次ぐ使い手といわれる。

荒武者喜平次と剣客孫三郎の勝負だ。

三十人の足軽大将に出世した喜平次は、若い頃のように酒を飲んで喧嘩をするようなことはない。

だが、相変わらず荒々しく元気がいい。

頭上で槍を振り回し、二段、三段と突いて、孫三郎を喜平次が勢いよくグイグイ追い詰めた。

だが、稽古で鍛え上げてきた大石孫三郎は冷静な剣客だ。歳は取っても強い。

喜平次の槍首を木刀で抑えると、喜平次の動きについて行き逆転、胴を貫かれて喜平次がひっくり返った。

「柏倉《かしわぐら》宗兵衛《そうべえ》殿に小林《こばやし》忠左衛門《ちゅうざえもん》殿ッ！」

宗兵衛も孫三郎と並んで四天王と言われた剣客だ。馬廻りを率いる忠左衛門でも敵わなかった。

だが、二十年の歳月は長く誰もがいい年寄りになっている。歳月は決して人を待たないのだ。

望月《もちづき》源太《げんた》左衛門《ざえもん》と西岡三郎太の対戦は三郎太が逆転で勝った。

「林崎甚助殿に寺山又五郎殿ッ！」

重信が呼ばれて床几《しょうぎ》から立った。

又五郎と並んで因幡守と千谷の方に一礼。千谷の方の後ろに深雪が心配そうな顔で座っている。

見物している家臣団の中に伯父の伝左衛門と勝信もいた。

二人が対峙すると又五郎の方から間合いを詰める。一足一刀の間合いが又五郎の間合いだ。

スッと剣が伸びてくる間合いだ。

それを重信は承知だ。剣は間の理合こそ大事。

白髪頭の又五郎が木刀を上段に上げて重信を誘う。

重信は中段のまま木刀を二寸ほど右下に置き中心を空けた。誘いだ。さすがに又五郎は重信の誘いには乗らない。

右へゆっくり回ろうとする。

重信の足指が砂利を噛んで一瞬の動きを支えようとしている。その足が半歩動いた。

すると「ウオーッ！」と若々しい気合で又五郎が正中を斬ってきた。老剣客らしい正しい剣だ。

瞬間、重信の木刀が後の先を取った。

又五郎の木刀にカッと擦り合わせ、左胴から横一文字に真っ二つに斬り抜いた。

神伝居合抜刀表一本水月《すいげつ》、又五郎がつまずいたように前に出て、ガクッと崩れて片膝をついた。

「まいった！」

因幡守と家臣団が身を乗り出して見ている。

まさに神技というしかない。立ち上がって見ている者もいた。重信と又五郎が並んで因幡守に一礼した。

「又五郎ッ、どうだッ？」

「はッ、天下一の剣にございます」

「そうか、天下一か。甚助に教えを乞いたい者はいるかッ！」

「おうーッ！」

「お願い申すッ！」

因幡守の呼びかけに若い七人が立ち上がった。それを見て刑部太夫が因幡守の前に歩いて行った。

「殿、総がかりのお許しを……」

「総がかりだと？」

「はッ、ただいま立ち上がった七人の総がかりにございます」

「七人の……」

因幡守が迷った。天下一とはいえそんなことができるのかと思う。危ないではないかと思う。

「神夢想流には秘剣万事抜というものがあるそうにございます」

「万事抜？」

「はい、是非にも見たいものです」

因幡守と刑部太夫のヒソヒソ話に、百人を超える家臣団が寂《じゃく》として声がない。重信と又五郎に七人の家臣が立ったままだ。

「いいだろう……」

了承してから因幡守が不安そうに千谷の方を見た。

少し耳が遠いのか千谷の方は知らぬ振りだ。傍の深雪は相変わらず心配そうな顔で重信を見ている。

「では……」

刑部太夫が因幡守に一礼して重信に近付いてきた。

寺山又五郎も心配して重信に寄ってきた。だが、又五郎には重信の無類の強さがわかっていた。この家臣団の中でそれを知るのは又五郎ただ一人だろう。

「殿は七人の総がかりを見たいと仰せだが？」

「木刀ですな、お師匠……」

又五郎が口を挟んだ。二人とも白髪の老剣士だ。

「真剣では？」

「真剣、甚助殿……」

又五郎が驚いて重信を見てから刑部太夫をにらんだ。重信は真剣の万事抜を殿より刑部太夫の方が見たいのだと分かっている。

「いいでしょう。真剣で致しましょう」

「では真剣にて……」

「甚助殿……」

「寺山殿、秘剣万事抜をみなさまに披露しましょう」

「いいのか？」

「うむ、見ていてくだされ……」

重信が真剣の総がかりを了承した。もし一歩間違えば重信も若者たちも傷つく危険な真剣勝負だ。

「これから、七人の総がかりを行うッ、真剣を持ってまいれ！」

真剣と聞いて一瞬で緊張が走り静まり返った。誰もが真剣勝負がどれだけ危険か知っている。

それを聞いて喜平次が傍の真槍を摑んで立ち上がった。

孫三郎に負けて荒武者喜平次は試合をやり足りない。それが分かる重信が苦笑して喜平次にうなずいた。

結局、総がかりは喜平次を入れて八人になった。

立ち合いの場所が広げられた。重信は木刀を床几に立てかけると乱取備前を握って腰に差した。因幡守に披露すると同時にスサノオにも見てもらう秘剣だと思う。

鉢巻を締め直し、襷をかけ直して支度を整える。

その重信の前に喜平次が立ち七人がその左右に分かれた。刑部太夫と又五郎が二間ほど下がった。

「よろしいかな?」

「おうーッ!」

「では、始め……」

重信が中段に構えると囲んでいる八人が、一斉に構えて神の剣士を包囲した。

それなりに腕に自信のある家臣たちだ。前に喜平次、左に四人、右に三人の囲みだ。まず喜平次を倒す。

「ウオリャーッ！」と重信を威圧する雄叫びのような気合だ。

喜平次が二度、三度と槍をしごいてから、勢いよく三段に突いてきた。その槍先を弾いて重信が踏み込んだ。

喜平次の右脇の下から斬り上げて倒すと、左から襲いかかってきた一人の胴を抜き、もう一人を左から斬り下げた。

喜平次は仰のけにひっくり返り、二人は砂利を嚙むように前のめりに倒れた。

重信の足さばきは土を嚙んで微塵の隙もない。強い。深雪は両手で顔を覆って真剣勝負を見ていない。

右から二人、左から一人が襲いかかった。

重信の刀が右の剣を擦り上げ、一人を逆袈裟に斬り上げ一人の胴を抜いた。反転した刀が左の刀を弾き肩を押さえて潰す。

まるで舞いを見ているようだ。

残った二人が棒立ちで、一人は刀を構えているがカタカタと震えている。もう一人は構えを解いて戦意がない。

「それまでッ！」

刑部太夫が試合を止めた。流れるような一瞬の動きで六人が倒された。まさに神技としか言いようがない。因幡守はこんな剣法があるのかと、眼の前の出来事が信じられない。

家臣団もみな息を呑んでいる。重信は全く息を乱していなかった。

天下一の剣とはどんなものか、凄まじい斬撃を眼の前にして、一瞬、静寂に包まれ誰も言葉がない。

乱取備前を血振りして鞘に戻し因幡守に一礼した。その時、ジャリッと砂利を踏む音に重信が反応した。

「オウーッ！」と傍にいた又五郎が抜刀すると重信に襲いかかった。

不意打ちだ。

「キャーッ！」

悲鳴が飛んだ。誰もが身を乗り出す。だが、不意打ちに対処するのが居合の得意とするところだ。

瞬間、身を沈めた重信の乱取備前が鞘走った。

キーンッと又五郎の剣を弾いて後の先を取った。左胴から右脇の下へ逆袈裟に斬り上げた。

神伝居合抜刀表一本石貫、又五郎がつんのめって砂利に突っ込んだ。正中を斬るべし。グッと天にのびた乱取備前の剣先は美しい残心だ。

「あッ！」

家臣団が一斉に立ち上がった。

だが、重信は誰一人斬ってはいない。まさに神の剣というしかない。

ゆっくり刀を鞘に戻し又五郎の傍に歩いて行った。

「まいりました……」

又五郎がニッと笑う。

二人で鞍馬山を駆け回った時の思い出が浮かぶ。重信は又五郎がいてくれたから仇討が成就したと思う。

八人も立ち上がって、重信に撃たれたところを押さえながら、因幡守に一礼すると因幡守もよくやったと一人ひとりの勇気を褒めた。

因幡守自慢の楯岡城の勇者たちだ。

いざとなれば因幡守を守って命を捨てる家臣たちである。その若き勇者たちに命を捨てる時が近づいていた。

乱世は非情だ。

重信と又五郎が因幡守の傍に呼ばれ、又五郎が因幡守の小袖を拝領した。

この日、重信と真剣で戦った楯岡城の勇者たちは四年後、戦場で因幡守を守って全員討死する。

「甚助、また旅に出るのか？」

「はッ、未だ未熟にて、お許しを賜りたく存じまする」

「そうか。出羽に収まる剣ではないのう。許す。だが二十年は長いぞ。深雪のために必ず帰ってまいれ……」

「はい、有り難き幸せにございまする」

重信は再びの廻国修行が許された。

因幡守の深い愛こそ父数馬の愛なのだ。六歳で父を亡くした重信にとって因幡守はまさに父だ。

その夕刻、天童城からの早馬が楯岡城に飛び込んできた。

重信は因幡守の部屋で千谷の方も交えて談笑していた。それが一変した。早馬と聞いて因幡守、監物、左近、重信が広間に急いだ。

「どうしたッ……」

天童頼久の使者は喉が渇き水を所望して飲んでいたが、泣きそうな顔で「上山満兼さまが殺害されましてございますッ！」という。

「何ッ、いつだッ！」

「今朝にございます！」

「誰が殺した……」

「里見民部！」

「民部めッ、裏切ったなッ！」

天童一族の上山満兼は八楯と同盟して、山形城の最上義光を北と南から挟んで、最上軍の動きを押さえている。

そこに義光の近臣で謀略家の氏家守棟が仕掛けて、満兼の家臣里見義近《よしちか》、民部親子を調略、内応させた。最上軍が出陣すると里見親子が裏切り、民部が城内から切り崩して満兼を殺害したのだ。

守棟のあっという間の鮮やかな謀略だ。

最上軍の出陣を天童頼久が知った時には、援軍を出す間もなく上山満兼は殺害されていた。

因幡守は最上軍の出陣すら知らなかった。

義光の参謀氏家尾張守守棟のあまりにも見事な謀略というしかない。

「左近ッ、仕掛けられたなッ？」

「御意ッ、甥の調略に間違いないかと……」

「監物、最上軍は北に向かってくるな？」

「まずはどこに謀略を仕掛けてくるか、氏家尾張守はいきなり城攻めをしません。必ず、調略を仕掛けてからです……」

「なるほど、だが、天童城の頼久さまはまだ十三歳だ。いきなり攻められるようなことはないか？」

「氏家尾張守の戦の仕様はおそらく変わりません。必ずや調略を仕掛けてまいります」

「左近はどう思う？」

「ご家老の仰せの通りかと思います。甥は力押しの戦を好みません。調略で敵を分断してから襲いかかります」

重信は三人の話を黙って聞いていた。

北への旅

家老横山監物の考えは的中する。

氏家守棟が次に狙いを定めているのは、義光と出羽守を争った谷地城主の白鳥十《じゅう》郎《ろう》長久と、延沢銀山を抱えて裕福な、八楯の剛力無双の猛将延沢満延だった。

この二人に対する謀略は正反対の対応で、氏家守棟ならではの水際立った仕掛けを使うことになる。

白鳥長久は山形城に招かれて謀殺され、延沢満延には息子の又五郎《またごろう》に、義光の娘松《まつ》尾姫《おひめ》を嫁がせて味方に引き入れる。

この謀略によって四年後、出羽に激震が走り大混乱になる。

上山満兼の殺害は八楯の隙を狙ったもので、後手を踏んだ八楯は出陣も手遅れであきらめるしかない。

重信は戦いになるなら因幡守と出陣する覚悟でいた。

半月ほど楯岡城下に滞在したが、戦いになる気配が消えたため、因幡守に挨拶して北へ向かうことにする。

深雪と勝信に秋には戻ると告げて旅立った。

最上川沿いに羽黒山に向かった。

羽黒山の開山は古く三十二代崇峻《すしゅん》天皇の御世にさかのぼる。時の権力者蘇我馬子《そがのうまこ》に不満を持った崇峻天皇を、馬子は東漢駒《やまとのあやのこま》に命じて暗殺させた。

長い歴史の中で皇族ではない臣下に殺害された天皇は崇峻天皇だけである。

崇峻天皇五年（五九二）十一月三日の事件だった。

この時、崇峻天皇と大伴小手子《おおとものこてこ》の間に生まれた蜂子《はちのこ》皇子三十一歳がいた。

この蜂子皇子も殺されると危惧した聖徳太子《しょうとくたいし》が、皇子を匿い宮中から脱出させると丹後に逃がす。

蜂子皇子は丹後から船で北上し出羽の由良《ゆら》に辿り着いた。

由良の八乙女浦《やおとめうら》の舞台岩にいた八人の乙女が、神楽を舞うのを見てその美しさに引かれ皇子がその地に上陸する。

そこへ三本足の霊鳥八咫烏《やたがらす》が現れ、皇子を羽黒山に導いたという。

蜂子皇子は羽黒山に上り、山頂に祠を創建する。推古天皇元年（五九三）のことと伝わっている。

羽黒権現、月山権現、湯殿《ゆどの》権現を感得して、蜂子皇子は三山の開祖となった。

やがて、羽黒山には出羽神社、月山には月山神社、湯殿山には湯殿山神社が創建された。

だが、湯殿山にだけは本殿や社殿はない。

湯殿山のご神体だけは、儀式の後に裸足でないと参拝が許されない。

そのご神体を見ることは許されるが、「ご神体のことは問うな、語るな……」と固く禁じられる。

山伏を始め人々は神の怒りを恐れ、決してご神体のお姿を口にする者はいない。

山岳信仰の山であり、悠久の神秘をまとう修験道の霊山である。神々が遊ぶ荘厳な山々だ。生まれ変わりのお山ともいう。

重信が羽黒山の宿坊で覚浄坊《かくじょうぼう》の所在を聞くとすぐに分かった。

蓮覚坊《れんかくぼう》も蒼覚坊《そうかくぼう》も修験の旅に出る支度をしていた。だが、剣の師である重信が現れたことで三人は大歓迎だ。

出立を延ばして早速、翌日から山に入った。

四人は羽黒山、月山、湯殿山と五日間、山の中で修験の行をして下りてきた。

蓮覚坊と蒼覚坊は越後に向かい、重信と覚浄坊は酒田から羽後秋田に向かった。覚浄坊は六十歳を超えた老山伏になっていた。

重信を剣の師として尊敬している。

逆に重信は修験道を極めようとする覚浄坊を尊敬している。修験者と武芸者は似たようなものだ。

一剣を以て大悟できるか。重信の思いと山の霊力を身につけようとする修験者は似ている。

覚浄坊は重信を最も理解している一人だ。

「ご坊は北へは何度も？」

「これまで数度、恐山《おそれざん》にまいりました」

「恐山？」

「はい、恐山は最北の霊山にて修験のお山でもございます」

「なるほど……」

「北は恐山から西は九州阿蘇《あそ》山まで、修験の霊山は諸国にございます」

覚浄坊のいう修験の霊山は最北の恐山から、出羽の鳥海《ちょうかい》山、出羽三山、甑岳、蔵王山、下野の日光《にっこう》山。さらに、武蔵の三峰《みつみね》山、高尾《たかお》山、相模の大山、箱根山などだ。

西に行けば、駿河の富士山、加賀《かが》の白山、紀伊《きい》の熊野《くまの》三山、伯耆《ほうき》の大山《だいせん》、肥後の阿蘇山などはことに大きな修行の霊場だ。

修験道は森羅万象に神霊が宿ると信じる山岳信仰である。

延暦寺《えんりゃくじ》の台密《たいみつ》、東寺《とうじ》の東密《とうみつ》とも深くつながり、諸国の深山幽谷の霊山を巡って厳しい修行を行う。

その功徳を以て衆生の救済を行おうとする。

飛鳥《あすか》期の役《えんの》小角《おづの》が創始したという。

それを行う者を修験者といい山伏ともいう。柱源《はしらもと》の境界を得るを究極の目的とする。修験の秘法という。

剣の道と等しく修験の秘法を得る道は困難である。

二人は酒田を過ぎ象潟《きさかた》に向かった。

この地は太古に鳥海山が噴火、山体崩壊によって山が海に流れ込み、大小の島々が浮かぶ風光明媚な地形ができた。

その大きさは東西二十町南北三十町で、九十九島八十八潟といい、東の松島、西の象潟と言われる。

覚浄坊は見慣れているが重信は初めて見る景勝に感動した。

ところが、この重信の見た太古の景勝は、江戸期の文化元年（一八〇四）に象潟地震が発生し、海底が隆起して一気に海が消えてしまう。

人々は大自然の計り知れない驚異の力を目の当たりにすることになる。

既に五月に入っていた。

二人はさらに北上し、角館を経て、国見《くにみ》峠越で奥羽の山を越えると、雫石《しずくいし》に出て盛岡《もりおか》に向かった。

昔、羅刹《らせつ》という鬼が出没して人里を荒らしまわり、大切な娘を連れ去るなど村人を困らせていた。

そんな村人の願いを聞いて三ツ石《みついし》神社の神さまがその鬼を捕まえ、二度とこの地に来て荒らさないと約束させると、神さまは鬼の手形を岩に残させた。

以来、この地を岩手と呼び、鬼が二度と来ないと約束したことから不来方《こずかた》と呼ばれるようになった。

不来方では不吉だといわれ、やがて森ケ岡《もりがおか》と山の名で呼ばれるようになり、森ケ岡からより縁起のいい盛岡へと名が変わることになる。その土地には良く似合った伝説や神話があるものだ。

それも人々の営みがあるからといえる。そういう土地に張り付いて生きる人々を重信は好きだ。

「師匠、折角、不来方まで来たのですから、恐山までまいりませんか？」

重信は覚浄坊に恐山へ誘われた。

「ここから恐山まではほぼ六十里余りといわれております。半月もかからずに戻ってこられましょう。暑からず寒からず、長旅には良い季節にございますが？」

北の霊場に覚浄坊は重信を連れて行きたい。生涯で二度と足を踏み入れることはないだろう。

「そうですか、ご坊と一緒であれば安心です。まいりましょうか……」

「そうしましょう。きっと良い旅になります」

二人はより北上して北の外れ恐山に行くことを決めた。修験者ではない重信が再びこの地に立つことは難しい。

ましてや北の外れまで行くことなどはないだろう。そう思って重信は恐山行きを決意した。その先は海を渡って蝦夷《えぞ》というところだ。

その恐山の開山は古く、貞観《じょうがん》四年（八六二）に天台宗《てんだいしゅう》最澄《さいちょう》の弟子円仁《えんにん》こと慈覚《じかく》大師が、六尺三寸の地蔵菩薩を彫って安置したことに始まるという。

今なお火山が息をしている死者の山といわれる。謎の多い山で、人が死ねばその魂は恐山に行く。その奇景から人々に古くからそう信じられていた。

人は死後を願ったり祖父母を大切にする。

それがやがて祖先信仰と結びついて、恐山に行けば死者に会えると言われるようになった。

渡り巫女《みこ》などが定住するようになる。

イタコという眼の見えない巫女が、祖先信仰の口寄せなどをするようになるのがいつ頃か、はっきり分かっていない。

誰でも亡き父母に会いたいと思う。先祖の声を聞く呪術的風習は広く地方に存在する。オナカマ、オガミサマ、ミコサマ、ワカサマなど地方によって呼び名は色々である。

イタコの出現は、北国の厳しい自然の中、安心して生きる手段の一つとして、生まれたのかも知れない。

そこに地蔵信仰も結びついた。

重信と覚浄坊は北へ北へと歩き、霊場恐山に上った。

その山は巨大な火山で、実は恐山という名の山があるわけではない。

巨大な火口を取り巻く、釜臥《かまふせ》山をはじめとする鶏頭《けいとう》山など、八峰を総称して恐山という。

確かに死者の遊ぶ庭のようなところだ。

火山の巨大山塊に青々と水を湛えている宇曽利《うそり》山湖畔には、荒涼たる霊域が広がっている。

この恐山は長い間衰退していたのだが、五十年前の大永《だいえい》二年（一五二二）に、曹洞《そうとう》宗の僧聚覚《じゅかく》が南部《なんぶ》家の支援を受けて円通《えんつう》寺を建立した。慈覚大師以来の恐山に菩提寺を再興したのである。

人は一人ひとりになると決して強い存在ではない。だから父母など愛する人と会いたいと思う。この時代は若くして亡くなる人が少なくなかった。

重信も母の志我井や薫に会いたい。宇曽利山湖畔に重信は覚浄坊としばらく佇んでいた。

「どなたかお会いになりたい方がおられるのでは？」

「はい、何人かおります……」

「口寄せをしてみますか、その方が降りてこられるかもしれません」

「いや、ここにいるだけでその気配を感じます。それ以上は未練ですから……」

「そうですか……」

重信は愛する母と薫が心の中にしっかりいると思う。それで充分だ。

そんな不可思議な霊場恐山を下りた重信と覚浄坊は、半月もしないで不来方に戻ってきた。

二人はそのまま南下すると平泉《ひらいずみ》に立ち寄り、西に道を変えて奥羽の山に入ると、吹越《ふっこし》峠を越えて出羽に入り、石城嶽に至り奥の院に現れた。

八月が過ぎ九月に入っていた。

林崎熊野明神に下りてくると、覚浄坊は葉山《はやま》に向かい羽黒山に戻って行った。重信は祠官の藤原義祐に願って七日参籠に入る。

重信は恐山で母の志我井と薫に会った気がした。

独眼竜

年が明ければ重信は四十歳になり円熟期に入る。

参籠が終わると重信は登城し因幡守に挨拶して楯岡を去った。

「気をつけられて……」

「うむ、行ってくる」

重信と深雪にはスサノオが結んでくれた堅い絆がある。

どんなに離れていても心は通じ合っていた。伯父の伝左衛門と息子の勝信に見送られて重信は旅立った。

山形城下の氏家屋敷に数日滞在して、米沢城下の森藤左衛門家に半月ほどいた。

元信や幸信と剣の稽古をしたが二人とも筋は良くない。あの元気な薫の子とは思えないのんびりした子たちだ。

亡くなった栄左衛門に甘やかされたようだ。

父親が旅に出て不在、母親を幼くして亡くした二人を、栄左衛門がそう育てても仕方がない。

雪が降る前に重信は白布峠を越えようと思っていた。

だが十一月になると急に寒くなり早い雪が来て周囲の山々が白くなり、白布峠が閉ざされ重信は米沢城下から動けなくなった。

毎日、道場に出て若い門人を相手に稽古を続ける。

そんなある日、薫の弟森惣太郎が城から武家を連れてきた。その武家は長井《ながい》川井《かわい》城主鬼庭《おににわ》左衛門《さえもん》綱元《つなもと》と名乗った。

後に伊達政宗の重臣になる武将でこの時三十二歳だった。

重信は道場で鬼庭と会った。

「山形の氏家守棟殿から書状をいただきましたので、お許しもなく森殿に案内していただきました」

「林崎甚助にございます」

「神夢想流のことはだいぶ以前から聞いておりました」

綱元は守棟から神夢想流のことは詳しく聞いている。伊達家と最上家は義光の妹義姫が伊達家に嫁いで争いはなくなった。

その義姫が産んだ嫡男が隻眼の伊達藤次郎政宗だ。

綱元と守棟の付き合いは七、八年になる。

この後、鬼庭綱元は太閤になった秀吉に、「庭に鬼がいては不都合ゆえ、茂庭《もにわ》と改めるように……」といわれ茂庭綱元と名乗る。

綱元は囲碁が強く、同じように囲碁の強い秀吉と勝負して勝ち、秀吉の側室で絶世の美女の香《こう》の前《まえ》を拝領する。

秀吉は行商していた頃におぼえた賭け碁が強く、信長にも家康にも負けたことがなかった。それが伊達の家臣に碁の強い男がいると聞き、綱元に側室香の前を賭けて碁を打ち負けてしまう。

「林崎さま、勝手なお願いですが、神夢想流を一手ご指南いただけないだろうか？」

「承知いたしました」

重信はいつものようにあっさりと引き受けた。誰にでも披露するのが神夢想流の流儀だ。神の剣法はすべての人のものである。

藤左衛門と惣太郎が心配そうに見ている。

重信は道場の刀架から木刀を二本とって一本を綱元に渡した。道場の中央で中段に構えて対峙すると綱元の腕はすぐ分かった。

綱元の木刀が上段に上がって踏み込んできた瞬間、後の先を取って綱元の右胴から横一文字に斬った。

神伝居合抜刀表一本荒波《あらなみ》、一瞬の斬撃に綱元がガクッと膝をついた。

「まいった！」

重信の勝負はいつも一瞬だ。

「神夢想流居合抜刀にございます」

「その型を見せてもらえないでしょうか？」

「結構です。では……」

重信は木刀を惣太郎に渡すと乱取備前を腰に差した。三人から二間ほど離れて正座すると瞬間、片膝立ちで乱取備前を一気に抜いた。

横一文字に斬り上段から真っ二つに正中を斬った。

血振りをして太刀が鞘に戻る。

その瞬間、鞘口から再び乱取備前が飛び出す。重信は綱元に神夢想流の型を披露した。

「若殿にもお見せしたいがよろしいか？」

「結構です」

綱元はこれまで見たことのない不思議な剣法を政宗にも見せたいと思った。二人はしばらく剣の話をし綱元が戻って行った。

米沢城から呼び出しがあったのは年が明けてからだった。

重信は森藤左衛門と惣太郎こと森栄左衛門《えいざえもん》に案内されて登城した。薄く雪の降った朝で正月もまだ八日だ。正月気分の御殿の大広間で、重信は伊達輝宗と嫡男藤次郎政宗に会った。

「左京大夫さまと藤次郎さまです」

鬼庭綱元が重信に輝宗と政宗を紹介する。

「楯岡因幡守満英《みつひで》さまが家臣、神夢想流林崎甚助にございます」

重信は因幡守の家臣だと名乗った。

「甚助、そなたのことは綱元から聞いておる。今日は余の家臣と立ち合ってくれ！」

「はッ、畏まってございます」

この時、左京大夫輝宗は三十八歳、政宗は十五歳だった。

政宗は幼くして疱瘡《ほうそう》に罹《かか》り、命と引き換えに片目を神に差し上げて隻眼《せきがん》となった。後に独眼竜《どくがんりゅう》という。

輝宗は政宗を育てることに熱心で、六歳の時、学問の師として甲斐の恵林《えりん》寺から、快川《かいせん》紹《じょう》喜《き》の弟子虎哉宗乙《こさいそういつ》を招いた。

この四年後、輝宗が二本松《にほんまつ》の宮森《みやもり》城にいる時、和睦の礼に来た二本松城主、畠山《はたけやま》義継《よしつぐ》を見送りに出て、突然、玄関で義継の家臣に捕らえられてしまう。

隻眼の政宗は気性が激しく、鷹狩り中に知らせを聞いて義継を追い駆け、阿武隈《あぶくま》川河畔の高田原で父親の輝宗ごと、義継一行を一斉射撃で皆殺しにする。

輝宗は四十二歳だった。

この事件で伊達家を取り巻く近隣の安定が一気に崩れ、政宗は天正十六年の郡山の戦いに勝つまで、連日、危険な戦いに明け暮れることになる。

何ごとによらず荒々しい政宗だった。

政宗の傍に臨済僧虎哉宗乙が座っていた。

重信は虎哉禅師の師快川紹喜とは、京の勧修《かじゅう》寺《じ》尹豊《ただとよ》邸と京の東山で偶然に会ったことがある。

大広間の戸が開かれると一気に冷気が雪崩れ込んできた。

庭の雪は全て掃き捨てられ、立ち合いの場所がきれいに支度されていた。重信は下げ緒を取って襷をする。

懐から紐を出して鉢巻を締めた。

縁側の敷石に用意された草鞋を履き、乱取備前を惣太郎に渡し、差し出された木刀を握って庭に下りた。

最初の相手は若い馬廻りだった。

いつものように勝負は一瞬だ。若者は重信に胴を抜かれて庭の砂利に転がった。

次は槍を持った馬廻りで、元気はいいが槍首を押さえられ、重信が体を寄せて肩を抑え込んで砂利に這わせた。

三人目は重信と同じ年格好の剣客だった。

おそらく伊達家一の使い手だろうと思わせる落ち着きで、なかなかの腕だと思われたがとても重信の相手ではない。

立ち合いは三人だけで、重信は輝宗から正月の酒を頂戴して城から下がった。

その翌朝、鬼庭綱元に案内され、政宗が近習を二人だけ連れて道場に現れた。隻眼の政宗は顔を突き出して重信をにらむ。

「甚助、余に伝授せい！」

「承知いたしました」

道場の稽古が中断して木刀を握った政宗と重信が対峙した。この時、重信が伝授したのは間合いと残心だ。

隻眼の政宗には間合いを取るのが難しい。近間でも遠間でも隻眼では間合いの感覚がつかめない。

「間合いは心にあります」

重信はそう伝授した。隻眼で見るのではなく心で見るということだ。

それを聡明な政宗はどういうことなのかすぐ理解した。残心とは次への心構えと身構えである。

この年四月に政宗は相馬《そうま》家との戦いに出陣し初陣《ういじん》を果たす。既に政宗は近隣の大名と交渉するなど輝宗の代理を務めていた。後に秀吉も家康も恐れる独眼竜の片鱗を見せ始めている。

二十年早く産まれていたら、独眼竜は天下を取っていただろうといわれる。

虎哉宗乙は政宗こと梵天丸をそのように育てた。政宗は師として虎哉宗乙が亡くなるまで大切にしたという。

人は邂逅《かいこう》こそ大切である。

その頃、京では正親町《おおぎまち》天皇と信長の間の溝が深まり、将軍宣下や天皇の譲位を望む信長と、信長を本当に勤皇なのかと疑う天皇の関係は厳しい状況にあった。

天皇は決してそんな不審を口にされない。

信長は思い通りにならない正親町天皇に対して、軍事的圧力をかけるため京での馬揃えが計画された。

明智《あけち》光秀《みつひで》と所司代村井《むらい》貞勝《さだかつ》が中心となって支度される。

馬揃えは二月二十八日に盛大に絢爛《けんらん》豪華《ごうか》に行われた。

この馬揃えには、出羽で産まれ、谷地城主の白鳥長久が献上した名馬小雲雀が、信長の替え馬として他の名馬たちと出陣した。

乱世は激痛を伴いながら終焉に向かって確実に近付いている。

武田信玄、毛利元就《もとなり》、上杉謙信など、応仁《おうにん》以来の乱世を疾駆した英雄たちが、次々とこの世から姿を消していた。

信長の天下がすでに来ている。

三月になると白布峠が開かれ、重信は元信と幸信に見送られ米沢城下を出立。

山を越え会津赤井村に入ると、小川弥左衛門の道場に二ヶ月間も滞在した。薫に会えるような気がする。

猪苗代湖畔の赤井村は重信の好きな場所の一つだ。

湖畔で乱取備前を抜くと、広大な自然の霊気が剣先から五体に流れてくる。その霊気を斬るように乱取備前が縦横に走る。

鞘口から剣先が離れるとサワサワとさざ波が逃げて行く。

一剣を以て大悟する。その道は果てしなく遠い。神の剣士林崎甚助重信が目指しただ一つの道だ。

乱取備前を鞘に戻して湖畔に座る。剣禅三昧《けんぜんざんまい》こそ大悟への道だと信ずる。

無《む》一物《いちもつ》中《ちゅう》無《む》尽蔵《じんぞう》、いつの日かその剣すら捨てる時が来る。四十になり重信の剣は神への道を歩み始めていた。

重信の傍に村の子どもが来て同じ格好で座る。

この赤井村で二十二人斬りをして以来、村人は重信を剣の神さまと思っている。そんな重信を子どもたちは好きだ。

一人の百姓がその子どもの傍に来て座り湖を眺めた。

三人の周りを春風が乱舞して湖面に流れて行く。

百姓は二十年近く前に重信に斬られた二十二人の一人で、老婆に看病されている間に老婆の娘と結ばれた悪党だ。

今では重信を師と思い恩人と思っている。

四半刻で重信は座禅を解いた。

「おぬしの子か？」

「孫だ……」

「ほう、孫か……」

「老師はこれからどちらへ？」

男は重信を老師と呼んだ。あの日、重信に斬られて男は生まれ変わった。老婆とその娘の愛に生きる場所を見つけることができた。

人はいつでも変わることができる。

「京に行くつもりだ。ところでおぬしを助けた婆はどうした？」

「生きているよ……」

「ほう、まだ生きているか？」

「八十を超えたというが、ありゃ九十をとっくに超えているわ。化け物だな……」

男が苦笑する。

「おぬしが大切にしているからだろうよ」

「あの時、野垂れ死ぬところを助けてもらったからな……」

「おぬしは仏と出会ったのだ」

「そうかも知れん。それもあの時、老師に斬られたからだ……」

「お爺が斬られたのか？」

孫が不思議そうに聞いた。

「そうだ。あの山の下で剣の神さまに斬られた……」

男がそう言ってニッと笑った。

「痛かったか？」

「ああ、痛かったが婆さんに治してもらった」

「ふうん……」

子どもが重信を見上げてニヤリと笑う。

山河はどこまでも広大だ。

その大自然の中で無垢な子どもの命が輝いているのを重信は見た。

斑鳩の別れ

四月の終わり、重信は会津赤井村を発って中山道《なかせんどう》の岩田《いわた》村に姿を現した。風間出羽守や幻海たちと北条家の仕事をしていた田宮平兵衛《たみやへいべえ》と、長野《ながの》十郎左衛門《じゅうろうざえもん》が道場に戻ってきている。

平兵衛には後に田宮流の後継者になる嫡男長勝《ながかつ》が生まれていた。

平兵衛はこの息子に神夢想流居合を熱心に教えたが、踏み出す足に悪癖が出てどうしても治らない。

すると平兵衛は「そんな悪い足は斬ってしまえッ！」といきなり長勝の太股に太刀を突き刺した。

「平兵衛さまッ！」

十郎左衛門は驚いて、ギャーッと叫んで恐怖で泣けない長勝を抱きとめて、手当てのため奥に引きずっていった。

母親の顔を見るとワーッと大泣きする。

「泣くのはお止めなさい。お父上の仰る通りにできないそなたが悪いのですから

「……」

厳しい母親にも叱られてにらまれた長勝は、十郎左衛門に助けを求めるしかない。

だが、その十郎左衛門は言葉もなくニッと苦笑するしかない。

そのお陰で長勝の前足の悪癖がピタッとなくなる。

話を聞いた重信が「父上に感謝するのだぞ。そうすれば、そなたは天下一の剣士になれるだろう」と長勝を慰めた。

やがて田宮長勝は徳川家康に認められ八百石を拝領、家康の十男で徳川吉宗《よしむね》の祖父になる紀州和歌山徳川頼宣《よりのぶ》の剣術師範になる。

千人を超える弟子を育て田宮流居合を天下に広めた。

長野十郎左衛門は二十七歳になり廻国修行に出たいと考えていた。

名門上野長野家の生き残りである。

やがて十郎左衛門は井伊《いい》直政《なおまさ》に仕え、その死後、武功によって井伊家の三番家老となり三千五百石の大身となる。

重信が岩田村に滞在している間に、北条家の風魔、幻海が顔を出し平兵衛と何やら話をして、二日ほど泊まって姿を消した。

重信が平兵衛の仕事にかかわることはない。

平兵衛は二、三寸長い柄の刀の使い方を考案していた。

長勝の育て方にも表われているように、平兵衛は美しくない剣を嫌い、やがて、美の田宮流、位《くらい》の田宮流と言われる。

重信のような気品のある剣に育てあげる。さすがに神夢想流の二代目だ。

重信は久しぶりに会った弟子と稽古をし、少し涼しくなった八月に三人で京に向かった。

三人は岩田村を出ると、中山道を信濃に向かわず逆に武蔵へ向かった。

一ノ宮の叔父高松良庵の道場で十日ほど過ごし、川越から八王子に出て小田原城下に現れた。重信と十郎左衛門は松田尾張守の屋敷に入り、平兵衛は一人で風間出羽守の屋敷に向かった。

なにをしているのか得体の知れない田宮平兵衛だった。

尾張守に挨拶すると重信はその日のうちに十郎左衛門を連れて、小田原から熱海の走《はし》り湯《ゆ》に行って浸かる。海を見ながら入る走り湯は別天地だった。

三人は半月ほど小田原にいて、箱根の竜太郎の家に行くと、幻海とお仲の夫婦が炉端に暇そうに座っていた。

風魔の幻海は神出鬼没だが仕事が終わるといつも箱根に戻ってくる。

あちこちに隠し女がいるだろうに、お仲を大好きで炉端にゴロゴロしていた。

幻海と平兵衛が家から出て行き、重信と十郎左衛門はお仲から、豆や葱《ねぎ》などの入った雑炊を馳走になった。

　重信は平兵衛が幻海の仕事を手伝っているのかと思う。

「何んですかね。あの二人はいつも子どもみたいにヒソヒソと……」

お仲が出て行った二人を咎めるがさほど気にもしていない。

口ぶりから平兵衛が時々ここに来ているようだとわかった。なんとも怪しげな二人なのだ。

「お仲殿、人は色々秘密がないとおもしろくないものだ」

「まあ、お師匠さまにも秘密があるのですか？」

「ある。ことに剣のことは山ほどある。秘密にしているわけでもないが、やはり、秘密なのであろうな。十郎左衛門？」

「はい、教えていただきたいことばかりにございます」

「あの二人はきっとよからぬことを相談しているのですよ。コソコソと……」

お仲は二人の仕事をほぼ分かっているのだ。

「よからぬことか、なるほど……」

「この乱世はよからぬことばかりかと思いますが？」

という十郎左衛門の上野《こうずけ》箕輪《みのわ》城は、武田信玄の猛攻を受けて落城、長野一族は滅亡寸前に追い込まれた。

そこを十郎左衛門は北に逃げ、米沢城下で重信や平兵衛と出会った。

「そうですね……」

いわくありげな十郎左衛門の言葉にお仲が納得した。

どこへ行ってきたのか、二人が戻ってきたのは一刻ほど経ってからだ。

平兵衛は休む間もなく重信と出立した。箱根峠で一休みしている竜太郎とお満の率いる荷駄隊と出会った。

「竜太郎殿、忙しそうだな？」

「あッ、お師匠さま……」

「お満さんはまだなのかな？」

「もう、ここに入ってますんで……」

お満が腹を押さえて突き出した。

「ほう、それはめでたい。産まれるまでは無理をしないことだ」

「うん、母親が安産だったというから、おらもきっと安産だよ……」

「そうか。丈夫な子を産めよ」

「うん、こうやって働いている方がいいんだ」

ニコニコと元気のいい娘だ。

「お師匠さまは京へ？」

「うむ、そのつもりだ」

「平兵衛さまも京へ？」

「そうだ。帰りにまた寄る……」

平兵衛も十郎左衛門も竜太郎のことはよく知っている。

「お気をつけて……」

三人は竜太郎とお満に見送られて箱根山を三島に下った。

駿府、藤枝《ふじえだ》と東海道を西に向かい、遠州浜松《えんしゅうはままつ》城下で平兵衛が姿を消した。再び現れたのが岡崎《おかざき》城下だった。

重信は何も聞かない。

この時、田宮平兵衛は岩田村から浜松城下に移り住もうと考えていた。

そんな計画もなぜそうするのかも重信は知らない。

岡崎城下で合流した三人は尾張、伊勢《いせ》から大和の柳生《やぎゅう》の荘に向かう。石舟斎《せきしゅうさい》と会い重信は奈良宝蔵院《ほうぞういん》に向かった。

宝蔵院には例の僧兵の阿修羅坊《あしゅらぼう》が健在だ。鬼より怖い荒法師である。これまで何人の武芸者がこの大坊主の丸太のような槍に叩き潰されたことか。

平兵衛と十郎左衛門を胤栄《いんえい》に紹介し、二人と別れて重信は一人で法隆寺《ほうりゅうじ》のお咲《さき》の家に向かう。

十月は冬支度でお咲たちの忙しい時期だ。もう秋の実りも取り入れが終わろうとしている。

「あッ！」

重信を見つけたお咲が畑の道を走ってくる。それをお咲の母親とお咲の夫の五助《ごすけ》が見ている。相変わらず元気のいいお咲だ。

「お帰りなさい！」

息を切らしてお咲が重信に抱きついた。亭主が見ているというのに笠をとる暇《いとま》もない速攻だ。

「元気か？」

「うん、元気。産まれたよ……」

「まさか……」

「その、まさかなの……」

「あそこにいるのは五助だな？」

「うん、この間、一緒になったの……」

「この間とは？」

「この間は、この間よ。行こう」

お咲が重信の手を引いて百姓家に向かった。

「名前はお道《みち》、甚助さまの子だから……」

「そうか？」

「うん……」

百姓家には老婆と子どもがいた。

「おや、まあ、お武家さま……」

「お婆も達者そうだな？」

「お陰さまで、お咲に五助の子どもが産まれたで、もうしばらくは元気でいないとのう……」

「違うッ、五助の子じゃねえッ！」

「お咲、馬鹿をいうでないぞ。この孫は五助の子だ。お武家さまがここを発たれて半月ほどで、お咲が五助と一緒になったんですわ……」

「半月じゃない、一ヶ月だ！」

「おんなじことだろ、だから五助の子だ」

「五助の子じゃねえ！」

「林崎さま、お咲は勝手にそう思いたいだけで、この孫は五助の子に間違いないのですよ……」

重信は黙って二人の話を聞いていた。

「違うってば……」

お咲が両手で顔を覆って泣き出した。

「泣いても駄目だ。馬鹿なことを言うもんでねえ。この子は五助の子だから……」

「違うもの……」

「まだ分からないのか、この馬鹿が……」

「お婆、お咲を叱らないでもらいたい。この子は確かに五助の子だ。いいなお咲……」

「嫌だ。違うもの……」

「馬鹿が、百姓の子がお武家さまの子のはずがねえだろ……」

「お咲、違うというなら、そなたとこの子を斬る！」

「お武家さま……」

老婆とお咲が驚いて重信を見た。

「お婆、五助殿に相すまぬ。二人を斬る。いいなお咲、覚悟せい！」

「嫌だあ……」

「お武家さま、お許しを、お咲の勘違いなんで、お許しを……」

本気で斬るつもりはないだろうと思いながらも、老婆が重信に謝罪する。

重信には老婆の気持ちもお咲の気持ちも分かるが、こういうことはどうしようもないことなのだ。ここは婿の五助が大切だ。

「帰る……」

重信が太刀を握って立ち上がった。

「お咲、謝れ……」

「嫌だ……」

お咲は強情だ。

「もう会えなくなるのだぞ。謝れ……」

「嫌だ……」

重信は草鞋を履いて太刀を腰に差し笠を握った。

「お婆、お咲、世話になった。達者で暮らせ……」

引き戸を開けて外に出ると泣きそうなお咲の母親が立っていた。

「厄介をかけることになった。許せ……」

重信が歩き出すとお咲が飛び出してきた。

「待って！」

「お咲、そこへ直れッ！」

怒った顔の重信は笠を投げると同時に「トウーッ！」と乱取備前を抜き、無情の剣でお咲の胴を真っ二つに斬り抜いた。

ズルッと悲鳴もなく崩れるお咲を片手で抱きとめる。

「気を失っただけだ……」

母親にお咲を渡して道に出た。

あれだけお咲が言うのだからお道は間違いなく重信の子だ。だが、老婆は五助の子として、百姓の子として育てたいのだ。

それには武家の重信の子では具合が悪い。そんな老婆の必死な気持ちを重信は受け入れた。

法起《ほっき》寺の傍まで来ると道端に五助が立って待っている。

「五助殿……」

「旦那、泊まって行ってくだせい、このまま帰ったらお咲が可哀そうだ」

「そなた……」

「おれはお咲が好きだ。だがら、お咲の好きなようにさせてやりてい……」

「五助殿、そなたも勘違いしているのだな、お咲はお道をそれがしの子だといったようだが？」

「うん……」

「それは違うぞ。お咲は気の強い子だから、そなたを試しているのだ。母子を大切にしてくれるかをな。それがしには覚えがない」

「では、お道はおれの子で……」

「覚えはあるのか？」

「ある。けど、旦那に似ているような気がする……」

「馬鹿なことを言うな。さっき見たが、そなたにそっくりではないか……」

「旦那……」

「今、聞き分けのないお咲を斬ってきた」

「ゲッ、なんてことを……」

「生きていればいいがな」

「と、とんでもないことを……」

五助が泣きそうな顔で走って行った。

重信は五助の優しさに合掌。強情だが心優しいお咲にも合掌するしかない。もう、二度と来ることのないだろう斑鳩の里をあとにした。

本能寺炎上

重信は宝蔵院には戻らず京に向かった。

人は人を愛し、愛されなければ生きていけない。

お咲と五助とお道の幸せを祈るしか手立てのない重信だ。五助の大きな愛だけが頼りだった。

平穏に暮らしてほしい。二人はいい夫婦だと思う。

重信が勧修寺家に立ち寄ってから、鷹ケ峰《たかがみね》の将監《しょうげん》道場に戻ってきた時、十月も半ばを過ぎている。

それから数日して出雲《いずも》の神々の神議《かみはか》りが終わると、いつものように中村三右衛門《なかむらさんえもん》と阿国《おくに》たちの巫女舞が京に現れた。

この年の十月の終わり、十歳になった阿国のややこ踊りが京で評判になり、御所に呼ばれて天覧に供することになったと噂が広がった。阿国のややこ踊りは一年ほど前から人気になっている。

正親町天皇は剣技や舞や踊りなどを見るのが好きなようだった。重信の耳にも天覧の噂が聞こえてきた。

そんな時、奈良の宝蔵院から平兵衛と十郎左衛門が将監道場にきて、すぐ、重信が寺山又五郎と修行した鞍馬山に二人で出かけた。

その二人が戻ってきたのは十日後だった。

数日後、十一月になって三右衛門と阿国と阿菊《おきく》が鷹ケ峰に現れた。

「天子さまへのご披露は終わりましたか？」

「はい、天子さまから楽しかったとのお言葉だったそうにございます」

「それではこれからの勧進《かんじん》もはかどりましょう」

「そうだと良いのですが……」

　阿国は重信の傍に来てピタッと座る。流し目で重信を見上げる阿国は、もうすっかり女の色香だ。

「お稽古をしてくださいますか？」

「稽古？」

「ええ、剣の……」

「阿国……」

「父上、阿国はお師匠さまのお弟子ですものいいでしょ……」

　まるで踊りの稽古でもするような口ぶりだ。

　重信はそばにいる十郎左衛門を見た。

「相手をしてやってくれ……」

「承知いたしました」

　十郎左衛門が席を立つと阿国と阿菊がついていった。ところが、三人がすぐ戻ってきた。阿国が泣きべそをかきながら怒っている。阿菊と十郎左衛門が困ったという顔でついてきた。

阿国が額を押さえている。

「どうした？」

三右衛門が聞くと阿国が額を見せた。そこには大きなたん瘤《こぶ》ができている。

「三右衛門殿、相すまぬ。それがしの手落ちでござる……」

十郎左衛門が三右衛門に平身低頭する。重信は十郎左衛門の木刀が、阿国の額に当たったのだと思った。

ところが違っていた。

どうしたことか、十郎左衛門は二人に指南する前に阿国と阿菊を立ち合わせた。阿菊の踏み込んだ木刀が見事に阿国の額を打った。その一撃が大きなたん瘤を作り大ごとになった。

踊り手の額のたん瘤だから困ったことだ。

ところが話を聞いた三右衛門が腹を抱えて笑った。阿菊はおとなしい子で木刀など持ったことがない。

その阿菊に剣の心得のある阿国が一撃で倒されたのだから困る。

「父上！」

「いや、阿国、笑ってすまぬが、これはそなたの油断というものだ。そなたが悪い……」

「お師匠さま……」

「阿国殿、その木刀を持ってついてまいれ……」

重信が立つと十郎左衛門も立った。

「阿国殿だけで……」

誰も来るなということだ。

阿国はたん瘤の額に鉢巻をし、木刀を持って道場に出た。

「さあ、まいれ！」

「木刀は？」

「それがしは真剣だ」

「そんな……」

「怖いか？」

強気の阿国が怖いと言わず黙って木刀を構えた。

重信も黙って鞘口を切る。

しばらく二人のにらみ合いが続き、阿国の剣先が小さく震えている。重信は阿国が踏み込んでくるのを待った。

緊張が膨らみ、踏み込めば斬られると分かっている。

だが、阿国は勇気があった。大好きな重信が自分を斬るはずがないと思う。木刀を上段に上げた。

重信がスルスルと乱取備前を抜いた。

その刃に誘われるように、阿国が踏み込んだ瞬間、斬られたと思って木刀を投げだした。

重信の乱取備前が阿国の右胴に張り付いて止まった。

阿国の着物に刃が触っている。

「き、斬られた……」

阿国は腰からグニャッと崩れて床に座り込んだ。

あまりの恐怖で小便を漏らしている。

「立てるか？」

阿国が首を振った。腰が抜けた。

「よく踏み込んだ。勇気がある、だが、剣は遊びではないぞ。油断をすれば今のように斬られることを忘れるな」

「う、うん……」

まだ阿国の体は震えていた。それを重信が抱き上げる。

「恥ずかしい……」

顔を赤くして阿国が重信の首にしがみついた。

「小便のことか？」

「うん……」

「気にするな。誰にも言わぬ。どうだ、立てるか？」

「うん、もう、立てる……」

フラフラと立ち上がって照れるようにニッと微笑んだ。

「油断するな。もう一度やるか？」

「はい！」

重信が乱取備前を抜いて中段に構えた。

「剣は抜かぬことだ。抜けば斬るか斬られるかだ」

「はい！」

「阿菊を叱るな」

「はい……」

半刻ほど二人だけの稽古が続いた。汗をかいて、すっかり機嫌を直した阿国がニコニコと座敷に戻ってきた。

阿菊が阿国に駆け寄る。

「ご免ね……」

「いいの、いいの、気にしなくていいの……」

阿国は大好きな重信と稽古ができて上機嫌だ。

暮れから平兵衛と十郎左衛門は将監道場で稽古をし、五条《ごじょう》の染物屋吉岡《よしおか》道場に通い始める。

年が明けた天正十年（一五八二）は、天下が震撼する大激動の年になった。

その時、重信も平兵衛も十郎左衛門も京にいて剣の修行に余念がなかった。激動の予兆はなく穏やかな正月だった。

事件は甲斐で起こった。

信長の恐怖に怯えた武田勝頼が、甲斐に城はいらないという信玄の遺訓を破り、釜《かま》無《なし》川の断崖絶壁七里岩《しちりいわ》の上に、南北四千四百間、東西千二百間の超巨大な軍事要塞、新府《しんぷ》城の築城を始めたのである。

唆《そそのか》したのは勝頼の従兄穴山梅雪斎《あなやまばいせつさい》で名将真田昌幸《まさゆき》は築城に反対した。

案の定、築城が始まると高い年貢と過酷な賦役に耐えかねて、武田家傘下の大名と民百姓の気持ちが一気に勝頼から離れた。

こういうことになるから真田昌幸は反対したのだ。

信玄の娘を妻にしている木曽義昌《よしまさ》が、あまりの苦しさに信長に寝返り、弟の上松義《あげまつよし》豊《とよ》を人質に差し出してきた。

時折りしも、長篠《ながしの》の設楽《したら》が原《はら》で、信長の鉄砲に壊滅させられた武田軍が復活しつつあった。そんな微妙な時期で、勝頼はまだ武田軍を立て直してはいなかった。

その頃、信長へ将軍宣下をする条件の一つが、京から常陸までの東海を平定した将軍というのがあった。

つまり甲斐は東海の一部と朝廷は考えている。

信長に征夷大将軍を渡したくない朝廷の理屈のようなものだ。

勝頼を裏切ったこの木曽義昌の振る舞いで、武田家を滅ぼす絶好の機会を信長は摑んだ。

織田中将信忠《のぶただ》を大将に信長は後詰にまわる。

五万とも八万ともいう織田の大軍が南信濃から武田領に侵攻、高遠《たかとお》城の戦い以外、戦いらしい戦いもなく甲斐に攻め込んだ。

勝頼一家を天目《てんもく》山麓に追い詰めて自害させる。

あまりに無謀な築城が武田家の最期の力まで奪った。この戦いは三月十一日の勝頼一族の死で終わった。ここに甲斐《かい》源氏《げんじ》新羅《しんら》三郎《さぶろう》義光《よしみつ》を祖とする武田家が事実上滅亡した。

ところが、それに倍する激震が六月二日に京で勃発する。

天下をほぼ手中にした信長は最後の強敵、西国の毛利討伐のため安土《あづち》城を出て京の本能寺に逗留した。

その信長は小姓と近習の百人ほどだけで織田軍を率いていなかった。

中将信忠も千人足らずしか率いていない。徳川家康に至っては三十四人の家臣と堺にいた。

それには理由があった。

武田征伐を終わって織田軍が各地に帰還したのは四月だった。

二ヶ月間の武田征伐の遠征で疲れた兵を、それぞれの家に帰して休養を取らせていたのである。

そのため、安土城には一人も兵がいなかった。

それでも、天下人たる者は五千や一万の兵は引き連れて歩くべきなのだが、そこは自信家の信長で、五畿内に刃向かう敵はいないと油断した。

京で五畿内の兵を集める考えで、近習などわずか百人ほどしか率いていない。

これではまったく戦力にはならない。

その無防備を京にほど近い丹波《たんば》亀山《かめやま》城にいた明智光秀に狙われた。

明智軍は西国に出陣するため完全武装の支度で、一万三千人の大軍が京の本能寺に押し寄せてきた。

織田四天王といわれる知将明智光秀にぬかりはない。

百対一万三千の戦いでは端から結果は見えていた。

わずか四半刻ほどの、戦いにもならない騒ぎで本能寺が炎上し、信長は自害、爆死した。

中将信忠は妙覚寺にいたが、寺では戦いにならず隣の二条《にじょう》御所に移って明智軍と戦いになる。

「大変だッ、明智の裏切りだぞ！」

「何んだって、どうしたというのだ？」

「の、信長が死んだッ！」

「馬鹿野郎ッ、何んで信長が死ぬんだよ！」

「あ、明智の裏切り……」

「何んで明智光秀が裏切るッ？」

「そ、そんなこと分からねえ、今、本能寺が燃えている……」

鷹ケ峰街道には早朝から人が出て大騒ぎになった。断片的に噂が飛び込んでくるだけだ。

「明智軍は三万だそうだな」

「信長が死んだというのは嘘らしいぞ。安土城に逃げたらしい……」

「越前の柴田《しばた》勝家《かついえ》が上洛してくるそうだな？」

「権六《ごんろく》が？」

「中将さまはどうした？」

「そうだ。妙覚寺に中将信忠がいるはずじゃねえか……」

何が本当なのか分からない流言《りゅうげん》飛語《ひご》が飛び交う。京は上を下への大騒ぎだった。荷を運んで逃げ出そうとする。

「京が丸焼けになるそうだぞ！」

「丸焼け、どうして？」

「知らねえ、戦だからだろ……」

「この辺りまで燃え広がるか？」

「風次第だ……」

どうなるか分からない不安が蔓延している。

「東山沿いに五条の吉岡道場に走れ！」

重信は十郎左衛門を走らせ、平兵衛には将監道場を頼んだ。

「それがしは御所の勧修寺家にまいる」

京の洛北《らくほく》、北大路通りを東に走り、堀川通りの辻を南に折れ、今出川通りを東に烏丸《からすま》通りまで走った。

御所に近付くと辻に明智軍が数人ずつ立っている。重信は烏丸通りの乾《いぬい》御門《ごもん》から御所に入り宜秋門《ぎしゅうもん》まで走った。

勧修寺家は門を閉じて静かだ。

「林崎甚助です！」

名乗ると扉が開いて重信が飛び込んだ。

「入道さまと大納言さまはご無事ですか？」

「うむ、入道さまはおられるが、大納言さまは禁裏に参内《さんだい》されました……」

門を開けた家人が重信を御殿に案内する。

「本能寺ですか？」

「ええ、本能寺は焼け落ちて、戦いは二条御所に移ったようです」

「二条御所の親王さまは？」

「上の御所にご動座にございます」

信長が献上した二条城には誠仁《さねひと》親王、女房の勧修寺晴子《はるこ》、その二人の子で後の後陽成天皇こと和仁《かずひと》親王が住んでいた。

二条城は二条御所とか下の御所と呼ばれている。

夜の天覧

乱世が終焉する激痛の予兆が始まった。

本能寺にいた信長は明智光秀に攻められ、わずか四半刻の戦いで命を落とした。天下人らしくない軽率な油断としか言いようがない。

二条御所に籠城した中将信忠軍は、兵の多くが京の町家に分宿していてあまりに兵力が少な過ぎた。千人もいなかったという。誠仁親王と晴子妃、和仁親王が無事であったことはよかった。

本能寺が落ちて戦いは膠着《こうちゃく》しかけたが、二条御所の隣の近衛《このえ》前久《さきひさ》邸の大屋根から明智軍の鉄砲が撃ち込まれる。

この攻撃が実に有効でたちまち籠城軍を崩壊させる。中将信忠が自害して戦いが終わった。

どこからも援軍がなくわずか一日の戦いで、信長と後継者の中将信忠が死んだことは、ここで織田宗家は滅亡したといえるほどの痛手になった。

信長らしい油断といえば実にその通りだ。その時、信長の孫三法師《さんぼうし》は二条御所から脱出したが、わずか三歳ではいかんともしがたかった。

「甚助、しばらく、この屋敷に住め……」

「はい、昼夜の警備は怠りなくいたします」

「明智軍が引き上げていなくなると、京はたちまち野盗の棲家になる……」

八十歳の尹豊は、戦いの後に織田軍と明智軍が、京から引いてしまった後のことを考えている。

京からどの軍勢もいなくなると、野盗には格好の仕事場になってしまう。

重信は勧修寺家の長屋に、家人たちと寝泊まりすることになった。明るいうちに仮眠して日が落ちると邸内と周辺を見回った。

まだ明智軍が辻々にいて京はざわついている。野盗や盗賊が出没する気配はまだなかった。

だが、ゆくゆく物騒になることは見えている。それが京の常なのだ。

翌朝、尹豊が二条御所と本能寺を見たいというので、尹豊を乗せた老馬の轡《くつわ》を取って重信が供をした。

「親王さまがご無事で何よりだった……」

焼け落ちた二条御所を見て尹豊がつぶやいた。

尹豊は信長暗殺を仕掛けた一人なのだ。二条御所には尹豊の孫娘の晴子がいて心配していたところだった。その親王ご一家が危険な二条御所から脱出できたことはなによりも良かった。

重信は老馬を引いて烏丸通りを南に下って、四条坊門小路に出ると西に曲がり、南蛮寺の前を通って、焼けて姿を消した本能寺の前に立った。

あちこちから見物の野次馬が焼け跡を見ている。そこに妙な噂が広がっていた。

「聞いたか、信長の遺骸《いがい》が見つからなかったようだな？」

「どうして？」

「そんなことわかるか、焼けてしまったんだろうよ……」

「逃げたんじゃないのか？」

「そういう噂もあるようだが、一万の大軍に囲まれて逃げられるか？」

「そうか、逃げられないか……」

二人の若い野次馬がブツブツと話している。

「爆発したという噂もあるようだな」

「爆発、どうして寺が爆発するんだよ？」

「寺の地下に武器弾薬が入っていたらしい」

「どうして武器弾薬なんだ？」

「この寺は織田軍の城だったようなんだよ。信長が作り変えたらしいんだ」

「へえ、寺をお城に……」

「だからほら、そこに塀と堀があるだろ……」

男が白い塀と水堀を指さした。

「確かに……」

もう一人が納得する。

大きなさいかちの木が境内に焼け残っている。

「天下人などと思い上がるとこういうことになる……」

馬上の尹豊がつぶやいたのを重信は聞いた。

その言葉から何が起きたのか重信は悟った。信長は朝敵と見られ処分されたのだろうと直感した。

この国では朝敵の存在は許されない。

それが唯一、この国の絶対的決まりだ。古くから朝敵とみなされた何人もの権力者が処分された。

それは、時には天皇の臣下同士の権力争いだったかも知れない。

理由のいかんにかかわらず、朝敵になれば容赦なく始末される。それがこの国の暗黙の了解なのだ。

重信は信長という男を知らないが、尹豊の激しい怒りをその言葉から感じた。

京の辻々にまだ明智軍が残っている。

いつもより通りには人がいないと重信は感じた。屋敷に戻ると御所から使いが来て尹豊が夜に参内することになった。

禁裏は一町も離れていないが、尹豊の命令で重信が護衛することになった。

先の内府《ないふ》勧修寺紹可《じょうか》入道尹豊八十歳は、今上帝の正親町天皇に信頼されている。内々に天皇の言葉を聞くことがあった。

乱世の真っただ中で先帝と今上を支えてきたのが尹豊だ。

どこをどうすればどうなるか、世の中も朝廷の仕組みも、全て理解している酒飲みの化け物公家である。

重信は無冠で禁裏に入ることはできない。

「客人だ。お上のお傍近くの庭へ……」

尹豊が迎えに出た宿直当番の公家に命じた。

派手なことの嫌いな重信を、特別に闇の中で天皇に会わせようと考えたのだ。重信は案内された庭の暗がりに屈んで控える。

とても、天皇を拝顔できる身分ではない。

尹豊と会う時、天皇は女官以外、誰も近づけない寝所近くまで呼ぶ。その庭に重信がうずくまった。

「お上、終わりましてございます」

「うむ、内府、朕は勤皇を助けたい……」

「お上、それはできません」

「朕の命令でもか？」

「こればかりは天下安寧のため、お上のご命令でも……」

天皇の命令を拒否するなど、化け物の尹豊にしかできないことだ。それだけに、天皇は絶対的な信頼を置いている。

「哀れ……」

「はい、天下のために死んでいただきます」

「内府……」

天皇が薄暗い中で泣いておられるようだった。天皇が言う勤皇とは、謀反人とされた明智光秀のことだ。

信長から見れば謀反人だが、天皇から見れば光秀は勤皇に見える。

正親町天皇は信長に悩まされてきた。

「お上、これからが本当の戦にございます。もうしばらくのご辛抱を願い上げます」

「どれだけ犠牲になるか？」

「二十万人ほどにございます」

「に、二十万だと？」

「はい、お上の御世に乱世を終わらせるのでございます」

「内府……」

冷静沈着、何ごとにも驚かない天皇が、乱世を終わらせるのにあと二十万人が死ぬと聞いて動揺した。

「二十万人が四十万人でも応仁以来の乱世を終わらせなければなりません」

「四十万……」

「これが勧修寺の最期の御用にございます」

尹豊の断固たる決意だ。天皇から言葉はない。

女官も遠ざけられ二人だけの密談だ。重信に小さな声の天皇の言葉は聞こえない。

「取れ……」

「頂戴いたします」

天盃が尹豊の手に渡った。天皇が瓶を持って酒を注ぐ。

こんなことはありえないことで、天酌などあってはならないことだ。天皇が御手で酒を注ぎ尹豊をねぎらった。

「お上は三十数年前、北面に浅野《あさの》数馬という男がいたのをご存じでしょうか？」

「北面の浅野？」

「美男にて、女官が騒々しく……」

「美男の北面か、覚えがあるような、ないような、はっきりせぬが？」

「その北面は歌の弟子でしたが、出羽に下り無念にも闇討ちで命を落としました。その北面に幼い一子がおりまして、十数年の艱難辛苦《かんなんしんく》の末、清水の産寧坂にて親の仇を討ちましてございます」

「ほう……」

「その者が神の剣と称する神夢想流を開きましてございます」

「剣士か？」

「はい、ひいき目にございますが、天下一だろうと思います」

「天下一、土佐守《とさのかみ》や伊勢守《いせのかみ》より強いか？」

「はい、玉顔にてお確かめを……」

「うむ、見たい……」

天皇が神夢想流を見たいと仰せられた。

「甚助ッ、おるか？」

「はッ！」

暗闇から薄い灯りの中に出た。既に、襷をかけ紐で鉢巻をしている。

「土岐源氏にて林崎甚助重信と名乗りおります。天覧である。いたせッ！」

「はッ！」

重信は鞘口を切るとスルスルと乱取備前を抜き、天子に襲いかかる魔物を斬るように、神夢想流神伝居合抜刀表五本と秘伝万事抜を披露した。

四方八方、十六方、三十二方を斬り抜く大技だ。

天皇が玉座から見ている。傍には尹豊しかいない静かな夜だ。舞うように美しい気品に満ちた重信の剣技だ。

息を整え、鋭く闇の中の魔物を前後左右に斬る。天皇は身を乗り出して重信の動きを追っていた。

披露し終わると重信が地面にひれ伏した。

「これまでに見ぬ剣法だな？」

天皇からお言葉があった。

「居合抜刀というそうにございます」

「居合？」

「立ち合いに対する居合にございます」

「そういうことか……」

「一瞬にして敵を倒します。一度に二十二人を斬りましてございます」

「ほう、二十二人……」

天皇が納得したようにうなずいた。

「甚助、下がれ！」

「はッ！」

重信が暗がりに消えると尹豊が座に座り直した。

「内府、次は誰だ？」

「おそらく、大もめになりましょうが、二、三年のうちに落ち着きましょう。応仁の頃に戻ることはないかと思います」

「二、三年のうちに次が決まるか？」

「次はかの者を倒した男になるのではないかと考えます」

二人の口から具体的な名は出ない。ちょっと聞いただけでは符帳のようで誰にも分からない。

「ということは？」

「北か西か東か、そんなところでしょう。中将の死が致命傷になりました」

「なるほど……」

二人の話し合いは秘かに深夜まで続いた。

信長が義昭《よしあき》と上洛したころから、正親町天皇は内心では信長を勤皇と思えないでいたのだ。

それは尹豊も同じだった。

信長の振る舞いを見て、朝廷の危機を深刻に考える公家が少なくない。

そういうこともあってか、信長は死後に神号を下賜されることがなかった。秀吉には豊国《とよくに》、家康には東照《とうしょう》の神号が下賜される。

だが、信長にはない。

それが明治になって大帝が「信長の天下統一の業績で外国から侵略されなかった」と評価したことで、ようやく、明治二年に建勲《けんくん》という神号が下賜される。

尹豊は天盃を頂戴し、相当に酔って当番宿直公家に放り出されるように禁裏から出た。

フラフラと尹豊は上機嫌だ。

「甚助、お上はよろこんでおられたぞ……」

「恐れ入ります」

「間もなく乱世は終わる。終わらせねばならぬのだ。応仁以来百年になる。あまりに長過ぎる。そうであろう、甚助……」

「仰せの通りにございます」

「天子さまから頂戴した酒は格別に美味であった。極楽じゃ……」

化け物公家、勧修寺紹可入道尹豊は九十二歳まで長寿を生きることになる。

二章　愛と愛と

因幡守の死

京の激動は続いた。

明智光秀が軍を率いて信長の安土城に行くと、たちまち京には野盗が出没するようになった。

上京の方はまだしも、下京の方は日が暮れると、出歩けない危うさとの噂が広まったが、それも数日のことだった。

西国から羽柴秀吉軍が上洛して来るとの急報で、明智軍と羽柴軍の戦いになると予想され、京は再び混乱し始める。

今度は大軍同士の戦いで、京は火の海になるとまことしやかにささやかれた。

信長の死からわずか十数日で京に乗り込んできたのは、信長から猿と呼ばれていた風変りな小男だった。

この羽柴秀吉という男は、尾張や三河《みかわ》で針などを売る行商をしていた。

信長という尾張の弱小大名の子が天下を目指したため、家臣不足で優秀な若者を何人でも必要とした。

そこに忽然と現れた不思議な男でよく働いた。

信長に気に入られるとトントン拍子に出世する。

信長を殺した明智光秀がその秀吉に山崎の戦いで倒されると、信長が残した莫大な遺領争いが始まる。

信長の子ども同士、家臣同士が殺し合う。

謀反人とされた光秀が秀吉に倒されると、勧修寺家で光秀の末娘を預かり育てることになった。乱世の人間模様は複雑に入り組んでいる。

秀吉の上洛で京に落ち着きが戻ると、重信は勧修寺家から鷹ヶ峰の将監道場に戻ってきた。

その頃、出羽でも情勢が動き始めていた。

最上義光が天童城に戦いを仕掛け、八楯の救援で和睦した時、和睦の条件で義光の側室になった天童頼貞の娘天童御前が山形城で亡くなったのである。

すると最上家と天童家の縁が切れて氏家守棟の謀略が動き出した。

重信は織田家の混乱の噂を聞きながら、鷹ヶ峰の道場に腰を落ち着けて稽古に専念している。平兵衛と十郎左衛門は、五条の吉岡道場や奈良の宝蔵院、堺や高野山《こうやさん》などにも出かけて行った。

信長死後の主導権争いは、翌年の天正十一年になってますます激しくなった。

秀吉と織田家の筆頭家老柴田勝家の対立、信長の次男織田信雄《のぶかつ》と三男織田信孝《のぶたか》との対立がはっきりする。

信雄と秀吉が組み、信孝と勝家が組む激しい戦いになった。

この戦いは信雄と秀吉が勝ち、信孝と勝家が死んだ。

ところが、秀吉は力をつけてくると傲慢になり、主筋の信雄に正月の挨拶に来いと要求する。

それに不満な信雄が反発して三河の徳川家康と手を組んだ。

天正十二年には秀吉と家康の戦いになった。今日の味方は明日の敵という大混乱である。

そんな混乱を重信は京を動かずに見ていた。

重信だけでなく天下の武将たちが、信長の死後がどのように収まるのか戦々恐々で見ている。

信長の同盟者だった家康が出てきたことで、誰もが主導権を握るのは秀吉か家康か、戦いに勝った方だろうと予測した。

秀吉軍が十万、家康軍が三万という大軍同士の戦いが、四月九日に尾張の小牧《こまき》、長《なが》久手《くて》で行われた。

戦いというのは不思議なもので大軍が勝つとは限らない。あろうことか秀吉軍が三河への中入りという奇襲作戦の裏をかかれて、家康軍にものの見事に敗北することになった。

以後、大軍同士のにらみ合いが続く。

ところがこれも理解不能で、秀吉に不満で家康に泣きついた信雄が、家康を裏切るという珍事が起きた。信雄は家康に相談もなく秀吉に降伏、和睦してしまったのである。

結局、秀吉と家康は痛み分けのような格好で大軍同士が引くことになる。

その頃、出羽で氏家守棟の謀略が動いた。

義光の嫡男義康《よしやす》と谷地城主、白鳥十郎長久の娘日吉姫《ひよしひめ》が婚約、その花嫁行列が通る道が整備された。

この辺りでは嫁入りを「むかさり」とか「むかされ」という。日吉姫の花嫁行列が通るためのむかさり道が作られた。

一方で、氏家守棟は八楯の実力者、剛力無双の延沢満延の息子又五郎と、義光の娘松尾姫の結婚を決めた。

この婚姻で守棟は、延沢満延に八楯を裏切らせることに成功する。

八楯が七楯になってしまう。

そんな時、山形城の義光が病になったと谷地城に知らされ、万一の時のことを相談しておきたいと白鳥長久は山形城に招かれる。

それは大嘘だった。

六月七日に長久が山形城に入った途端、隠れていた義光の家臣が、守棟の合図で一斉に長久に襲いかかった。

「おのれ、謀ったなッ！」

長久とその家臣が太刀を抜いて応戦する。

「取り囲め！」

「討ち取れッ！」

「卑怯者ッ！」

「殿ッ、庭に出て下されッ！」

雨戸が蹴破られ、長久とその家臣が庭に飛び出した。だが、わずか六人と二十人以上の討手では戦いにならない。

それでも死に物狂いの六人は抵抗した。

「斬れッ、斬れッ！」

「氏家ッ、おのれッ！」

凄まじい戦いになり、長久の家臣は次々と倒れた。長久も庭の桜の木の下に追い詰められる。

「義光ッ、卑怯者がッ！」

槍が傷ついた長久の腹を突いた。

次々と槍に突き刺され貫かれ、義光と出羽守の官位を争った白鳥十郎長久が、桜の木に寄りかかり立ったまま絶命する。

「出陣だッ！」

最上軍が即刻出陣すると、花嫁行列のために整備された棒道、むかさり道を一気に北上して、天童城を右に見ながら谷地城に殺到。この時のために守棟はむかさり道を作らせていたのである。

何が起きたか分からない谷地城は、城主不在で抵抗することなくあっという間に落城した。

義光と守棟の本当の狙いは宿敵天童城にある。

五年前に天童頼貞が亡くなり、嫡男頼久はこの時まだ十七歳だった。

最上軍五千が谷地城を落とし、馬首を返して天童城下に押し寄せてきた。義光得意の怒濤《どとう》の攻撃だ。

即座に天童軍が出陣して、立谷川と羽州街道を挟んだ八幡山麓で対峙する。

舞鶴山の天童城は難攻不落といわれる堅城だが、天童軍は籠城ではなく野戦に出て八楯軍の到着を待った。

ところが、延沢満延の裏切りで八楯軍は知らぬ間に瓦解していたのである。

八楯の結束を信じた楯岡軍は、因幡守と出陣すると八幡山麓に急行。最上軍の前に布陣して八楯軍の集結を待った。

ところが頼みの延沢軍がいつまで待っても到着しない。

「左近、延沢軍はまだか？」

「はッ、間もなくかと思います！」

「監物、戦いが始まったら右翼の羽州街道から突撃だ！」

「畏まって候ッ！」

楯岡軍は六百人余りだが結束が固く戦いは強い。

因幡守を支える楯岡軍は横田監物、青木玄蕃、氏家左近、松本掃部、西村隼人正、高木兵馬、望月源太左衛門などの重臣、大石孫三郎、柏倉宗兵衛、阿部五郎八、寺山又五郎などの剣客がいる。

兵力は少ないが一騎当千の勇者たちだ。

重信の伯父高森伝左衛門、高尾喜平次、西岡三郎太、小林忠左衛門など兵を率いる足軽大将の面々もいる。

「延沢軍はまだかッ！」

「未だに見えませんッ！」

戦いは最上軍と天童軍が鶴翼《かくよく》に開いてにらみ合い、最上軍の左翼と天童軍の右翼が激突して始まった。

天童軍の右翼には楯岡軍がいた。

二千人を超える最上軍に六百人の楯岡軍が向かって行った。

「監物ッ、右だッ！」

「承知ッ！」

横山監物隊が右の羽州街道に迂回。その中に剣豪寺山又五郎と阿部五郎八がいた。

「突っ込めッ！」

青木玄蕃隊、松本掃部隊が最上軍に突進して行く。左近は因幡守にピタッとついている。

「隼人正ッ、左だッ！」

「承知ッ！」

西村隼人正隊が左から回り込む。なんとか最上軍の後を取りたい。

「兵馬ッ、隼人正を援護しろッ！」

「畏まって候ッ！」

「左近ッ、行くぞッ！」

「はッ、全軍、押し出せッ、突撃だッ！」

因幡守と氏家左近は馬に乗っている。

兵二百人を率いて敵の正面に突進した。天童軍の左翼も中央も最上軍に突進する。

最上軍も突っ込んでくる。たちまち全軍に激戦が広がった。

「押せッ、押し潰せッ！」

「突っ込めッ！」

「押し返せッ！」

寡兵だが楯岡軍は強い。最上軍をグイグイと押し込んで行く。左近は因幡守の傍にいて敵を近づけない。

「左近、延沢軍は裏切りだなッ？」

「おそらくッ！」

「そなたの甥の謀略か？」

因幡守が延沢満延の裏切りに気付いてニヤリと笑った。

「甥の仕業かと思います！」

「是非もない！」

「はッ！」

「行くぞッ！」

因幡守と左近が逃げる最上軍を追った。

寡兵の楯岡軍は獅子奮迅の戦いを繰り広げている。ところが、若い天童頼久の率いる中央が義光の猛攻を受けて崩れた。

六尺の鉄の指揮棒を振り回す義光は見ただけで恐ろしい。

馬ごと叩き潰される恐怖に耐えられず若い頼久が逃げてしまった。大将が逃げては味方が一気に崩れてしまう。楯岡軍は必死で天童軍を支えていた。

勢い付いた最上軍がその楯岡軍の横っ腹に突っ込んできた。

「殿ッ！」

「押し返せッ！」

「怯《ひる》むなッ！」

楯岡軍は崩れずに戦い続ける。

寺山又五郎、大石孫三郎、柏倉宗兵衛、阿部五郎八らの剣客は一人で五人、十人と倒した。

だが、多勢の最上軍は次々と新手が押し寄せてくる。

寺山又五郎が三十人ほどに襲いかかられ討死、青木玄蕃が討死、西村隼人正が討死してさすがの楯岡軍も劣勢になった。

それでも因幡守は逃げない。

最前線に踏みとどまって最上軍に包囲された。

「左近ッ、囲まれたな！」

「はッ、西が少々薄いかと！」

「よしッ、街道に出よう！」

「西だッ、西だッ！」

左近が槍を西に振った。

すると楯岡軍が一斉に西の街道に向かう。

羽州街道に出れば北上して楯岡城に引くこともできる。

だが、そこは横山監物や寺山又五郎が討死、監物軍はほぼ全滅して、最上軍に街道を占拠されていた。

「左近ッ、出られないぞッ！」

因幡守はまた包囲され、行き場がなくなった。

「続けッ！」

街道を目指して因幡守と左近が突撃する。

率いる兵は七、八十人に減っていた。

左近は槍を振るって因幡守を羽州街道まで出そうと戦った。だが、続々と最上軍が現れ逆に押し込まれる。

「左近ッ、ここまでだな……」

「殿ッ、楯岡城まで引けばまだにございます！」

「ここから出られまい。介錯《かいしゃく》せい！」

「殿ッ！」

「もうよい、ここまでだ！」

因幡守が馬から下りると槍を捨て、兜を取って太刀を抜き、草摺りの下から切っ先を突っ込んで腹に突き刺した。

「殿ッ！」

左近が馬から飛び降りると槍を突き立て太刀を抜いた。

「ご免ッ！」

一閃、因幡守を介錯した。

「おのれッ！」

鬼になった左近が太刀を振り上げ最上軍に突進する。

右を斬り、左を斬り、槍を跳ね上げて敵を突き殺し、全身傷だらけになりながら五人、七人、九人と敵を倒していく。

神夢想流秘剣万事抜の乱舞だ。

太刀が鍔元《つばもと》から折れると敵から槍を奪い取って戦い続ける。

ダーンッ！

弾丸が左近を撃ち抜いた。それでも槍を杖に倒れない。

「おのれ、義光ッ……」

ダーンッ！

二発目も左近に命中する。

「突き殺せッ！」

四方から槍に突き刺されて氏家左近が壮絶な討死をした。

妙穐尼

楯岡軍は崩壊した。

楯岡城に戻ってきたのは高木兵馬、望月源太左衛門、大石孫三郎、高森伝左衛門など二百人足らずだった。

その帰還兵も傷だらけだった。壮絶な戦いで無傷の者は一人もいない。

楯岡城は最上軍に降伏した。

因幡守の後継には満茂《みつしげ》三十八歳がなり最上義光の家臣になった。

天童城の天童頼久はいち早く奥羽の関山《せきやま》峠を越えて逃亡。

母親の実家である陸奥の国分《こくぶ》家に逃げ込んだ。後に、伊達政宗から千石を貰い家臣になる。

楯岡城の千谷の方と深雪は城を出て祥雲寺に入り、大中楚淳和尚の手で出家して千谷の方は月心尼《げっしんに》、深雪は妙穐尼《みょうしゅうに》となった。

二人は熊野明神の奥の院に向かう途中の大旦川の傍に、月心庵《げっしんあん》という粗末な庵を結んだ。

楯岡因幡守満英と横山監物尚昌《なおまさ》、氏家左近ら家臣たちの菩提を弔う。

この楯岡城の激変を京の重信は知らなかった。

乱世は終焉の激痛に苦しみもがきにもがいている。それは全国に広がる強烈な痛みだった。

誰も止めることができない。

幾千幾万もの無辜《むこ》の民が命を落とし、それと同等の武士が戦場で虚しく散ることになる。入道尹豊が天皇に二十万人と申し上げたのは嘘ではなかった。太平の世を招くには夥《おびただ》しい犠牲を必要とした。

そんな中で重信の修行は続いた。

この年の秋に鐘捲自斎《かねまきじさい》こと戸田一刀斎《とだいっとうさい》の弟子で、一刀斎の名を譲られた一刀流の開祖伊藤《いとう》一刀斎が小田原城下に現れた。一刀斎は前原弥五郎《まえはらやごろう》といい近江堅田《かたた》の人である。越前富田勢源《とだせいげん》の門人、鐘捲自斎こと戸田一刀斎の弟子になり一刀斎を譲られ、剣の才能に恵まれた男である。剣鬼といわれるほど強い人だった。あまり弟子も持たず、廻国していて神出鬼没の不思議な人だ。

小田原城下には、重信もよく知っている古藤田《ことうだ》勘解由左衛門《かげゆざえもん》俊直《としなお》という、北条氏政の家臣の剣豪武将がいた。鹿島《かしま》新当流の使い手で強かった。勘解由左衛門は一刀斎に立ち合いを申し入れて戦ったが、一刀斎の剣は鮮やかで勝負は歯が立たず敗北。

その場で勘解由左衛門は願い出て門人となり、やがて古藤田一刀流こと唯心《ゆいしん》一刀流を開くことになる。

この年、播磨《はりま》の加古《かこ》川に近い高砂《たかさご》で、新免《しんめん》無二斎《むにさい》に嫡男辨之助《べんのすけ》が産まれた。後の武蔵《むさし》である。

塚原卜伝の死後十三年が経っていた。

無二斎は秀吉の軍師黒田官兵衛《くろだかんべえ》の家臣で、羽柴軍の中の黒田軍として各地の戦いを転戦していた。

その無二斎は播磨の姫路城下や、秀吉が築いた摂津《せっつ》の大坂城下にいることが多く、なかなか高砂に戻れなかった。

重信が楯岡城の異変を知ったのは、一ノ宮の叔父高松良庵からわざわざ使いが来たからだった。それとほぼ同じ頃、勧修寺尹豊に呼ばれ、因幡守の死など楯岡城の状況を知らされた。

道場に戻ると平兵衛と十郎左衛門に出羽へ行くことを伝え、大野《おおの》将監にも旅に出る挨拶をして支度を始めた。

翌朝、暗いうちに道場を出て京を後にする。

瀬田《せた》の唐橋《からはし》まで平兵衛と十郎左衛門が見送りに出てきた。

「西国を回るなら出雲の巫女舞の中村三右衛門と、岩国の片山松庵《かたやましょうあん》を訪ねてみるとよい……」

「そのようにいたします」

「もし、九州まで行くようなら、八代《やつしろ》か人吉に丸目蔵人佐という剣客がいる。廻国に出ているかも知れないが、是非会って見るとよい。上泉《かみいずみ》伊勢守さまの門人でなかなかの人物だ」

「九州の人吉でございますか？」

平兵衛と十郎左衛門が顔を見合わせている。若い十郎左衛門はどこまでも行きたいと意欲的だが九州は遠い。

「見送りはこの辺りでいいだろう」

「これからは寒くなりますので気をつけられて……」

「うむ、年内には戻れないかも知れぬな？」

重信は二人と瀬田の唐橋で分かれ湖東の道を東に急いだ。中山道に入ると信濃下諏《しもす》訪《わ》に向かった。

東海道より悪路だが出羽へ行くには近い。

天下の形勢は秀吉に落ち着きそうだ。

信長の死後二年で混乱も落ち着き、京も地方も信長の次は秀吉でいいという気運になっている。

派手好みで陽気な秀吉を受け入れようとしていた。

もう戦いはいいという気分なのだ。

信長の死で乱世は確実に終焉に向かっている実感が出てきた。

それは秀吉の大きな功績だ。だが、権力には甘美な妖しさが潜んでいる。権力を奪取した者は、ほとんどが最初は謙虚で慎ましやかだが、やがて変貌する。

一年、二年、三年と権力を握るうちにその権力に酔い、知らず知らず傲慢になり独裁的になり、権力者は強引さをむき出しにしてくる。

そうしないと、頼りない権力には必ず襲いかかる野心家が現れ、権力など維持できないからだ。

しかし、そんな独裁的な権力は腐るのも早い。

権力が腐り始めると益々強引になり独裁的になる。そんな運命がすぐ近くで秀吉を待っていた。

戦いのない泰平の世は確実に近付いている。だが、このまま収まりそうにないというのも事実だ。そんな気配も漂っている。

重信が木曽《きそ》の上松《あげまつ》まで来た時、人相の良くない浪人三人に絡まれた。

一人旅の武家と見て因縁をつけてきた。もちろん、三人の狙いは重信の懐の銭と決まっている。

「おぬし、どこまで行く旅だ……」

「出羽までまいる」

「ほう、出羽とは遠いな。下諏訪まで道連れを願いたい」

「構わぬが、銭は持っておらぬぞ」

「何んだと！」

「銭はないと言ったのだ」

「そういうな。全部出せというのではないわ。少し酒が飲めればいいのよ……」

浪人たちが本音を言い出した。

「断る！」

重信が歩き出した。それを三人が追った。半町ほどで追いついてきたが人数が五人に増えている。

「おいッ、痛い目を見る前に出すものを出せ、それで済むことだ……」

質の悪い連中で、街道の追剝《おいはぎ》というらしく、数を恃《たの》んでしつこく絡んできた。

「ないものを出せと言われても出せぬ！」

「おのれ、やる気か？」

男が重信に凄んだ。

「斬りたくはない」

「何んだと、笑わせるな！」

「斬りたくはないと言ったのだ」

「ふん、聞いたか、わしらを斬るそうだぞ……」

そこへ遅れてきた男が割って入った。六人目の男だ。

「そなた、できそうだな？」

「それほどでもない」

「中沢《なかざわ》殿、それがしにやらせてくれ！」

「そなたの腕ではこの武芸者は斬れまいよ。任せておけ。それがしは中沢右京之助《うきょうのすけ》と申す。念《ねん》流をやる」

「ほう、念流か、それがしは林崎甚助、神夢想流です」

「林崎……」

「ご存じか？」

「どこかで聞いたことがある。ちょうどいい。抜けッ！」

男は重信の名を聞き知っていていきなり太刀を抜いた。

仲間の五人がサッと散って道端での勝負になった。重信は笠をかぶったまま構えて鞘口を切った。

この男のように流派の剣を学んだものが増えてきている。

剣で名を上げようという者が出てきた。

それは当然仕官と結びついている。

中沢右京之助と名乗った男も、仲間五人と駿河に行き、急に領地が五ヶ国に増えて人を必要としている徳川家に仕官しようとしていた。

その行きがけの駄賃でする強盗だから質が悪い。

下諏訪までと聞いた時に、重信はおよその見当はつけていた。だが、徳川家がこんな連中の仕官を許すとは思えない。

男がゆっくり右に回る。

運剣の遅速、緩急、呼吸の和合を悟れば、斬撃の効果を充分にするものなり。重信は足を滑らせ間合いを詰める。

少し遠間だが男が踏み込み、重信が踏み込めば充分に剣が届く間合いだ。

腕に自信があるのか男が踏み込んで袈裟に斬ってきた。

重信の乱取備前が後の先でスルスルと鞘走って、男の太刀を擦り上げながら眉間を一撃した。

神伝居合抜刀表一本立蜻蛉《たちとんぼ》、男の眉間が割れて、仰のけに道端の草むらに倒れ血が飛び散った。

血振りをして太刀を鞘に戻す、あまりに速い斬撃に五人は凍り付いている。

「死んではいない。気絶しただけだ。手当てをしてやれ！」

言い残してその場を立ち去った。

重信は中山道を東に急いだ。その重信を走って追ってくる男がいた。もちろん誰なのか、どんな用向きかはわからない。

次の福島《ふくしま》宿を過ぎたところで追いついてきた。

「あのう、お武家さま……」

男がおずおずと声をかける。

「それがしか？」

重信が道端に立ち止まった。

「へい、恐れ入ります……」

「何用か？」

「あのう、さっき、上松で見ておりまして……」

「分かっておる。それで？」

「奈良井《ならい》宿の金平《きんぺい》と申しますが、この先の鳥居《とりい》峠に近ごろ山賊どもが出るようになり、村々で悪さをするので困っております……」

「歩きながら聞こう」

重信と金平が歩き出した。

鳥居峠は箱根峠の倍ほども高いところにある峠で、箱根峠が東海道の難所なら中山道の難所は鳥居峠だ。

信長の武田征伐の時には雪の中で、木曽義昌と武田信豊《のぶとよ》が鳥居峠で戦い、信豊が敗北して信濃に逃げた。

奈良井宿は箱根峠の小田原宿のようなところで、この後、中山道が整備されると、鳥居峠があるため奈良井千軒といわれて繁盛する。

奈良井は楢川《ならかわ》村の宿で木曽路にある。

木曽は木曽義昌の領地で古くから木曽五木の美林が多い。信長の安土城の大天主を支えた巨木も木曽から運ばれた。杣工《そまたくみ》とか杣人《そまびと》という山の人々によって、古くから大切に守られてきた山だ。

金平の案内で鳥居峠を越えて奈良井宿に行くと意外な人がいた。宿の主人が出て来て挨拶し、部屋に案内されるとそこに鐘捲自斎が座っていた。

「おう、林崎殿ッ！」

「鐘捲さま！」

重信と自斎が互いに驚いている。

「ここの主人に鬼退治をしてくれと引き止められてのう……」

「それがしも福島宿で呼び止められました」

二人が苦笑しながら挨拶して互いの近況を話し合う。

「出羽に戻られるか、それがしは越前に戻る途中で、贄川《にえかわ》宿の湯で声をかけられた。それにしても、このようなところで会うとは不思議なこともあるものだ……」

「誠に……」

重信も不思議なことがあるものだと思う。

そんなところに宿の主人と金平、奈良井宿の長老と思える老人の三人が現れた。

「早速で相すまねえが、村の若い者が十人ほどで案内しやす。鬼どもは二十四、五人だそうで、退治できやすかのう？」

「老人、心配するな。鬼は皆殺しにするから……」

「さようで、有り難いことです。はい……」

「もう出かけるのか？」

「へい、お願いしやす……」

老人は歯が全部抜けているようだ。喋ると空気が漏れてヒーヒーいう。

兵　法

鳥居峠の鬼退治に村の若者と一緒に、剣豪鐘捲自斎と重信が山に向かった。何んとも豪勢な鬼退治だ。こんな天下無双の剣士二人に襲われたら鬼が気の毒だ。

奈良井川を上流に向かうと谷川の傍に鬼の砦がある。

「それがしに任せてくれるか？」

「どうぞ……」

重信は鬼退治を自斎に任せた。

鬼たちは砦の中で酒を飲んで大騒ぎをしているようだ。それも一人や二人ではないようだ。かなりの人数だ。

「そなたらはここにおれ！」

自斎は笠をとって若い男に渡し、下げ緒で襷をすると、谷川沿いに砦に向かって歩いて行った。

飄々《ひょうひょう》とこれから斬り合いをするようには見えない。

重信も笠をとって男に渡し、襷がけをして戦いの支度をした。砦から逃げてくる鬼を斬る。

「鬼が逃げてくるだろうから、あの岩の辺りまで下がった方がいいぞ」

「へい……」

若者がゾロゾロと五、六間下がった。すると突然、砦の中から叫び声が響いた。

自斎が斬り込んだのだ。

いきなり何か叫びながら太刀を下げた鬼が一人、勢いよく外に飛び出してきた。

重信が砦の入口に近付いて行った。そこにもう一人が転がり出る。

「な、何んだッ！」

「鬼退治に来た。覚悟せい……」

「うるさいッ！」

重信が鞘口を切る。

村々から略奪したり女をさらってくるなど、相当に村人を困らせた鬼のようだ。

砦の中からは怒号と女の悲鳴が聞こえる。中は大混乱のようだ。鐘捲自斎が大暴れをしているに違いない。

太刀を持った鬼がまた飛び出してきた。

三人が重信を囲む。そこにバラバラと二人が飛び出し重信に驚いている。

いきなり刀を振り上げ襲いかかってきた敵の攻撃の後の先を取って、重信が敵の胴を真っ二つに斬り、右の敵を逆袈裟に斬り上げ、左の敵の眉間を斬り下げた。

逃げる二人を追って振り向いたところを肩から斬り下げ、もう一人の胴を走りながら真っ二つに斬り抜いた。

女たちが三人四人と何か叫びながら飛び出してくる。

「おいッ、女たちを助けてやれッ！」

男たちにそう命じて砦の入口に走った。

鬼どもが次々と飛び出してくるとそれを重信が斬った。砦の入口から煙が噴き出ると自斎が咽《む》せながら飛び出してくる。

「中が燃えているッ！」

男と女が七、八人飛び出してきた。

「十二、三人斬ったッ、もう中にはいないはずだッ！」

逃げようとする鬼たちを、自斎と重信が追い詰めて次々と斬った。女たちは男たちに助けられてバチバチと燃える砦を見ている。

日が落ちて薄暗くなってきた。

その時、女を盾にして鬼の頭が煙の中から咳をしながら出てくる。

それを見て自斎が近づいて行った。

「寄るなッ、女を殺すぞッ！」

その鬼の頭をにらんで自斎が近づいた。

女を殺すなら殺せというように怯まない。すると、鬼の頭が女を自斎に突き飛ばした。それを片手で受け止めると同時に、自斎の太刀がグッと伸びて鬼の頭の心臓を一突きにする。

「ゲッ！」

血を吐いて鬼の頭が谷川に転げ落ちた。泣いている女を抱いて、男たちの傍に平然と自斎が戻ってくる。

「皆殺しだな？」

「はい、生かしておいても仕方のない鬼どもです」

「哀れだが、銭を奪い女をさらうようでは殺すしかあるまいよ」

そういって鐘捲自斎が燃える砦を見上げた。あちこちに斬られた鬼が転がっている。

男たちは知っている女たちがいるようで、すり傷の手当てをしてやったり、谷川で足を洗ってやったりやさしい。中には夫婦だった者もいるようだ。

四半刻ほどで砦が焼け落ちた。

そこへ村人三十人ばかりが心配して上ってきた。

娘たちの親もいるようで、泣きながら大喜びし、裸足の娘を背負うと山を下りて行った。

自斎と重信は砦が燃え尽きるのを待つようにしばらく立っていた。

男も五人が残って焼け跡を見ている。

「もう大丈夫のようだな……」

砦が焼け落ち、煙だけになると自斎が重信を促して歩き始めた。

「このまま峠を越えるが……」

「それがしは贄川までまいります。京の鷹ヶ峯にお立ち寄りください」

「うむ、来年だな……」

「お待ちしております」

「あのう、村に立ち寄ってもらいたいのですが……」

男が怖がるようにおずおずという。なにしろ二十数人の鬼を二人で斬り倒したのだから村人には神さまだ。いずれそんな二人の神の話が噂となって村々に残るだろう。

「若いの、有り難いがわしは越前に急ぐ、またの機会に立ち寄ることにしよう」

「それがしは出羽に急ぐ用向きがある。失礼したい」

「そんな、駄目だよ……」

「そうだ。村の者に叱られる、寄ってくだせい……」

「急ぐ用向きでそうもいかんのだ……」

「それでは困ります」

「わしも困る……」

困った顔の若者たちを無視して、街道に出ると自斎は峠に向かい、重信は贄川に向かって急いだ。

重信は星明かり月明かりのある夜は歩いた。天気さえよければ寺や神社で仮眠を取る。急ぐ時はそんな旅になる。

この頃、悪路だが贄川宿から下諏訪宿に直接出られるようになっていた。

本山《もとやま》宿や洗馬《せば》宿、塩尻《しおじり》宿ができたのは中山道が整備されてからだ。ただ、この贄川から下諏訪までは酷い悪路で難所だった。

中山道にはもう一ヶ所、険しい峠がある。

それは軽井沢《かるいざわ》宿と坂本《さかもと》宿の間にある碓氷《うすい》峠だ。

箱根峠と同じほどの高さだが雪の深い峠で急峻、鳴くべ鳴かずの峠といわれ、上杉謙信軍はこの峠を越えるたびに強くなった。

雪に閉ざされると、関東に攻め込んだ上杉軍は越後に帰れなくなり、厩橋《まやばし》城などで越年した。

他にも中山道には塩尻峠、和田《わだ》峠、笠取《かさとり》峠など難所が多い。

重信はそんな峠を越えて松井田《まついだ》、安中《あんなか》と歩いて高崎《たかさき》宿に出た。

本庄《ほんじょう》、深谷《ふかや》、桶川《おけがわ》、上尾《あげお》と南に歩けば高松良庵のいる一ノ宮に出るが、帰りに立ち寄ることにして重信は宇都宮《うつのみや》に向かう。

白河から猪苗代湖の傍の赤井村に行き、白布峠を越えて米沢に出るいつもの道を選んだ。

赤井村まで行けば出羽のことは相当に詳しいことが分かるはずだ。

重信は秋の奥羽路を急ぎに急いで北に向かった。赤井村に到着した時には十月に入っていた。

小川弥左衛門の話では八楯軍は延沢満延の裏切りで崩壊、天童合戦に出陣した楯岡軍は因幡守と共にほぼ全滅だということだ。

重信の気がかりは伯父の高森伝左衛門と息子の甚助勝信の安否だ。

戦場で死ぬことは武家の本懐だから仕方ないが状況は知りたい。

全滅ということは戦いだからそういうこともあり得る。覚悟を決めて重信は白布峠を越えた。

米沢の森藤左衛門家で重信は三日間の休息を取った。京から急ぎに急いできて少し疲れた。

鍛え上げて強靭な体だが、四十を超えて少し疲れを感じるようになった。

「甚助殿、山形には立ち寄らぬ方がよいぞ、氏家尾張守殿を殺しに来たと誤解されかねないからな？」

藤左衛門が出羽の緊張を語るように忠告した。

「なるほど、暗殺ですか？」

「氏家殿が最も恐れているのは甚助殿では？」

藤左衛門が氏家守棟を殺せと言っているようでもある。

伊達家にとっても謀略の天才氏家守棟は嫌な存在なのだ。どこで最上家と伊達家が衝突するか分からない。

「素通りしましょう」

重信は大名家の争いにかかわる気はない。

領土争いや勢力争いに重信はまったく興味がない。

これまでも戦場に出たのは、北条家と武田家が争った駿河の戦いだけだ。酷い戦いで、重信が味方した北条軍は戦上手な武田勝頼に惨敗した。

山形城下を素通りした重信は天童城下の戦場、八幡山麓にしばらく佇んで戦死した楯岡軍の勇者たちに合掌する。

ここで因幡守、横山監物、氏家左近、寺山又五郎ら多くの人々が亡くなった。

そこから羽州街道を北上して、重信は林崎熊野明神に参詣。それに気付いて祠官の藤原義祐が境内に出てきた。

「甚助さま……」

「ただいま戻りましてございます」

「まずは拝殿にお上がり下さい……」

義祐が重信を拝殿に誘う。その義祐から詳しい話を聞こうと、うなずいて草鞋を脱ぎ拝殿に昇った。

「谷地の白鳥さまが騙されて山形城内で殺され、延沢満延が裏切って八楯軍が崩れ、天童の若い頼久さまが逃げ、因幡守さまは孤軍奮闘だったと聞きました」

「そうですか……」

「氏家左近さまが殿を介錯され、ご自分は敵の中に突撃して討死されたそうにございます」

「寺山殿は？」

「緒戦で敵中に乱入、三、四十人を斬り倒し討死されました。楯岡軍は八百人余りで出陣され、帰還されたのは高木さま、望月さま、大石さまなど三百人足らずにございます」

「三百人足らず……」

「高森伝左衛門さまはお戻りになりましたが、鉄砲に撃たれてひどい怪我をしておられました」

重信は義祐から一刻ほど話を聞いた。八楯軍に次々と裏切りが出て、天童軍はたちまち崩壊したことが分かった。

壮絶な戦いであったこと、因幡守が亡くなると、千谷の方と深雪が祥雲寺に入り出家したこと、理由は分からないが因幡守が勝信の出陣を許さず、城に留守居として残したことなどが分かった。

戦いの後、八楯は全て最上義光に臣従していることも分かった。氏家守棟の謀略恐るべし。

乱世ではそれも兵法である。

月心庵

熊野明神を出ると重信は伯父の高森家に向かった。

伝左衛門は戦場で受けた鉄砲傷も癒えて、城へ出仕できるまでに回復していた。

「伯父上、傷は？」

「掠り傷だ。掠り傷……」

ニコニコと伝左衛門は元気そうに重信を迎える。

「いつでも城に上がれるのだが、他の方々のことを考えるとな……」

「ずいぶん、厳しい戦いだったようで？」

「戻ってから亡くなられた方も多い。深手を負った方々はほとんど助からなかった」

戦場で受ける矢傷、鉄砲傷、槍傷、刀傷などは金瘡《きんそう》といって、見た目より深手のことが多く、手当てに失敗すると命を取られることが少なくない。

「深雪は千谷の方さまと出家。殿と横山監物さまの菩提を弔うということだ」

「聞いております」

「勝信は殿の命令で留守居だったが、今は満茂さまに禄を返上して浪人だ。菊池家が田畑を分け与えたようだ……」

「そうですか、禄を返上しましたか……」

重信は深雪と勝信が決めたことだろうと反対ではない。武家だけでなく生きる道はいくらでもある。

この後、楯岡満茂は最上義光の片腕として活躍、多くの武功を挙げ、最上家も五十七万石、実高百万石の大大名になり、満茂は武功によって秋田由利《ゆり》本荘《ほんじょう》城四万五千石を与えられる。

これは最上家の家臣では最高の禄高で、満茂は本荘満茂と名乗ることになる。

だが、義光の孫義俊《よしとし》がお家騒動を起こし改易になり、近江蒲生《がもう》に一万石に転落すると、本荘満茂も本多家に仕えることになる。この世は有為転変である。

出羽から楯岡家が消えることになった。

最上家も一万石では惨憺たるもので、ただ、義光の四男山野辺《やまのべ》義忠《よしただ》だけは幕府の命令で、水戸徳川家初代頼房《よりふさ》に一万石で仕え、徳川光圀《みつくに》の教育係に抜擢され、代々水戸徳川家の家老職を務めることになる。

この義忠の母親は、義光が美女の噂を聞いて美女狩りに出かけ、大石田《おおいしだ》深堀《ふかぼり》郷士の娘を奪ってきたものだ。

義光の美女狩りはこの一度だけである。

そんな時代の変転の中で、林崎甚助勝信は満茂が本荘に移っても楯岡城下から動かなかった。因幡守が亡くなった楯岡城下は徐々に衰微することになる。

重信が高森家で旅装を解くとその夜、勝信と小兵衛が姿を見せ夜半まで話していった。

翌朝、重信は暗いうちに熊野明神に行き奥の院に向かった。

大旦川沿いに甑岳山麓に行くと、伯父の伝左衛門に聞いたところに、千谷の方と深雪のいる月心庵があった。

朝の勤めをしているようで灯が灯っている。

庵の軒下まで行って読経が終わるのを重信は待っていた。

気配を消して四半刻ほど立っていると読経が終わる。そこで笠をとって庵の玄関に回った。

「ご免！」

重信が声をかけると妙穐尼となった深雪が顔を出した。

「深雪……」

「甚助さま……」

見る見る深雪の眼に涙があふれた。

「千谷の方さまにご挨拶申し上げたい」

「はい、どうぞ……」

深雪が涙を拭いて気丈に振る舞う。

「勝信とお会いに？」

「うむ、昨夜、会った」

「気にするな。子には子の行く道がある」

「はい……」

重信が草鞋を脱いで敷台に立つと深雪が奥に案内した。

そこには三人の尼僧が座っている。

「甚助殿、良くまいられたな……」

「遅くなりましてございます」

「遅くなどない。京から来たのか？」

「はい、京の勧修寺さまからお聞きしました」

「そうか、わらわが使いを出したのだ。勧修寺さまにお知らせすれば、そなたにも届くだろうと思うてな？」

心労があったのだろう。

千谷の方はずいぶん痩せて小さくなっていた。

傍には祥山尼《しょうざんに》という老尼僧と深雪と同じ歳ごろの浄光尼《じょうこうに》が仕えている。他に老夫婦が四人を世話していた。

「深雪にはまだ若いのだから思いとどまるように言ったのだが……」

「月心さま……」

「良いではないか、甚助殿は神さまの剣士じゃ。何でも分かっておられる」

「恐れ入ります」

「そなたが楯岡を去ってから殿さまが亡くなられるまで、深雪にはずいぶんと世話になりました。感謝しています」

千谷の方は確かに深雪を傍に置いて頼りにしてきた。

「有り難いお言葉にございます」

「甚助殿は奥の院に行く途中ではないのですか？」

「はい、これからまいります」

「もう外は明るくなってきました。帰りに必ず立ち寄ってくだされ……」

重信は千谷の方と約束して月心庵を後にした。深雪が庵の外まで送ってきた。

「お方さまはお元気のようだな？」

「はい、少しお痩せになりましたが……」

「うむ、そなたも少し痩せたな。山へ行ってまいる」

笠をかぶり、乱取備前を腰に差して奥の院に向かった。

周囲の山々は燃え尽きたようにハラハラと無数の錦を散らしている。何度も通った山道だ。

山を登り切って釜ヶ沢《かまがさわ》に下りて行くと獅子が沢を飛び越えた。

重信を振り返って逃げる様子もなく見ている。巨岩の奥の院に上って行くとその獅子がついてきた。

重信は岩窟で熊野明神に挨拶すると、石段に笠を置いて鞘口を切った。

ハラハラと風に舞う錦を一閃、驚いた獅子がビクッと逃げ腰になったが思いとどまったようだ。

一瞬にして錦を二枚切って乱取備前を鞘に戻した。

重信は怒っていた。

誰をとか、何をとかいうのではない。なぜか無性に悔しかった。

乱世では何があっても不思議ではない。殺し合うことはどこにでもある。重信も人を斬ってきた。

人を斬らない剣はあるか。

重信は深い息をして心を静め、鞘ごと太刀を抜いて立てかけると、石段に腰かけ半《はん》跏《か》趺坐《ふざ》、法界定印を結んだ。

秋の山々には錦が厚く積もって、カサカサと風に騒ぎ微かに匂う。

呼吸を整え随息観に入り半眼にして、風に溶け込み気配を消した。獅子がそんな重信を、首をかしげて見ている。

一剣を以て大悟できるか。

重信がこのように心を乱すことはなかった。

因幡守の死は重信にとって父を失ったようなものだ。最も理解してくれたのが因幡守だった。

その因幡守は家臣たちにも信頼され慕われていた。

「殿と死ぬなら本望だ！」

それが家臣団の思いで、楯岡軍の強さの源泉だったと思う。

天童合戦でも最上家の大軍に恐れることなく、因幡守と一緒に怯まず突撃を繰り返した。八楯軍から裏切りが出ても楯岡軍は勇猛果敢に戦った。

半眼の重信の眼から涙がこぼれる。

無心になれないまま座禅を解いた。未熟だと思う。

剣客はどんな時でも心を乱してはならない。刃の下を潜る刹那《せつな》に迷いがあってはならぬ。

冷静沈着にして大胆不敵、当意即妙こそ剣士の命だ。

四十三歳にして重信は迷い多し、未熟だと知る。

この奥の院に立つといつもスサノオを感じる。サワサワと秋風が沢を駆け上ってくる。いつの間にか獅子は姿を消していた。

乱取備前を腰に戻すと奥の院に一礼して笠をかぶった。

剣士でも人を慕い愛する。喜怒哀楽から離れることはできない。愛別離苦は生きている証だ。

それを捨てることはできない。深雪を深く愛している。

重信は錦が舞い散る石城嶽の奥の院から立ち去った。山を下りてくると月心庵に入る道の角に妙穐尼の深雪が待っていた。

「山はもう寒い……」

「はい、月山に雪が来ましたので、間もなく葉山にも……」

「うむ、そうだな」

「祥雲寺には？」

「後で寄るつもりだ」

「楯岡にはいつまで？」

「年内に京へ戻りたいが白布峠を越えられるかどうか？」

重信はフッと深雪に屈託を感じて月心庵の玄関前に立ち止まった。

「何か言いたいことがあるのか？」

「勝信のことです」

「何んだ？」

戸惑っている眼で深雪が重信を見た。

「結婚のお話がございます」

「相手は？」

「氏家左近さまの末の姫さま……」

「何んだと、勝信は百姓になるのではないか？」

「そうなのですが、二人は好き合っておりますもので……」

重信は沈黙してしまった。武家の姫とこれから百姓になろうという男の縁談だ。

「お方さまはご存じなのか？」

「ええ、全てご存じです」

「そなたの考えは？」

「それが、どうしていいものか……」

困った顔で重信を見る。

その眼はあなたの子ですよと訴えている。

今や天下の剣豪といえる男が迷った。

兄とも思ってきた今は亡き左近の娘と、父親らしいことは何もしてこなかった男の息子が好き合ったという。

いうべき言葉がない。

重信は困った顔の深雪の肩を押して玄関に入れ、敷台に座って草鞋を脱いだ。深雪も重信が困っていると分かったのか黙っている。

敷台に立つと深雪が重信を抱きしめた。深く愛している。

「心配するな……」

「うん……」

重信が月心尼の部屋に入ると「どうぞ……」と言って浄光尼がうなずいた。すると老尼僧が隣の部屋に立って行った。

その尼僧が抱えてきたのは緞子《どんす》の刀袋に入った一振りの太刀だった。

それを重信の前に置いた。

「甚助殿、そなたに渡すよう殿さまから預かった太刀じゃ。備前三郎《びぜんさぶろう》だと聞きました」

「備前三郎国宗《くにむね》……」

「殿が若い頃、京で手に入れたそうじゃ。とあるお公家さまの持ち物だったとお聞きしたが、それ以上のことはわらわも聞いておらぬ……」

「拝見してもよろしいでしょうか？」

「そなたに渡すものだ。好きにいたせ。二尺七寸五分だそうだ。国宗と銘があると仰せであった」

「国宗二尺七寸五分……」

重信は備前三郎が、相州《そうしゅう》五《ご》郎《ろう》政宗《まさむね》などの名工の祖であることを知っている。滅多に見られない名刀中の名刀なのだ。

それを因幡守が持っていたとは驚きだ。いわくありげな太刀だ。

「拝見いたします」

刀袋の紐を解いて太刀を出した。

立派な拵えで一目見て公家の持ち物だと分かる。因幡守は拵えを武家風に直さずそのまま持っていたのだ。

鞘口を切って抜いた。

手入れのされた刀身の実に美しい豪刀だ。鎌倉期の名刀である。

「これはそれがしのような身分の者が持ってはいけない太刀にございます。太刀にはそれぞれ気品と位がございます。この太刀は京の身分のあるお家に代々伝わってきたものでしょう。それを殿さまがお持ちになった……」

「それをそなたに託すと殿さまは仰せになられたのじゃ……」

「それは京にお持ちしろということでしょうか？」

「分かりません。そなたの思うようにしてよいということではありませんか？」

重信は国宗を鞘に戻し、刀袋に入れながら思った。太刀にもそれぞれの運命があるのではないかと。

「お方さま、この太刀はそれがしの腰に置けるようなものではございません。殿さま亡き今、元の持ち主にお返しするのがよろしいかと思います」

「見つかりますか？」

「勧修寺さまにお見せしたいと思いますが……」

「おう、内府さまならお心当たりがあるかも知れぬな。そなたに渡せとはそういうことかもしれぬ？」

「では、お許しを……」

「そなたの好きなようにいたせ……」

名刀はそれに相応しい人のもとにあるべきだ。重信はそう思う。

備前三郎

名刀備前三郎国宗二尺七寸五分を重信が預かった。

「それにもう一つ話があるのだがのう……」

「はい、お聞きいたします」

「うむ、妙穐、ここに来なさい」

千谷の方が深雪を傍に呼んだ。すると二人の尼僧が部屋から出て行った。

「甚助殿、勝信のことじゃ。妙穐から聞いたであろう。左近の娘お里《さと》を好きになって、今ではお里が勝信に夢中だ。若い者が惚れあうと手に負えぬ、のう深雪……」

「はい……」

「どうであろう甚助殿、手に手を取って駆け落ちなどと、無分別なことはするまいとは思うが、あの二人は両方とも父親に似て激しい。一緒にするしかあるまいが？」

「それがしに似ておりますか？」

「深雪に似ているのかな？」

千谷の方がニッと笑って重信を脅している。なかなか食えないお方さまなのだ。重信は勝信が母の志我井と似ていると思う。

深雪は沈黙している。

「勝信は百姓をすると……」

「甚助殿、惚れてしまえば武家も百姓もあるまい。のう深雪……」

「は、はい……」

とんだ藪蛇だ。

深雪は楯岡城に千俵の年貢を納める大百姓の娘だった。重信に幼い頃から惚れて横山監物の養女になり、体裁を整えて武家の重信の嫁になった。千谷の方はそれを言っている。

氏家左近の娘お里はそれの逆だ。

深雪が自分のことをいわれて、いうべき言葉がなくうつむいてしまった。

「勝信もお里も賢い子だ。何があっても弱音を吐くような二人ではない。甚助殿、左近は殿と一緒に亡くなった。そなたもいつ帰るか分からない身じゃ、二人のことはわらわに任せてくれぬか？」

「恐れ入ります」

「うむ、決まりじゃな深雪……」

「よろしくお願いいたします」

千谷の方に一任することに重信と深雪が同意して話がまとまった。

ニコニコとやさしい千谷の方は勝信とお里の両方をよく知っているようで、何も知らない重信は、話をまとめてくれることに感謝した。

国宗を握って月心庵を出ると重信は祥雲寺に向かった。

住職の楚淳和尚は七十歳を超える高齢だが矍鑠《かくしゃく》としている。

この辺りの曹洞宗の寺々の最高位に位置する祥雲寺は、格式が高く楚淳は大和尚と呼ばれている。

幼い重信こと民治丸に学問を教え、禅を手ほどきして育てたのが楚淳和尚だ。深雪たち月心庵の尼僧たちを出家させたのも楚淳和尚である。

山裾に抱かれた祥雲寺は楯岡家の菩提寺だった。

「甚助殿、乱世が悲鳴を上げておるわ。出羽は最上家が統一しそうだが、越後の上杉が庄内を欲しがっているようだからな……」

楚淳和尚は民治丸にも重信にもこういう生臭いことは話したことがなかった。

「この度は因幡守さまが亡くなられ……」

「うむ、満英さまは出羽最後の骨のある武将であろう。延沢のフニャフニャめは見かけだけで、易々と八楯を裏切りおったわ……」

温厚な楚淳和尚の怒りを重信は初めて見た。老僧が八楯のあまりの不甲斐なさに怒っている。

「人の生き死には世の常じゃがのう……」

ニッと楚淳和尚が子どものように屈託なく笑った。

「深雪殿に会われたか？」

「はい、お方さまにもお会いしてまいりました」

「千谷の方さまが自害なさろうとしたのを、深雪殿が止めてこの寺にお連れになったのだ。そこで拙僧が法を説いて出家させたのじゃよ……」

　重信の知らない話だ。

「人は迷うと死にたくなるものだ。だが、生きていれば必ずよろこびがあるわな」

　老僧は幼い民治丸に剣禅一致や無一物中無尽蔵を説いた。

　重信の思想を支えたのは楚淳和尚と、もう一人、林崎熊野明神二十一世別当祠官の藤原義貫だ。

　義貫は七年前の天正五年（一五七七）二月に亡くなっている。

　重信は楚淳和尚の話を一刻ほど聞いて辞すると、昼前に東根刑部太夫の道場に向かった。例の銀杏の大木が「民治丸、帰ってきたな」と見ていた。

　既に、稽古は終わって道場では刑部太夫と大石孫三郎が話をしていた。

　道場のほとんどの剣士が戦いで死んでしまった。

　戻ってきたのは孫三郎以下二十人足らずという惨憺たるものだ。孫三郎も弾丸を二発受けて傷ついて戻ってきた。

　鎧のお陰で命を取られる深手にはならなかった。

　新城主が楯岡軍を再建するのに何年かかるかだ。ただ、因幡守の後継者楯岡家七代目豊前守《ぶぜんのかみ》満茂は三十八歳と若い。

　本来、最上家と楯岡家の祖は一緒なのだ。

羽州探題斯波《しば》修理大夫《しゅりのだいぶ》兼頼《かねより》こと最上兼頼が祖で、その十一代目が最上義光、兼頼の孫満直《みつなお》の四男満国《みつくに》が楯岡家の祖で、因幡守満英はその六代目だった。

その石高は四万五千石とも四万八千石とも言われていた。

楯岡城は三十数ヶ村を支配下に置いている。

「甚助殿、久しぶりに稽古をいたそうか？」

「お願いいたします」

大石孫三郎は元気だ。

その元気が重信にはうれしい。たった一人になってしまった道場の四天王だ。もう五十歳を超えている。

四半刻もしないで息が上がってしまった。

「歳は取りたくないものよ……」

自虐的に言って孫三郎がニッと笑った。それを刑部太夫もにこやかに見ている。

寂しい道場だが穏やかな秋の日だ。戦いに敗れるということはこういうことなのだと思わせる。

義光と氏家守棟は同族である楯岡家の息の根を止めなかった。

攻め潰そうとすれば犠牲が多くなると見たのかも知れない。

楯岡城は山城で東西五百間、南北三百二十間の山上に広がる大きな城だ。

本丸は西楯山の上にあって中楯山、東楯山と三つの峰に連なっている。十数段の段《だん》曲輪《くるわ》群《ぐん》を攻め潰すのは容易ではない。

豊前守満茂が本荘城に移ると、義光の息子で、母親が楯岡城の領地の大石田深堀から出た山野辺義忠や、義光の弟の甲斐守《かいのかみ》光直《みつなお》を城主として入れるようになる。

　重信は昼過ぎには高森家に戻った。

　楯岡城下は静かだ。

　城下の誰もが大敗を受け止め、息を潜めているようで活気が見られない。数日、高森家にいて、重信は千谷の方に暇乞いをすると城下を去ることにした。

　新城主の豊前守満茂のことを重信は知らない。顔は見たことはあるが話したことはない。登城を命じられ楯岡城下から出られなくなることを警戒した。

　出立する日、夜が明けると高森家に深雪が現れた。

　重信を愛し、何も言わず重信の全てを受け入れてきた妻だ。旅立つ重信を見送ることしかできない。だが、言わず語らず重信の気持ちを理解できるのが深雪だ。幼き日の愛と愛とが交叉する。

　伯父の伝左衛門、深雪、勝信とお里、子沢山の小兵衛と小梅に見送られて城下を旅立った。

山形城下を素通りして米沢城下まで来た。

薫の父森藤左衛門が出迎えてくれる。

「甚助殿、そう急いで京に戻ることもあるまい。来春までゆっくりされてはどうか、鬼庭さまに帰国したら城に案内するよう仰せつかっておるのだ」

「鬼庭さまが？」

「うむ、鬼庭さまは神夢想流を気に入っておられるようだ。連れてくるようにと何度も催促されている」

「それは有り難いことにございます」

「行ってくれるか？」

藤左衛門は薫亡き今も重信をわが子のように思っている。

薫と栄左衛門が亡くなってからは、薫の産んだ元信と幸信を育ててきた。重信の子として二人の孫には林崎を名乗らせている。

「承知いたしました。喜んでお伺いいたします」

「よし、早い方がいい、早速だが明日、行こう……」

「畏まりました」

重信は雪に閉ざされて、白布峠を越えられなくなることを覚悟で、川井城に行くことにした。

翌朝、二人は小者一人を連れて川井城に向かう。

川井城は米沢城に近く北東の川井村にあり、最上川と羽黒川の右岸にあった。

城というより大きな鬼庭館、鬼庭屋敷というべきだろうが、土地の人に川井城と呼ばれている。

綱元に城を譲り隠居した父良直《よしなお》こと左月斎《さげつさい》が、武功により伊達家に呼ばれて、伊達茂庭村赤館《あかだて》から二千石の加増で川井城に移ってきた。

三十五年前のことだ。

その左月斎は七十二歳、嫡男の石見守《いわみのかみ》綱元は三十六歳で、この四年後には百目木《どうめき》城に五千石に加増されて移る。

綱元には十一歳年上の姉の喜多《きた》がいた。

喜多は才色兼備で実に聡明なところから、伊達輝宗に気に入られ政宗の乳母をしている。

政宗が愛姫《めご》と結婚すると愛姫の世話をするようになった。

やがて、その愛姫が秀吉の人質になると一緒に上洛、秀吉にも気に入られ少納言と呼ばれる。

姉の喜多も綱元も伊達家で重要な仕事をすることになる。

綱元はよろこんで重信を迎えた。

その綱元は文武両道で多才だが、ことに囲碁が猛烈に強かった。ところがその囲碁が後に大問題を引き起こすことになる。

重信は隠居の左月斎にも気に入られて、しばらく川井城こと鬼庭館に滞在することになった。

左月斎は開山した川井観音に重信を連れて行ったり元気だったのだが、翌年の十一月に七十三歳で亡くなる。

政宗が神夢想流を時々見にきた。

朝早く鬼庭家の家臣と稽古をしていると、ひょっこり遠駆けの政宗が顔を出す。以前、重信は隻眼の政宗に間合いを伝授したことがある。

間合いは剣だけでなく、戦いにも交渉にも必要で大切なことだ。間合いを取り損なうとなにごとによらず失敗することが多い。

重信が米沢に来る一ヶ月前の十月に伊達輝宗が隠居、政宗が十八歳で伊達家の十七代当主になっていた。

その政宗は領土拡張に意欲を燃やしている。

道場とは言えない小さな稽古場に入ってくると、政宗はツカツカと重信に近寄り、何ごとか一言二言聞いて帰って行く。そんなことが続き、暮れには森家に戻って正月を迎えた。

重信は春まで川井城と森家を行ったり来たりしながら過ごした。

白布峠が通れるようになっても米沢にいて、五月にようやく猪苗代湖畔の赤井村に移ってくる。

この天正十三年七月十一日に京では秀吉が関白になった。

信長が本能寺で倒れて三年で、秀吉が織田家を乗っ取り、関白として天下統一に近付いた。

だが、浜松城の家康はまだ秀吉に抵抗している。

織田宗家の信長の孫三法師は、近江坂田《さかた》にわずか三万石と、焼け残った安土城を与えられていた。

その三法師は六歳になり、坂本城に幽閉されていると噂された。

傲慢になってきた秀吉に殺されないよう、秀吉の天下取りに協力して後悔している丹《に》羽《わ》長秀《ながひで》が、実は坂本城に三法師を匿い守っていたのである。

信長の三男信孝は愚かな次男信雄に殺されるが、その裏には信孝の母や娘を磔《はりつけ》にして殺した秀吉がいた。

信長の側室を殺したのだから織田家や信孝に対する秀吉の考えが分かる。

秀吉に騙され信孝に切腹を命じた信雄は、戦意喪失し抵抗をあきらめ秀吉に臣従していた。

その織田信雄の末裔がやがて天童城に入ることになる。

奥州《おうしゅう》では、政宗の領土拡張に常陸の佐竹、蘆名《あしな》、二階堂《にかいどう》、岩城《いわき》、石川、相馬などの大名たちが連合して対抗していた。

十一月十七日に阿武隈川の支流瀬戸川の人取《ひととり》橋で、伊達軍七千に対して連合軍三万が激突した。

さすがに強気の政宗でも三万の大軍には苦戦する。

左月斎

隻眼の若き大将は勇猛果敢に戦った。

凄まじい激戦になり、政宗は矢を一本と弾丸五発を食らったが、みな浅手で政宗の戦意は衰えていない。

咆哮《ほうこう》する猛虎か、雷鳴をとどろかす天龍か、十九歳の政宗が大軍に何度も突撃して戻ってくる。

後に、独眼竜と呼ばれる政宗の体には、既に戦いの神が宿っていた。

「殿ッ、ここまでかと存じます！」

「左月斎ッ、もう一度、突撃するぞッ！」

「それはこの老人に任せて、殿は本宮城に一旦引いて下され！」

「爺ッ！」

「殿、その軍配をお貸しくだされ、爺の最後の戦をお眼にかけますれば！」

「死ぬ気かッ？」

「いやいや、まだ、七、八年は生きていたいので、まだまだでござる。ただ、戦場での戦いは今日が最後でござる」

七十三歳の左月斎はもう戦場には出ないと言った。

「そうか。余の代わりに行って早く戻って来い……」

政宗が軍配を左月斎に渡す。その軍配で左月斎が政宗の馬の尻を叩いた。

「殿を城にお連れしろッ！」

そう叫ぶと軍配を振り上げた。

「続けッ、殿ッ、さらばでござるぞッ！」

左月斎は百人ばかりを率いて人取橋を渡ると敵の中に突撃した。

「爺ッ！」

政宗が振り返ったが既に左月斎は橋の上を駆けていた。伊達軍は総崩れになって政宗を追ってくる。

対岸から敵の放つ弾丸と矢が追ってきた。

伊達軍は逃げに逃げた。

連合軍は左月斎の突撃で橋を渡れず政宗に逃げられてしまう。

本宮城に逃げ帰った政宗は満身創痍だった。やはり突撃した左月斎は戻ってこなかった。伊達軍は籠城する覚悟だ。

ところがその夜、連合軍の主力佐竹軍に異変が起きた。

佐竹軍の武将小野崎義昌《おのざきよしまさ》が、陣中で家臣に刺殺される事件が起き大騒ぎになったのである。戦場でのいざこざはよくあることだ。

そこへ、相模小田原の北条軍に味方する諸大名が、佐竹軍の留守中に常陸へ攻め込む気配があるとの知らせが入った。

大軍は後ろを攻められるともろい。たちまち佐竹軍が浮き足立った。すると、その不安が同盟軍に伝染して勝手に引き上げにかかる。

まとまりのない寄せ集めの大軍は一刻もしないで戦場から消えた。

政宗は、左月斎の功績を高く評価して、鬼庭家は百目木城に五千石の加増で移った。

この戦いのことを重信は赤井村で聞いた。

冬も深まり、チラチラ降り出した雪の中を重信は赤井村から一ノ宮に向かった。

米沢城下と赤井村は重信にとって特別なところだ。いつ来ても栄左衛門と薫が現れるような気がする。亡き人は年を取らない。薫はいつも若く美しかった。

　暮れになって一ノ宮に着いた重信は、楯岡の状況を叔父の高松良庵に話す。

「そうか、戦いはどこも凄惨なものだ。秀吉さまが関白になって世の中が少し変わるといいのだが……」

「征夷大将軍ではなく関白とは驚きました」

「そこが難しいところで足利義昭《あしかがよしあき》さまがまだ将軍だからな……」

「備後《びんご》鞆《とも》の浦《うら》のことですか？」

「鞆《とも》幕府だと聞こえてくるのでな……」

「信長さまも苦労されたことですから、征夷大将軍になることはなかなか難しいということでしょう？」

「うむ、二百年も足利家に宣下されてきた官位官職だからな」

「足利家が手放さない限り難しいと？」

「そういうことだろうな。将軍には一人しかなれないのだから、ところで、昨年あたりからそなたを訪ねてくる武芸者が多くなった。京の鷹ヶ峰に行くよう伝えているのだが……」

「それで結構です」

「ここに書き留めておいた……」

　良庵が渡した紙片には十人を超える名前がある。

幻海も訪ねてきていた。幻海は二度、三度と立ち寄っている。

それにしても随分な人数だ。多くの武芸者が中山道を行き来しているということでもある。

一ノ宮はその中山道の道すがらにあって立ち寄りやすいのだろう。

疋田《ひきた》景兼《かげとも》や鐘捲自斎、津田小次郎《つだこじろう》、斎藤伝鬼坊、吉岡直賢《なおかた》、古藤田勘解由左衛門、覚浄坊、蓮覚坊、風間出羽守、南条又右衛門《なんじょうまたえもん》、伊藤一刀斎、富田重政《しげまさ》、柳生宗章《むねあき》、変わったところでは横谷左近などの名がある他、中には聞いたことのない名前も四、五人いる。

おそらく、名前の知られてきた剣豪の林崎甚助を倒して、世の中に浮かび上がろうとする横着者だろうと思える。そういう連中は相手にしたくないが、どこで挑まれるか知れない。

どこかで名前を聞いて安易に訪ねてきた者もいるだろう。

そういう中途半端な若き武芸者の屍が剣の道には累々なのだ。斬りたくなくても挑まれれば、斬らなければならないこともある。

重信は一ノ宮で天正十四年（一五八六）の正月を迎えた。

早速、風魔の幻海が現れた。

「ずいぶん探しましたよ……」

冗談ぽく言って幻海が道場に顔を出す。

「どうぞ。一年半ばかり出羽に行っておりました」

「出羽ですか。わしは越後に行っておりましたが、雪に追われて逃げてきました。出羽もやはり雪が？」

「越後の先が出羽ですから。似たようなものかと……」

「なるほど、これから小田原に戻りますが、箱根に立ち寄ってください。それに尾張守さまと古藤田殿が会いたがっておりました……」

「松田さまが、分かりました。春になったら東海道に回りましょう」

「よしなに願います……」

数日してまた一人現れた。大野将監の弟子とも重信の弟子とも言える大西大吾《おおにしだいご》だ。

重信は将監鞍馬流の二代目と決まっている。重信が三代目に考えているのが大西大吾なのだ。

それは大野将監も了承している。

剣の腕も申し分なく、何んといっても人柄がいい。剣客は腕だけでは駄目だと重信は考えている。

技量は当然必要でその上に誰もが納得する人品が必要だ。

大吾は腕も人品も申し分ない。将監と重信が廻国修行に出して四年になる。歳はまだ二十八歳だ。

「やるか？」

「はい、お願いいたします」

「よし、道場にまいれ！」

二人は久しぶりに剣を交える。互いに相手の呼吸は分かっていて、大吾は神夢想流も相当な使い手だ。神伝居合抜刀表二十二本は全て伝授してもらった。

「どこを回ってきた？」

「京から摂津にまいりまして長門《ながと》までまいり、石見《いわみ》、出雲と回り、若狭、越前と北に向かいました。越後から出羽に入り、羽黒山に参詣しましてから、師範の林崎熊野明神に参拝してまいりました」

「奥の院は行ったか？」

「はい、奥の院から奥羽の山を越えて平泉まで行ってまいりました」

「これから西へか？」

「四国を回って九州まで……」

「そうか。京に立ち寄るか？」

「はい、お師匠さまのお顔を拝見してから四国へ……」

「うむ、それがよい。それがしが鷹ケ峰に戻るのはおそらく来年になるだろう」

「お師匠さまにそのようにお伝えいたします」

二人は一刻ほど道場でみっちり汗を流して稽古をした。久しぶりに体の骨が軋むような良い稽古だった。

大吾は半月以上も一ノ宮に滞在した。

そんなある日、重信と大吾が一ノ宮氷川神社に参拝した。その帰りに参道で呼び止められた。

「林崎甚助殿とお見受けするが？」

「林崎ですが……」

「果し合いを願いたい！」

その男がいきなり重信に勝負を申し込んだ。

「およしなさい……」

「逃げるのか？」

「逃げはしないが、そなたの腕ではそれがしには勝てぬ。だから、およしなさいと言っておるのです」

「やってみなければ分からぬ！」

「それが分かるのですよ。やめましょう」

重信は戦うまでもない相手だと見切った。歳は四十に届かないぐらいだ。修行すればまだ先がある。

何を焦っているのか理解しがたい。

「無礼な。これまで負けたことがない！」

「それは結構なことですが、ここで負ければすべては終わりますぞ」

「それでもいい！」

「困った方だ。師はどなたか？」

「そんな者はいない。やるのか、逃げるのか！」

「師範、それがしが相手しましょう」

逃げる、逃げるというので怒った大吾が相手をすると名乗り出た。

「木剣でよければ許そう。どうか？」

「木剣か、いいだろう！」

「では道場で……」

重信は大吾に武芸者の相手を許した。

その男は真剣の立ち合いを考えていたようだが、重信は木刀で充分だと考えた。

男の名前が吉田四郎兵衛《よしだしろべえ》といい、歳は見た目より若く、大吾より上の三十一歳だと分かった。

二人は木刀を握って対峙したが、技量は明らかに大吾が上だ。

だが、その時、重信は四郎兵衛が妙に余裕を持っていることに気づいた。この男の余裕は何んだ。

どこからくるのだと考えてフッと思い当たった。何か隠し技を持っている。

咄嗟に重信が思ったのは手裏剣だ。

手裏剣との合わせ技だと思った。

重信は四郎兵衛が道場の床に置いた太刀の鯉口を見た。そこに挿してあるべき小柄がない。

おそらく、その小柄は四郎兵衛の懐だ。髷《まげ》を見ても差していない。

間違いなくどこかで手裏剣を投げるつもりだ。

弟子の仕官

大吾がその危険な気配に気づいているか。

重信は何も言わずに二人の立ち合いを見守っている。剣客の勝負だ。大吾が四郎兵衛の異常な殺気や気配に気づいていなければ負ける。

互いに中段に木刀を置いて動かない。剣先が微かに動いている。

四郎兵衛の剣先がピクッと動いた瞬間、大吾の木刀がその剣先を弾き踏み込んだ。

先の先を取ってグイッと木刀が伸びる。

剣は理合にあり、一瞬の間に大吾は四郎兵衛の右胴から横一文字に斬り抜いた。四郎兵衛にはなすすべがない。

神伝居合抜刀表一本荒波、四郎兵衛がヨロヨロと足を引きずり膝から崩れた。

腹を押さえて大吾をにらんだ四郎兵衛が瞬間、懐の手裏剣を投げた。それを予期していたように残心から、大吾は木刀で手裏剣を受けた。

カシャッと手裏剣が床に落ちると同時に、大吾の木刀が四郎兵衛の眉間を打った。

「ゲッ！」

四郎兵衛が気を失って横倒しに床へ転がった。

「分かったか？」

「はい、あまりの殺気に異常だと気づきました」

「それで先の先をとったか？」

「攻撃される前に機先を制すれば有利と考え動きました」

「うむ、手裏剣と思ったか？」

「はい、何か投げるのだろうと、懐が怪しいと思いました」

大吾が小柄を拾うと重信に差し出した。

「あの太刀の小柄だ。鯉口を見ろ、小柄がない……」

「なるほど、戻しておきましょう」

冷静な大吾を見て重信はずいぶん成長したと大いに満足する。将監鞍馬流の三代目として申し分ない。

四郎兵衛に活を入れると気が付いて、太刀を握るとフラッと立って道場から出て行った。重信は止めない。

四郎兵衛のように強引で、美しくない剣を重信は嫌う。

筋が悪く師を持とうともしない。教えを乞うこともできない半端者だ。どこかで命を落とすだろう。

我が強く唯我独尊、何をしても勝てばいいと思っている。そういう武芸者は少なくない。

厳しい修行をして流派を立てられればそれもいいが、あのような手合いは中途半端な修行しかできないだろう。

酒を飲みながら「剣の極意は……」などと軽々にいう者たちだ。

あのような無分別者で、剣の道は死屍累々なのだ。その振る舞いから、素直に教えを受け入れる者ではないと思う。

重信はあえて呼び止めなかった。

大吾の力量を認め、数日かけて四方八方、三十二方を斬る秘伝万事抜を伝授した。

残るのは神伝居合抜刀裏二十二本だが、この技は重信も使ったことのない禁断の秘剣である。

三月になって大西大吾が一ノ宮を発った。

「鷹ヶ峰で会おう」

「はい、九州へ行ってまいります」

二人は氷川神社の参道で分かれた。

重信の神夢想流の後継は田宮平兵衛で、その後継が長野十郎左衛門こと長野無楽《むらく》入道《にゅうどう》槿露斎《きんろさい》になる。

将監鞍馬流の方を重信は大西大吾に譲る。

大吾が川越に向かい荒川まで来たところで、道端に笠をかぶった吉田四郎兵衛が現れた。

「四郎兵衛殿……」

「真剣ならうぬごときには負けぬ！」

「愚かなことを……」

「黙れッ！」

笠をとって捨てると、いきなり四郎兵衛が刀を抜いた。

「抜けッ！」

勝負に負けて悔しいのだろう。

仕方なく大吾は四郎兵衛をにらみ鯉口を切り、柄に右手を乗せていつでも抜ける構えを取った。

こういう負けを受け入れられない武芸者は少なくない。

既に四郎兵衛の刀の鯉口に小柄はなく、よく見ると髷に簪《かんざし》のように手裏剣を二本差している。

それを見て大吾は四郎兵衛を斬る覚悟をした。

「抜けッ！」

苛ついている四郎兵衛が剣を上段に上げた。未熟だと思う。この男は居合の恐ろしさをまるでわかっていない。

何を修行してきたのか。勝負がついてから手裏剣を投げるなど卑劣な邪剣だ。

四郎兵衛が上段に上げた剣の間合いから、髷の手裏剣を握って一瞬の速さで投げつけてきた。大吾はそれを見切っている。

そんなものが当たるはずがない。右に身をかわすとそこに四郎兵衛が踏み込んできた。

大吾の剣が後の先で鞘走った。

キーンッと四郎兵衛の太刀をはじいて、ザッと大吾の剣が卑怯者の首を深々と斬り裂いた。

鮮やかな剣技だ。さすが将監鞍馬流の三代目である。

神伝居合抜刀表一本陽炎《かげろう》、血飛沫が飛び散って、四郎兵衛が前のめりに道端の藪に突っ込んだ。

もう一本の手裏剣を投げる余裕がないまま未熟な剣客は命を捨てた。

大吾が去って春になったが重信は一ノ宮から動かず道場に出た。朝の道場にはまだ薄暗いうちから武芸者がくる。

若い門人が対応に出て次々と道場に入れる。

多い時には五人以上だ。

重信はその力量にかかわらず、教えを乞う者には誰にでも稽古をつけた。

その頃、関白秀吉は徳川家康を懐柔しようと躍起になっていた。猿顔の陽気さの裏に途方もない狡猾さを隠している。

織田家をわずか二年で丸ごと乗っ取った猿は絶頂にいた。

抗い続ける家康を上洛させ、臣従させるために、関白秀吉はどんな手段も選ばない。

もう四十を過ぎた、ただ一人の妹を離縁させる。

五月にはその妹を家康の継室として嫁がせた。なんとも醜い猿知恵の政略だ。

事実上、関白秀吉と徳川家康は義兄弟になった。だが、家康もしぶとく三河から動く気配がない。

秀吉が織田家を乗っ取って足場を築いている間に、家康は三河、遠江、駿河、甲斐、信濃と五ヶ国に領土を広げ、百二十万石にもなろうという大大名になっている。

そんな家康と戦えば秀吉も勝つ自信はない。小牧、長久手の戦いでは引き分けている。

もし、再び戦って勝ったとしても北条や九州の島津など、秀吉の天下を認めない者たちと戦う余力がなくなるだろう。

むしろ、秀吉の方が瀕死の重傷を負うことになりかねない。家康は難敵である。

遂に秀吉はなりふり構わず非常手段に出た。

九月になると秀吉は母親の大政所《おおまんどころ》を、家康に嫁いだ妹の旭《あさひ》の見舞いと称して、母親までも家康に人質として差し出したのである。

なりふり構わない秀吉の抱きつき戦略だ。これ以降、秀吉は死ぬまで家康に抱きついたままになる。

いや、死後においても家康に抱きついていた。

秀吉という男は信長も驚くほどの度胸を持っていた。その下品なくそ度胸だけで出世してきたともいえる。

母親を人質に差し出すなど家康には考えられない。

この時、家康の母於大《おだい》の方は健在だった。家康がその於大の方を人質に出すなどあり得ないことだ。

家康がそんなことを考えたら、武骨な三河武士の家臣たちに家康が殺されかねない。

それを秀吉は平気でやる。

馬鹿というかくそ度胸というか。だが、その秀吉の振る舞いに家康も家臣たちも仰天し、遂に家康の方が折れた。

上洛した家康は秀吉と会見し、十月二十七日に臣従することが決まる。

天下が一気に泰平へと傾いた瞬間だ。悪いことではない。むしろ、大いによろこぶべきことだ。

その時、重信はまだ一ノ宮にいた。

春には小田原に行くと、幻海と約束したことを忘れてはいなかったが、叔父良庵の道場を放っておくこともできない。

道場主は良庵だが道場では重信が師範であり師範代なのだ。

遂に一ノ宮で年を越した。

そんな時、京にいるはずの平兵衛がひょっこり顔を出した。

「京で何か?」

「京ではなく十郎左衛門のことにございます」

「十郎左衛門が何か？」

「徳川家の井伊直政さまの家臣になりましてございます」

「井伊家？」

「はい、十郎左衛門の母が井伊さまの縁者だとかで、直政さまの剣術師範ということだそうにございます」

　重信はあり得る話だと思う。

　十郎左衛門の長野家は、武田信玄に敗れるまで上野箕輪城の城主で、在原業平《ありわらのなりひら》の後裔という名門中の名門だった。

　信玄に攻められて落城、十郎左衛門は箕輪城から逃げて平兵衛の弟子になった。

　その長野家が井伊家とのつながりがあっても不思議ではない。

　この時、井伊直政は二十七歳、十郎左衛門は三十三歳だった。後に直政は小田原征伐で活躍し、箕輪城十二万石の城主になる。その箕輪城は長野家の城だった。

井伊家と長野家のつながりがあったからだろう。

　その井伊家は、関ヶ原の戦いでは石田三成の旧領、佐和山《さわやま》城の十八万石に加増され、やがて彦根城三十万石になり西国の大名を見張ることになる。

　十郎左衛門もその井伊家の剣豪武将として活躍する。

関ヶ原で二千石の家臣になり、大坂の陣で三千石、井伊家の次席家老になって四千石と大身の家臣に出世する。

長野十郎左衛門業真《なりまさ》から、長野無楽入道槿露斎と名乗って、剣では無楽流の開祖になる。神夢想流の三代目である。

そんな十郎左衛門と別れて平兵衛は寂しいのだ。

「田宮殿も望む大名家があれば、それがしに遠慮することなく仕官をしてくださるように……」

「はい……」

長野十郎左衛門が井伊家に仕官したことは良いことだ。

平兵衛は重信が仕官しないことを知っている。

諸国回遊の旅を続け、神から授かった神夢想流を、大成させるという大願があることも知っていた。

重信個人は「一剣を以て大悟できるか！」という究極の目的がある。

それはどこまで神に近付けるかということでもあった。遠い道のりになることは覚悟している。

剣の極限を目指す果てしない旅だ。

「老師、それがしはまだまだ未熟にて、雑念にどっぷり浸かり過ぎております」

「それも人間ゆえのこと、良いことではありませんか？」

年上の平兵衛に老師と言われると少々面食らう。重信はこの田宮平兵衛を神夢想流の二代目と決めている。

美しい剣を使う今や剣豪だ。

「それがしの雑念は生涯ついて回るのかも知れません……」

「いいではありませんか。剣には曇りがないのですから？」

「恐れ入ります」

「岩田村へまいりますか？」

「いいえ、妻子は三河に移りました」

「ほう、三河ですか……」

「いつでも立ち寄ってくださるよう……」

「分かりました。そういたしましょう」

平兵衛は一ノ宮にいて道場に毎日顔を出した。平兵衛の稽古は厳しく決して妥協することがない。

こうして美の田宮流、位の田宮流が確立する。

それを重信は傍で見ていた。

門弟も増えて活気づいている道場に珍しい客が顔を出した。

その懐かしい顔を見て重信はすぐ分かった。越前の富田勢源道場で小次郎と呼ばれていた男だ。

道場の門弟に案内されて重信の傍に来て挨拶する。

「これは珍しいご仁の到来ですな」

「ご無沙汰しております」

「小次郎殿はここをどなたにお聞きになりましたか？」

「鐘捲さまから聞きましてございます」

「なるほど、それで廻国修行中でしょうかな？」

「はい、京の鷹ヶ峰にもお訪ねいたしました」

「それがしも修行中でなかなか京にいることもできない有り様です」

小次郎は中条《ちゅうじょう》流の使い手で、中条流は小太刀の流派なのだ。

だが、鐘捲自斎などと稽古をしている間に、長い木刀を持たされるようになった剣客だ。

そのため、小太刀の中条流なのに長い太刀を使う巌《がん》流と名乗っている。いつも三尺より長い備前長光《ながみつ》を背負っていた。

「急ぐ旅でなければ逗留されるがよい……」

「お言葉に甘えて、お願いいたします」

この時、津田小次郎こと巌流小次郎は三十五歳だった。巌流と名乗るだけあって富田勢源や鐘捲自斎の名を辱めない力量を持っていた。

翌日から平兵衛と小次郎の火の出るような猛稽古が始まった。

重信の見るところ二人の力量はほぼ互角で互いに一歩も譲らない。平兵衛と小次郎の剣客の意地のぶつかり合いだ。

片や田宮流、こなた巌流。稽古とはいえ双方が負けられない。

二人の稽古が始まると門弟はみな羽目板に引いた。息を詰めて見守っている。

若いだけに勢いは小次郎の方がある。だが、その勢いを平兵衛はうまく受け止めていた。

なかなか味のある良い稽古だ。

鐘捲自斎に長い剣を持たされ、小次郎の太刀は徐々に長くなり、三尺三寸の大太刀を使うまでになった。

「小次郎殿、やりますか？」

「お願いします！」

重信が木刀を握って小次郎と立ち合った。

「まいられよ！」

「はッ！」

小次郎が上段から踏み込んできた。

後の先、一瞬早く重信の木刀が小次郎の胴を真っ二つに斬り裂いて、木刀が小次郎の左肩を砕いた。

「神伝、山越《やまこし》です。わかりますか？」

「はい、胴から肩……」

「もう一本伝授しよう」

「お願いします」

重信は小次郎にも神夢想流を伝授した。

黄金の男

重信、平兵衛、小次郎の三人が一ノ宮を発って小田原に向かったのは三月の終わりだった。

重信と平兵衛は小田原に残り小次郎は西国に旅立って行った。美剣士巌流小次郎の若き日の廻国修行だ。

この頃、秀吉による九州平定が行われた。

前年の天正十四年（一五八六）六月に九州攻撃命令が出て、八月には西国の毛利軍に出陣命令が出た。

年が明けた天正十五年一月一日には石田三成ら奉行に、九州出陣の兵二十五万、兵糧三十万人分、馬の飼料二万頭分を支度するよう命令が出る。

凄まじい兵力だ。

重信らが一ノ宮を発つ前の三月一日に秀吉は二万五千人を率いて大坂城を出陣。九州は島津軍にほぼ占領されていたが、秀吉は島津家の九州統一を許さないという出兵だった。

逆に島津家は秀吉を成り上がり者として認めない。

島津家は摂関家の近衛家の荘園《しょうえん》下司《げし》であったが、鎌倉期に頼朝《よりとも》から薩摩の惣地頭を命じられた。実は島津家の祖、島津忠久は頼朝と丹後局の間にできた実子だという。政子の悋気から忠久を九州に隠したといわれる。

ぽっと出の秀吉とは違うという誇りがある。

豊臣軍は、肥後方面を秀吉本人が総大将、日向方面を秀吉の弟秀長《ひでなが》が総大将を務めて薩摩に向かう。

その兵力は二十二万人、迎え討つ島津軍は五万人で大軍同士の戦いとなった。

タイ捨《しゃ》流丸目蔵人佐は永禄十二年（一五六九）、相良義陽《さがらよしひ》のもとで島津軍と闘った際、策を誤って多くの将兵を死なせ、逼塞を命じられたことがあった。その相良家は島津軍の軍門に下り、肥後の球磨《くま》を領していたが、秀吉軍が侵攻してくると秀吉に臣従する。

すると蔵人佐は勘気が解かれ相良義陽に再び仕えることが許された。

知行は百十七石とされたという。

五月に入って島津義久《よしひさ》が剃髪して秀吉と泰平寺《たいへいじ》で会って降伏、これで九州は平定された。秀吉は次々と禁令を出す。

伴天連《ばてれん》の追放、海賊禁止、喧嘩禁止など惣無事令《そうぶじれい》を発した。

関白である秀吉は天皇の名において天下静謐《せいひつ》を宣言する。それは秀吉の天下だということである。

秀吉の禁令に背いて戦いを起こした者は私闘とみなされ制裁を受ける。

七月になって秀吉の軍師だった黒田官兵衛は、九州平定での軍功が認められ豊前六郡十二万石に加増された。

そこで中津《なかつ》城の築城が始まった。

黒田家の家臣新免無二斎は黒田軍と一緒に九州豊前中津にいた。

辨之助こと後の武蔵は四歳でまだ播磨高砂にいる。この頃から辨之助は異常に体が大きく大男になるといわれた。

この時、重信は小田原城下の松田尾張守の屋敷に逗留していた。

道場には伊藤一刀斎の弟子になった古藤田勘解由左衛門や幻海、高田軍太夫《たかだぐんだゆう》など大勢が出て稽古をしている。

平兵衛は七月になる前に、風間出羽守と小田原から消えた。

どこに行ったのかわからない。

ある日、重信は尾張守に熱海の湯に行かないかと誘われた。

重信は本来、温泉の湯が好きなのだ。

だが、廻国修行ではのんびり湯に浸かることもない。いつどこで敵に襲われるか分からないからだ。

重信は剣客としてはきれい好きな方で、水を浴びたり体を拭いたりしている。

剣客の中には何日も体を拭かない横着者がいて、酷い臭いをまき散らして歩く者がいる。

後の武蔵のように。

尾張守と重信、古藤田と幻海の四人が馬に乗り、小者や荷運びなど十人が海沿いに熱海の走り湯に向かった。

熱海の温泉は古く、今から千年以上も前のこと二十四代仁賢《にんけん》天皇の頃、海中から熱湯が噴出した。

大量の魚が死んだのを見た漁民が、熱い海と言ったことから始まるという。

海底で火山が噴火したのかもしれない。

天平宝字《てんぴょうほうじ》（七五七〜七六五）の頃には、箱根権現の万巻《まんがん》上人が、熱い海で魚が獲れずに苦労している人々を見て、それを助けるため源泉を海中から陸上に移してあげたのだという。

何んとも心地良い温泉への旅になった。

兎に角、小田原は魚が美味い。今朝獲れた魚をすぐ食すのだから美味いに決まっている。

温泉でもその鮮魚をいつでも食せるのだから実に贅沢だ。

修行中の剣客がこんな贅沢をしていいのかと重信は気を引き締める。とは言いながらも温泉はやはりいい。

熱海の里は風光明媚でそこだけは別世界になっていた。

「林崎殿、北条家に仕官する考えはござらぬか。どこか城一つをお任せしてもいいがどうであろう？」

重信を熱海に誘ったのはこの話だった。

実は、北条家には秀吉嫌いがかなりいるのだ。

徳川家から家康の娘を、嫡男氏直の正室として迎えているが、一方では伊達家とも同盟を結んでいた。

他にも領地境が確定していない小競り合いの場所もある。

この先どうなるか分からない中で、重信のような頼りになる武将は、喉から手が出るほど欲しい。

北条家は関東一円に多くの支城を持っている。

その一つを重信なら任せてもいいと尾張守は考えた。このままでは秀吉との衝突は避けられないだろう。

その原因は北条家と真田家の不仲にある。

上野にある北条家の沼田《ぬまた》城と、真田家の名胡桃《なぐるみ》城の間で、争いが絶えなかった。

戦いになれば秀吉の惣無事令違反になりかねない。

「ご家老さま、有り難いお話ではございますが、それがしは神夢想流の大成に生涯を賭ける覚悟にございます」

「一生、旅をするということか？」

「そうなるかと思います。神夢想流を神さまから伝授されました時の約束にございます」

「神との約束？」

「はい、出羽の林崎熊野明神のスサノオさまとの約束にございます」

「神との約束では無理もいえぬか……」

尾張守は困った顔だが神さまが出て来てはいかんともしがたい。

それに重信の言葉には確固たる意志がある。生涯旅することなど常人にできることではない。

その覚悟を聞いて尾張守は説得をあきらめた。

五日間も湯に浸かってふやけた四人が小田原に戻ってきた。重信は尾張守に感謝して小田原城下を離れる。

この時が重信と松田尾張守の生涯の別れになった。

重信は幻海と箱根の竜太郎の家に立ち寄った。竜太郎の妻お満が子を産んで賑やかになっている。

幻海の妻お仲は相変わらず世話好きで、竜太郎配下の馬借や馬子が増えていた。

幻海と分かれ、重信は一人箱根峠を越え駿河に入った。

甲斐の武田家が滅んだことで、徳川家康は三河、遠江、駿河、甲斐、信濃と領土を拡大している。

急激に徳川家が大きくなり、この頃、家康は人材難に悩まされていた。家が大きくなり、領土が拡大することは統治するための人材が、大量に必要となるということでもある。

三河武士は本多《ほんだ》平八郎《へいはちろう》や井伊直政に代表されるように頑固一徹、武骨者揃いで榊《さかき》原《ばら》康政《やすまさ》のように文治のできる家臣がほとんどいない。

領地を拡大すればするほど、人が足りなくなるのはどこの大名も同じだ。

弱小大名だった徳川家は武田信玄に侵攻され、戦いに負ければたちまち滅亡する瀬戸際にいつも立っていた。

それを信長と同盟することで生き延びてきた。

その信長が京の本能寺で急に亡くなった。そのため信長が支配していた領地が空白地帯になる。家康は領土拡大の機会を摑み一気に甲斐、信濃と手に入れる。

当然、人が足りなくなった。

そこで家康が眼をつけたのが信玄の育てた武田の旧臣たちだった。

武田家が大きくなったのは、信玄の戦上手もあるが、信玄が育てた優秀な文治の人材が領土や金山を管理できたからだ。

家康は、信長が生きている頃から成瀬《なるせ》正一《まさかず》に命じて、秘かにこつこつと武田家の人材を集めてきた。正一は武田の家臣だったことがある。

信長は敵を捕まえて殺してしまうが、家康は、勝頼と考えの合わない家臣が正一を頼って甲斐を出てくると匿った。

信玄の育てた吏僚《りりょう》は優れていてすぐ使いものになる。

秀吉には石田三成という文治の天才がいた。長束《なつか》正家《まさいえ》などという算術の天才もいたが、実は家康にはそんな秀吉の天才奉行衆を、みな合わせても余りあるだけの大天才が仕官する。

それは信玄が育てた怪物である。

その男は大久保《おおくぼ》長安《ながやす》という。金春《こんぱる》流猿楽師の親子が甲斐に流れてきたのを、信玄が眼に止めて育てた男だ。

信玄は甲斐に多い金山をすべてその男に仕切らせ、拡大した領土の年貢を徴収させるなどして、この万能の天才を育てた。

その男が勝頼とうまくいかず成瀬正一のところに逃げてきた。

やがて家康が江戸に移ると、家康直轄領百五十万石を仕切る総代官とする。

それだけではない。大和代官、美濃代官、甲斐奉行、石見奉行、伊豆奉行、佐渡奉行など金山の奉行などすべてを兼務し、家康に黄金六百五十万枚、六千五百万両の黄金を残させる。江戸幕府の初期を支えた家康の遺産金だった。

長安は天下の総代官と呼ばれ、幕府の勘定奉行から老中に上り詰める。

親藩、譜代の大名以外で老中になったのは、幕府二百六十年の間に大久保長安ただ一人である。

そんな怪物が家康の懐に転がり込んだ。

街道に一里塚を築いたり、一間を六尺と寸尺を定めたり、八王子千人同心を創設したり、家康の吏僚として右にも左にも出る者がいない活躍だった。

なんとも恐ろしい化け物が大久保長安といえる。

そんな武田旧臣を秘かに集めたからこそ、徳川幕府は混乱の初期を乗り切れたともいえる。幕府の奉行がすべて武田の旧臣という時さえあった。それほど信玄は優秀な人材を育てていた。

駿府城では成瀬正一を中心に人材集めが行われている。

そんな活気づいている駿府城下を通って重信は西に向かった。三河岡崎城下の平兵衛の家に立ち寄り、重信が京に戻ったのは、蒸し暑さが涼しくなり始めた八月の終わりだった。

重信は勧修寺家に挨拶に立ち寄って驚いた。

勧修寺家から半町も離れていない西側に、絢爛豪華な黄金の城が出現していた。

これは何だと思う。秀吉が築城した金ぴかぴかの聚楽第《じゅらくだい》でほぼ完成している。屋根瓦が黄金に輝いていた。

よりにもよって御所の隣で、何を考えているか分からない。キンキラ絢爛豪華が好きな成り上がり秀吉の面目躍如だ。

「関白さまは大傾《かぶ》き者じゃよ……」

隣に出現した金ぴかの城を毎日見ている尹豊が皮肉っぽくあきれ返った顔でいう。

京の人々は混乱や騒動が多いためか、秀吉のような陽気な歌舞伎者が大好きだ。

　それにしても清楚な禁裏の隣に、キンキラピカピカではやり過ぎではないか。

　阿呆といいたいところだが、賢い京人は口をつぐんでニッとするだけだ。キンキラでもぴかぴかでも泰平の世は大いに結構。

「さすがに関白さまは豪気なことだわな……」

「これで京も益々繁盛するだろうよ」

　京の人々は泰平より乱世に慣れて生きてきた。こういう風変わりな秀吉の豪快さが好きだ。

「摂津の大坂城も大きいそうだな？」

「やはり金ぴかかい？」

「そうらしいぞ……」

「関白さまはいくらでも黄金を持っているようだな。ばらまいてくれるとうれしいのだが、なんとかならぬか？」

　秀吉だけでなく人々も黄金は大好きだ。

　人に頭を下げたくないが、黄金には文句なしで遥拝《ようはい》し頭を下げる。

　そんな黄金は手に入らないからあきらめているだけで、秀吉のようにそれを眼の前で見せてくれれば大はしゃぎだ。

針売りの行商などをして、人々のそんな気持ちを知っている秀吉は人気取りに夢中になった。

さすが関白さま、さすが黄金さまなのだ。

武家には大好きな官位官職と黄金、庶民には銭と黄金だと、秀吉は人心を心得て大盤振る舞いをする。

とてつもない黄金ピカピカの茶室を利休に命じて作る。

兎に角、黄金好きで秀吉は黄金の男なのだ。

「内府さま、亡くなられました出羽楯岡の因幡守の奥方さまから、このような太刀をお預かりしてまいりました」

「因幡守の太刀か？」

「はい……」

重信が刀袋から備前三郎国宗を出して尹豊に差し出した。

「見覚えはございますでしょうか、備前三郎国宗二尺七寸五分の名刀にございます」

「三郎国宗か、ずいぶん昔のことだな……」

尹豊には心当たりのある太刀だった。

「これはな、口にできないさるところに伝わる太刀でな。当時は酷い困窮で糊口《ここう》を凌《しの》ぐのに苦労しておられた。それでこれを米に替えたのだ。因幡守は遠慮されたがわしが持ち帰らせたのだ」

「それではそのお家にお返しを……」

「待て、それは困る。一旦そのさるところから出たものだ。返すと言ってもな……」

「内府さま、このような太刀はそれなりのところへお返ししませんと、災いを招かないとも限りません。なにとぞ……」

「甚助、そなたはこの太刀に負けぬと思うがどうだ？」

名刀と呼ばれる剣にはそれぞれ位というものがある。

「それがしなどは、このような太刀を持つ身分ではございません。なにとぞご賢察賜りたく……」

「そうか。ならばこうしよう。この三郎国宗は手入れと鑑定のため、一旦、油《あぶら》小路《こうじ》の本《ほん》阿《あ》弥《み》光悦《こうえつ》に預けよう。光悦は若いがなかなか刀の扱いが良いと聞く、その上で、この太刀の行く先は任せてくれるか？」

「はい、結構にございます」

名刀備前三郎国宗は再び京に戻ってきた。

美しき剣にはそれなりの居場所というものがある。重信は尹豊なら名刀の居場所を探してくれるだろうと任せることにした。

「ところで甚助、そなたのいない間に京はガラッと変わった。関白さまが尾張の猿とは驚きだが、泰平の世ができるのであれば、猿が犬でも狸でも勤皇でさえあれば大いに良いことだ……」

「猿と犬と狸にございますか？」

「そうだ。百鬼夜行の世も終わりということだな。結構なことではないか？」

「はい、このまま泰平が続けばよいのですが？」

「秀吉の子のことか？」

「そのような噂もございますれば……」

「そこが関白の泣き所だな。後継者が誰になるかだ」

尹豊も重信も見ているところは同じだ。

一見、泰平の世に見えるがまだ群雄割拠の危うさは続いていた。ただ、異常なほどの秀吉人気なのだ。ところがその秀吉には実子の後継者がなく養子ばかりなのだ。そこを人々は心配していた。

一方、どうでもいいから乱世を終わりにしたい人々の渇望でもある。

六条河原の恋

天下泰平を謳歌する時とばかりに京は秀吉人気に沸いた。

そんな時、京で人気になったのが出雲の阿国たちの巫女舞だった。十七歳になった阿国は妹の阿菊とともにたいそうな人気者になった。

二人はよく似た美人だった。

男装して太刀を持って踊る阿国の男舞は、妖艶《ようえん》な色香が漂い、見るものを興奮させ陶酔させた。

着物の裾に見え隠れする阿国の色香は人々を魅了した。

女と男を倒錯させる怪しげな艶《つや》があり、踊りの上手い阿菊を上回る阿国の色に、京の人々は夢中になった。

そうした倒錯も、乱世が終わったのだからいいではないかということだ。

賀茂《かも》川の河原に小屋を建てると連日大入り満員で、秀吉の黄金人気と相まって、阿国の色香に押すな押すなの人込みだ。

「馬鹿野郎、てめえ、押すんじゃねえ！」

「おれじゃねえよ。後ろから押されるんだ。怒るなよ兄い……」

「くそッ、うっとうしいな！」

阿国はすらりと背が高く稀に見る美女で、男装して太刀を担いで舞台に出てきただけでどよめきと悲鳴が上がった。

「きゃーッ、阿国さまッ！」

「おいッ、立つんじゃねえ、見えねえじゃねえか！」

「なにさ、あたしだって見えないんだから、文句を言うんじゃないわよ！」

男と女が喧嘩になる。

兎に角、人気沸騰で粗末な芝居小屋が押し潰されそうだ。

その阿国が父親の中村三右衛門と鷹ヶ峰の道場に現れた。

応対に出た若い門人が、笠をとった阿国を見てひっくり返りそうになる。京で人気の阿国が男装して道場の玄関に立っている。

「お、おく、阿国、阿国さまだあ！」

門弟が仰天して道場に駆け込むと稽古がピタッと中断した。ドッと門弟たちが玄関に押し寄せる。

「痛て、押すな！」

「おい、押すなよ！」

「阿国さまだあ……」

門弟たちがぽおっとなって稽古などほっぽり投げる。

そんな門弟を見て将監と重信は、顔を見合わせて苦笑するしかない。阿国人気は異常だった。

何がおもしろいのか、阿国が敷台に座って草鞋を脱ぐのをジッと見ている。

押されて息が詰まりそうだ。

敷台に立つと阿国がニッコリと笑う。

それだけで剣士たちがにやけてフニャフニャになるから女は恐ろしい。太刀を摑んで道場に入ってくると、阿国と三右衛門が将監と重信の前に座った。

阿国の大好きな強い強い重信が眼の前にいる。

「お師匠さま、お久しゅうございます」

「おう、そなたも堅固で何より、三右衛門殿も元気なようで……」

「お陰さまで病気をすることもなく、毎年京へ出てきております」

勝手に稽古を中断した門弟が、羽目板の前に並んで何が始まるか待っている。こうなったら阿国と立ち合いたい。門弟たちは阿国が相手なら殺されてもいいと思う。

「阿国殿の踊りは京を揺るがしておる。人気は関白さまより上じゃな」

珍しく無口な将監が阿国に話しかけ追従《ついしょう》を言った。それも稽古では鬼の将監が、満面の笑みで誰も見たことがない顔だ。

「お陰さまで毎日お客さまにおいでいただいております」

「それはけっこうなことです」

将監も美女には形無しでニコニコと機嫌がいい。男は誰でも美女には腰が抜けてしまうものらしい。鞍馬流の剣豪たる者が情けない。

美女は魔物だ。

「阿国、やるか？」

「うん……」

出雲の浜辺で初めて重信から指南された時のように元気がいい。サッと立って刀架に木刀を取りに行く。

阿国の立ち居振る舞いに門弟たちは見とれている。その立ち姿は優美、上品、神さま仏さま阿国さまである。

最早、誰もが稽古のできる状況ではない。気持ちを阿国に奪われてしまってすっかり気が抜けたようだ。

重信が傍の木刀を握って立ち上がる。

天下一の剣豪と天下一の美女の立ち合いだ。道場内はシーンと静まり返った。

「お願いします」

「まいれ！」

互いに中段に構える。切っ先が触れるとピリピリと重信の剣気が阿国に伝わってくる。それだけで阿国は痺れてしまう。

もちろん踏み込んで勝てる相手ではないことは分かっている。

それでも思いっきり踏み込んでいきたい。重信の胸に飛び込んで行きたいと思った幼い頃の恋心が蘇生する。

阿国は好きだと重信に叫びたい。

稲佐《いなさ》の浜の潮騒《しおさい》が聞こえてきそうな静けさだ。阿国は足を砂を噛むように擦って右に回る。

それを重信が押さえるように左に動く。

一瞬で勝負が決まると阿国は知っていた。スッと上段に木刀を上げた。重信の剣先が誘うように右にずれた。

瞬間に踏み込んで、上段から阿国の木刀が振り下ろされる。

それをカッと受け止めて重信が押していく。押されまいと阿国が踏ん張るが足が床を滑る。

ズズッと押された瞬間、阿国が飛び下がりざまに重信の胴を斬ろうとした。

それもカッと跳ね返して、逆に上段から阿国の眉間を狙った。誰もがやられたと思った。

だが、阿国は猫のように床に転がって羽目板にドンッとぶつかった。うまく逃げたが重信が追って阿国の肩をビシッと抑える。

阿国はまいったと言わない。

怒った顔で起き上がると「もう一本！」といって木刀を構える。重信と激しい稽古をして阿国は痺れる快感に包まれていた。

愛しい重信と久しぶりの稽古で阿国の胸は爆発しそうだ。

阿国は勝てるとは思わないが負けるとも思っていない。気が強く本物の負けず嫌いなのだ。

木刀をまた上段に上げていきなり打ち込んできた阿国を、重信が突き飛ばす。

怒った阿国が飛び起きる。「このッ！」と木刀を叩きつけて重信に飛び掛かるじゃじゃ馬だ。

ガッと受け止めた重信がグイグイ押していく。

阿国は羽目板に押し付けられても、重信をにらんでまいったと言わない。

「もう一本だから……」

言うなり阿国が上段から襲いかかった。

重信は咄嗟の攻撃をかわすように、右に回って阿国の首を掻っ切った。

神伝居合抜刀表一本廻留《まわりどめ》、重信の木刀が阿国の首を掠った。阿国は斬られたと思った瞬間、ザワッと体が震え寒気がした。

「どうか？」

「まだまだだもの……」

息の乱れを隠すように阿国がもう一本だと強情に言う。

「よし！」

阿国の首筋に汗が流れている。

顔も上気して紅をさしたように赤い。負けず嫌いというより重信が好きだと全身で訴えている。

そんなことは分かっている重信だ。幼い時からそうだった。

その阿国の気がすむまで相手をするつもりでいる。もちろん最初から手加減をしていた。

だが、三右衛門とずいぶん稽古をしたのだろうと思う。剣先が定まっている。

四本目は何度も何度も阿国に打ち込ませ、そのことごとくを重信は受け止めて跳ね返した。

それでも稽古が始まって四半刻近く阿国は持ち堪えた。

重信に突き飛ばされると羽目板まで飛んでいく、もうフラフラなのだがまいったといわない。汗だくになっていた。

「さあッ、来いッ、立てッ！」

剣筋が疲れて怪しくなってくる。

ガッと受け止めて、「シャーッ！」と阿国の左胴から右脇の下へ逆袈裟に斬り上げた。

重信の剣先がグッグッと伸びる。

神伝居合抜刀表一本石貫、ガラガラと木刀を手放し、両膝から崩れた阿国は人形のように床に転がって気を失った。

「三右衛門殿、奥へ運んでくだされ……」

門弟たちが総立ちになる。

三右衛門が阿国を抱いて道場の奥に消えた。

「稽古を始めろッ！」

将監が間の抜けたような門弟を叱る。

門弟たちは阿国の艶《なま》めかしい毒気に当たって、もういつもの気合が入らない。それでも稽古が再開した。

しばらくすると三右衛門が道場に戻って来て、重信に小さくうなずいた。席を立った重信が奥に行くと阿国は目を覚ましていた。

「どうだ。気分は？」

「もう、だいじょうぶ。あれは？」

「んッ、あれか、あれは大丈夫だった。心配するな……」

「うん……」

阿国が心配したのは失禁したのではということだ。以前、重信のあまりに凄い剣を見て小便を漏らしたことがある。

「好きだから……」

阿国が重信に思いっきり抱きついた。

それを重信がやさしく抱きとめる。阿国は七歳で重信と出雲の浜で出会った時から好きなのだ。

その夕刻、三右衛門と阿国が道場を出ると重信が送ることにした。

阿国は京の人気者で何が起きるか分からない。

三右衛門も相当な使い手だが京の夜は一人では心もとない。

「三右衛門殿、今度、勧修寺邸で内府さまに人気の踊りをみせてもらえないか？」

重信は尹豊に阿国の巫女舞を頼まれていた。

「よろしいですが……」

「阿国もいいよ」

そっと阿国が重信の指を握ってくる。

「かたじけない。都合のよい日を知らせよう」

阿国は竹で編んだ廂《ひさし》の深い浪人笠をかぶって顔を隠している。

その阿国たち一行は、六条河原《ろくじょうがわら》でも刑場とは少し離れた南の端に大きな小屋を建てていた。

もう年が明けて、二ヶ月もしないで出雲に帰る。

六条河原は賀茂川が増水する怖いところだ。

だが、人気が出てきて京にいる期間が長くなっている。小屋の前まで送った重信が帰ろうとすると阿国がグッと手を引っ張った。

「また、道場にまいれ……」

「嫌ッ！」

「阿国……」

「嫌なの……」

男装の麗人が甘えるように駄々をこねる。

そこに阿菊が顔を出して二人で重信を小屋に引きずり込んだ。珍しい客に仲間の巫女たちが大騒ぎだ。

それを三右衛門はニコニコ見ている。

みな仲のいい姉妹のような巫女たちで、背格好や髪形や顔までもよく似ていた。

阿国と阿菊は特に双子と間違われる。

「阿菊も元気だな？」

「うん、元気、とっても……」

阿菊は踊りが上手で、巫女舞、ややこ踊り、白拍子《しらびょうし》、念仏踊りなど何でもできる芸達者だ。

阿国より人気があるのだが、この出雲の一行は阿国の名で知られている。

他にも踊り上手な娘は何人もいた。人々はややこ踊りや念仏踊りを好んだ。近頃、阿国たちは巫女舞をあまりやらなくなっていた。

重信は半刻ほど懐かしい人たちと話して小屋を出た。その手を阿国がまた引っ張る。

「四、五日中にはまた来る。勧修寺さまのことでな」

「うん、お師匠さま……」

「何んだ？」

「何んでもない。一緒に出雲に行こう？」

泣きそうな顔で笑う。

「そうだな。そのうち、必ずいこう」

「うん、約束だから……」

重信の手を強く握ってから小屋に消えた。

重信は笠をかぶって六条河原から立ち去る。京の闇が深くなる刻限だった。

その数日後、阿国たち踊り手が勧修寺邸に招かれて、尹豊や大納言晴豊《はるとよ》に人気の踊りを披露した。

その席に重信も呼ばれた。

艶やかな阿国と阿菊の踊りに、尹豊が大いに喜んで阿国と阿菊を相手にいつもより酒も進んだ。

化け物公家も八十六歳の高齢になっている。

「甚助、良いものを見せてもらった。阿国、そなた甚助を好きのようだな？」

尹豊に見抜かれ阿国がうつむいた。

「阿国、飲め……」

阿国は酒を飲めない。代わりに阿菊が尹豊の盃を受けた。

「阿菊、いい飲みっぷりだ。もう一献やれ……」

尹豊は少々酒が進んで酔っていた。

「阿国、甚助は神の剣士だぞ、知っているか？」

「はい……」

「その弟子なら言うまでもない。分かっているな？」

「はい、内府さま……」

「阿国、何も言うな。分かっているなら何も言うな。甚助、阿国を抱いてやれ、妻にしてやれ、女は好きな男に抱かれぬと成仏せん……」

「内府さま……」

重信が尹豊をにらんだ。今日の尹豊の酒は良くない。

阿国が両手で顔を覆って泣いた。

「阿国よ、そう泣くな、泣くな。天下一の美女が泣いては台無しじゃ。甚助に命じたからそのうち抱いてもらえ、後のことは分かっているな。そなたは神の剣士の妻であり弟子なのだぞ……」

阿国がうなずいて泣き崩れた。聞いていたみなが驚いて二人を見ている。

「今日は良い一日であった。大納言、出雲の勧進に寄進をな……」

「承知しました」

フラッと立って尹豊が奥に消えた。

阿国一行は勧修寺邸から出て、六条河原に向かい、重信は阿国に「そのうち道場へまいれ……」といって鷹ケ峰に向かった。

泣き顔の阿国が小屋の外にぽつんと立って、いつまでも重信を見ている。切ない恋心だ。

阿国の気持ちを一番理解しているのが父親の中村三右衛門である。

三月になって阿国一行は出雲に戻ることになった。

阿国は先の内府、勧修寺尹豊から「神の剣士の妻だ」という言葉を貰ってから人が変わった。

駄々をこねないし抱いてくれとも言わない。

先の内大臣が決めた林崎甚助の妻だと、阿国もそう思い定めた。それは幼い頃からの願いだったように思う。あの稲佐の浜で出雲の神々が結んでくれた恋なのだ。重信は阿国一行を丹波亀山まで見送った。

秀吉の天下になってから、街道にも以前のように盗賊は出なくなっている。

その頃、京では秀吉の希望でより華やかな計画が進んでいた。

天正十六年（一五八八）四月十四日に秀吉自慢の黄金の城、聚楽第に後陽成天皇十八歳の行幸を仰ごうというのだ。

誠仁親王は天皇に昇らないまま二年前の七月に亡くなったため、正親町天皇が孫の和仁親王に譲位して後陽成天皇となった。

それも秀吉が上皇の住まいとなる仙洞《せんとう》御所の造営を了承したからだ。

後陽成天皇は勧修寺尹豊の孫藤原晴子の産んだ親王である。天皇は尹豊の曽孫ということになる。

晴子は国母新上東門院《しんじょうとうもんいん》という。

この天皇の聚楽第行幸に氏政、氏直親子に列席するよう、相模小田原城の北条家に秀吉の命令が届いた。

つまり早く上洛して臣従しろということだ。

ところが氏政はこれを拒否する。北条家は秀吉を好きではない。すると急に北条征伐の噂が広がった。

その時、動いたのが家康だ。

北条氏政の嫡男氏直に家康は娘の督姫《とくひめ》を嫁がせている。家康が秀吉と氏政の間に入ったことで、この時は大ごとにはならなかった。

熊野詣

その頃、九州豊前の中津城が完成した。

播磨姫路から黒田家の家臣や一族が続々と移り始めている。

九州に向かう黒田家の家臣団の中に新免無二斎の家族がいた。この時、辨之助はようやく木刀を持てる五歳だった。

その秋、鷹ヶ峰の将監道場に四人の剣客が現れる。

鐘捲自斎とその弟子の前原弥五郎こと伊藤一刀斎、一刀斎の一番弟子小野《おの》善鬼《ぜんき》、二番弟子神子《みこ》上《がみ》典膳《てんぜん》の四人で、四人とも天下に名の通った剣客だった。

武芸者なら四人の名を聞いただけで震えがくるほどだ。

善鬼は淀川の船頭だったという変わり種で、一刀斎に勝負を挑む武芸者との立ち合いは、全て善鬼が受けて立ちいずれも勝ったという。

神子上典膳はこの後、家康に仕え小野次郎《じろう》右衛門《えもん》と名乗り小野派一刀流の祖となり、柳生宗矩と並んで将軍秀忠《ひでただ》の剣術指南になる。

　この一刀斎の二人の弟子は、一刀流の後継者の印可《いんか》を巡って戦うことになる。剣の流派にはそれぞれ印可というものがある。つまり免許状とか相伝というもので厄介だ。

だが、重信の神夢想流には印可も免許も相伝もない。

神から授かった剣は分け隔てなく誰にでも伝授する。それが重信の神夢想流の考え方であった。そのために繁栄したともいえる。

四人は十日ばかり道場に滞在した。

　重信を入れた五人の稽古は激しかった。

望まれて重信は四人と次々と稽古をした。後に小野派一刀流やその系譜を継ぐ北辰《ほくしん》一刀流の中にも居合は取り入れられ残ることになる。このようにしてほぼすべての流派が神夢想流居合を取り入れることになる。

　さすがに一刀斎は強かったが、一瞬で勝負が決まる居合は一刀斎をも圧倒した。

負けず嫌いの善鬼は毎日重信に挑んだが、神の剣にはまったく歯が立たない。神子上典膳は神夢想流を知りたいと素直に教えを乞うた。

　鐘捲自斎は越前で会った頃から重信の力を認めていて、弟子の一刀斎と孫弟子の善鬼と神子上を、重信に会わせようと連れてきたのだ。

重信は神子上典膳の求めに応じて神伝居合抜刀表五本を伝授した。

居合は己の心に勝つことなり。

人は迷い、怯え、躊躇する。そんな己の心を超越すること、それが神伝居合抜刀の極意とも言える。

京の将監道場は小さな道場だ。

だが、近ごろはいつも満席で、若い剣士の稽古も熱気がある。その中心にいつも重信がいた。

神夢想流の居合抜刀は広く知られるようになり、色々な剣客が京の鷹ヶ峰にある将監道場や、武蔵一ノ宮の高松良庵道場を訪ねてくる。

年が明けると重信は旅支度をし、紀州熊野に行くことを告げて道場を出た。

勧修寺尹豊に挨拶するため立ち寄ると、その時、眼光鋭く剣客とすぐ分かる男が先客でいた。そこに重信が案内された。

「おう、良いところに来た。五条の染物屋吉岡憲法《けんぽう》の孫だ」

尹豊が素っ気なく言って男を紹介した。

「吉岡直賢にございます」

直賢は将軍義昭の御前で、新免無二斎と戦って勝ったといわれる剣客だ。この時、直賢は三十七歳だった。

「林崎甚助です。お会いしたいと思っておりました……」

「林崎さまのことは祖父より、産寧坂の決闘のことなど色々と聞いております」

「亡き憲法さまには格別なご配慮を賜り、一方ならずお世話になりましてございます」

重信は清水寺の産寧坂での決闘で、吉岡憲法に並々ならぬ支援をしてもらったと思っている。

もちろんそこには勧修寺尹豊の力が働いていた。

あの時、憲法は弟子の坂上主膳を逃がすこともできたがそうしなかった。それは武道の矜持《きょうじ》からだ。

逃げられていれば重信の仇討は何年かかったか知れない。

吉岡道場の門人を討ち果たしたことから、五条の道場に近付くのを遠慮してきたように思う。

「同じ京にいながら会うことがないものだな……」

尹豊がもう朝酒に酔っている。

正月の歌会などに招かれても、一杯やってから出かける尹豊なのだ。その方が、調子がよく秀歌ができるなどと人を煙に巻く。

酔っぱらった歌など良いはずがないのだ。

言いたいことを言い、したいことをし、生きたいように生きる。

　それが化け物公家と呼ばれる尹豊の豪放磊落《ごうほうらいらく》な生きようだ。そんなところを京の人々は好きなのだ。

　大路小路に出ると一町も行かないで声がかかる。

「内府さま、一献差し上げるによってお立ち寄りを……」

「いやいや、今日は少々飲み過ぎておる。遠慮しておこう」

　などというのが礼儀だろうが、「そうか、そうか、うまい酒があるか、よし、よし……」と、老馬から下りてサッサと商家に入ってしまう。

　気さくで話し上手、陽気で飲み上手、決して長っちりをしない。

　グッと飲みっぷりよくやって「もう一献……」と言われても、「この先で十軒ほど立ち寄るによって勘弁……」と遠慮する。

「また、お立ち寄りを……」

　風のように来てクイッとやって風のように去る。上手な酒の飲み方で粋だねとくる。二言三言、気の利いた言葉が口から出る。年寄りでもダラダラとだらしない酒にしない。

　それが武家も敵わない酒豪の流儀なのだ。八十七歳になってもそれは変わらない。

「正月から旅支度だな？」

「熊野詣へ行ってまいります」

「おう、熊野か、熊野はいい……」

尹豊が小さくニッと微笑んだ。

熊野に上皇が公家や臣下を引き連れて、絢爛豪華に熊野詣をした時代もある。

上皇、法皇、女院の熊野詣を熊野御行という。

天皇の出御を行幸というが、天皇はしきたりが厳しい上に多忙で、在位中に熊野行幸した例はない。

上皇や法皇という自由な立場になってからの熊野御行になる。

白河《しらかわ》上皇九回、鳥羽《とば》上皇二十一回、後白河《ごしらかわ》上皇三十四回、後鳥羽《ごとば》上皇二十八回、待《たい》賢門院《けんもんいん》十二回などが多い。

後は数回という上皇がほとんどである。京から熊野までは遠い。

「やはり、また行きたいのは熊野だのう……」

「内府さま、お供いたしますが？」

「そうか……」

傍にいる大納言晴豊は、誘うなというように渋い顔で重信をにらんでいる。気が向くと尹豊はどこへでもひょこひょこと出かけてしまうからだ。

吉岡直賢は具合が悪そうにうつむいている。

晴豊は武家伝奏として、本能寺で信長が倒れる前日まで、信長の官位の交渉に当たった朝廷の切れ者だ。

尹豊の孫で勧修寺家十四代当主、国母晴子の兄だ。

後陽成天皇の伯父ということになる。四十六歳で今も武家伝奏として秀吉と交渉していた。

晴豊から重信に官位をという話が出たこともあるが、重信は一介の浪人に過ぎず、そのような身分ではないと辞退した。

権力に近づかず、官位などの名誉にも近づかない。

ただ一筋に神との約束を果たす旅をする。それこそが一剣を以て大悟する道だと信じる。

仏の道を探す修行僧のようだ。

「内府さま、奈良の興福寺宝蔵院で二月までお待ちいたします」

「うむ、興福寺か……」

尹豊は熊野詣を生涯最後の旅にしたいと思い始めている。八十七歳ではそう遠くには行けない。

熊野なら京からちょうどいいかと思うが、結構遠いのだ。

遂に、大納言晴豊は仏頂面になった。旅先の事故のことを心配している。

それだけでなく、七十三歳におなりの正親町上皇が、内府が行くならなどと言い出しかねない。

そのような費用は朝廷にはないし秀吉が出すとも思えない。厄介なことになる。

この頃、宮家や公家の石高は三万石なかった。

八条宮《はちじょうのみや》が三千石、伏見宮《ふしみのみや》千石、近衛家三千石、九条《くじょう》家二千石、一条《いちじょう》家二千石、二条《にじょう》家千七百石、鷹司《たかつかさ》家千五百石、今出川《いまでがわ》家千三百石で、他は五百石以下やひどいと百石以下だった。新公家などは五十石という状況である。

江戸期には宮家、公家百六家で四万七千石ほど、三十石二人扶持という下級武士並の公家もいた。

書道や華道の家元になって生計を維持している家が多かった。

しかも領地は、山城《やましろ》久世《くせ》に五村、愛宕《あたご》に十八村、近江滋賀に二村、野洲《やす》に一村、摂津川辺《かわべ》十二村などと、五畿内を中心に公家の領地はバラバラに広がっていた。勧修寺家は京の小栗栖《おぐるす》村に三百石余りを持っている。

秀吉は天皇領や公家領を増やそうとはしなかった。

黄金の男も自分の権威や威勢のためには黄金の茶碗まで作るが、朝廷のためとなるとなかなかに渋い。

腹の底では朝廷が力を持つのを怖がっている。

重信は勧修寺邸を辞して六条河原に向かった。阿国一行が相変わらず人気で小屋を張っていた。阿国と阿菊の人気は衰えをみせない。

「旅に？」

化粧した顔で阿国が重信をにらんだ。妻を放り投げて自分ばかりが行くのかと怒っている。

「紀州熊野権現まで行ってまいる」

「いつまでなの？」

「伊勢神宮にも行くので、戻るのは四月頃になる」

阿国が小さくうなずいた。

「今年は少し長く、五月ごろまで京にいるつもりです」

三右衛門が阿国と阿菊の人気が高いので、例年より少し長く京にいることを決めたのだ。

勧進の寄進が多く集まるということだ。

「では、行ってまいる」

「一緒に行きたい……」

珍しくわがままをいう。

「うむ、そのうち一緒に行こう」

「ほんとに！」

「約束しよう」

「うん……」

阿国は大いに満足だ。我慢しないで言ってみるものだと思う。

重信は阿国に見送られて小屋を出た。三右衛門が伏見の指月《しげつ》橋まで送った。桂《かつら》橋ともいわれる淀川に架かる橋だ。

「では、この辺りで……」

「お帰りになりましたら、小屋へお立ち寄りを……」

「そうしましょう」

重信が橋を向島《むかいじま》に渡った。

奈良に向かってほぼ十里、奈良街道は木津川沿いに真っ直ぐ南に向かっている。何度も歩いた道だ。

修行の旅はこの道から始まったのかもしれないと思う。

宝蔵院に到着すると胤栄に挨拶して、重信が来るのを楽しみにしている阿修羅坊とすぐ稽古に入った。

宝蔵院胤栄の考案した十文字《じゅうもんじ》鎌槍《かまやり》の強さは天下に知れ渡っている。

今は亡き信長の家臣森三左衛門《もりさんざえもん》は浅井《あざい》、朝倉《あさくら》軍三万を相手に、わずか二千足らずで湖西の坂本で戦った。

その三左衛門の十文字鎌槍は一人で百人を超える死傷者を出した。

この後、大坂の陣では真田幸村《ゆきむら》の十文字鎌槍が二度までも家康の馬印を倒し、家康が自刃したくなる死の淵寸前まで追い詰める。

鎌槍は戦場に出ると無類の強さを発揮した。恐ろしい槍だった。森三左衛門は片鎌が折れるほど戦ったという。

阿修羅坊はその十文字鎌槍を自在に操る名人の僧兵だ。

その阿修羅坊がよろこんで重信の相手を務める。重信の二十数年来の気の合った好敵手だった。

丸太のような槍がトスンッと床を突いてから重信に襲い掛かってくる。

三章　乱世の終焉

熊野川

一月の終わりに約束通り勧修寺尹豊が興福寺宝蔵院に現れた。

老馬に乗って、小者一人と替え馬を一頭という、何んともそっけない供揃えで姿を見せた。

大納言晴豊は心配して、五人や十人の供揃えは連れて行くようにと言ったが「甚助一人で十人以上の働きはするから供などいらぬ……」と断った。

「大納言、人は死ぬ時が来たら畳の上でも死ぬのだ。旅先で景勝を見て美味いものを食って死ぬなら喜ばしい大往生であろうよ」

などというのだから誰も止められない。

「これは内府さま、お迎えにも出ませんで……」

胤栄が大慌てで大玄関に飛び出した。

「院主、熊野権現に詣でる旅じゃ。気にするな……」

「熊野詣と言えば林崎殿が？」

「二人で行く約束よ」

「それは結構なことでございます……」

京八《きょうはち》流の使い手である勧修寺尹豊と、六十九歳の槍の名人宝蔵院胤栄は古い付き合いで何度も会っている。

興福寺は藤原鎌足《ふじわらのかまたり》とその子不比等《ふひと》と所縁《ゆかり》の深い寺で、藤原一族の氏寺でもある。勧修寺尹豊の勧修寺は屋号のようなもので、尹豊の正しい名は藤原尹豊なのだ。その勧修寺一族には藤原香子こと紫式部《むらさきしきぶ》がいる。

公家のほとんどは藤原なのだ。

近衛家はその職から、一条家は住まいの場所、鷹司家もその職からというように屋号で呼ばれるがいずれも藤原北家《ほっけ》から分かれた藤原一族である。藤原一族でない公家は、久我《こが》家など数家しかないという。

尹豊は宝蔵院に一晩泊まって、翌早朝、重信と小者の三人で出立した。

胤栄と阿修羅坊、若い僧兵二人が橿原まで送り、阿修羅坊は胤栄の命令でその先も供をすることになった。

尹豊一行は高野山に向かう。

高野山から熊野本宮大社《おおやしろ》に向かう道は、吉野《よしの》の野迫川《のせがわ》村や十津川《とつかわ》村などを行く小《こ》辺路《へち》という。

この道は十七、八里と本宮大社には近いが険しい道で、村人の生活の道であり山伏には修験の道だ。

皇族や貴族は海沿いに紀州路《きしゅうじ》を行き、田辺《たなべ》から中辺路《なかへち》という道を使う。

その中辺路に入らずそのまま海沿いに、那智大社まで行く道は大辺路《おおへち》といい風光明媚だ。

大辺路は途中に橋杭岩《はしぐいいわ》などという名所もある。

弘法大師《こうぼうだいし》空海《くうかい》が架けた橋の杭が、岩になって残ったという奇岩の景色が壮観雄大である。

「内府さま、難所は馬ごと拙僧が背負いますゆえ小辺路をまいりましょう」

「僧兵に背負われての熊野詣か、それもおもしろそうだ、なかなかの一興ではあるな……」

「それでは小辺路へ？」

「うむ、修験者になるか……」

尹豊は若返ったように、今生の最後になるだろう旅を大いに楽しんでいる。馬が疲れないように一日一、二回は馬を替える。

小辺路は修験の道と言われるだけに思いの外の難所続きだった。阿修羅坊の十文字大鎌槍を小者が担ぎ、尹豊の乗った馬の轡を阿修羅坊がとり、替え馬の轡を重信が取って山道を歩いた。

熊野権現の祭神はスサノオ、イザナギ、イザナミである。

熊野三山とは熊野本宮大社、熊野速玉《はやたま》大社、熊野那智《なち》大社のことで、他の神社も入れて三所権現、五所王子、四所明神で十二社権現ともいう。

熊野は霊験あらたかな清浄の地である。

尹豊は重信も阿修羅坊も驚くほど元気で、本宮大社まで阿修羅坊が背負わなくても済んだ。

一行は熊野川の中州にある本宮大社に参詣した。

創建は十代崇神《すじん》天皇の御世というから遥かに古い。神代に遡るような話だ。

紀元前三十三年と伝わる。ローマのジュリアス・シーザーが死んだのが、紀元前四十四年だから兎に角その頃だ。

一行は熊野川沿いに那智大社に向かった。

その熊野川の河原に二十数人の山伏が休息していた。その中の一人が一行に近付いてきた。

「卒爾《そつじ》ながらお尋ねいたします」

尹豊が馬を止めた。

「何かな？」

「その大槍は奈良宝蔵院の十文字槍、一手ご指南いただければ幸いに存じます」

「そういうことか……」

「まずは名を名乗られよ」

阿修羅坊が咎めた。

「失礼仕った。拙僧は加賀白山権現の蓮花坊《れんげぼう》と申します」

「こちらにおられるお方は先の内大臣勧修寺紹可入道さま、こちらのお方は神夢想流林崎甚助殿、拙僧は宝蔵院の阿修羅坊でござる」

「内府さまとは知らず、声をかけましたご無礼の段、平にご容赦願いまする。林崎さまと阿修羅坊さまにはなにとぞ、御前試合にて一手ご指南いただければ誠に有り難く存じます」

山伏は重信の名も聞き知っていた。

重信には羽黒山の山伏に弟子がいる。蓮花坊はその弟子の一人、覚浄坊をよく知っていた。

世の中は広いようで実に狭い。

「甚助、阿修羅坊、受けるか？」

尹豊に聞かれて阿修羅坊が重信にうなずいた。受けるという合図だ。

「内府さま、まず拙僧が受けます」

「そうか、よし！」

尹豊が馬から下りた。

「蓮花坊、得物はその金剛杖《こんごうじょう》でいいな？」

「はッ、結構にございます」

山伏が一人、近くの百姓家に走って、筵《むしろ》と樽桶《たるおけ》を借りて来て、尹豊の仮御座所が小砂利の河原に決まった。

阿修羅坊が蓮花坊の金剛杖を借りて構えたが、槍に比べるとずいぶん軽い。

「妙鬼坊《みょうきぼう》！」

「おうッ！」

呼ばれた山伏が立ち上がった。

最初は阿修羅坊と妙鬼坊の立ち合いだ。

二人が金剛杖を構えカツッ、カツッと、二度三度とぶつかったが、クルッと妙鬼坊の杖を巻き込んで跳ね上げた。

杖が手から離れ三間ほど飛んで行った。

「まいった！」

阿修羅坊の杖が妙鬼坊の左肩を押さえている。

「次ッ、蓮蔵坊《れんぞうぼう》！」

「よし！」

二人目も三人目も同じように杖を巻き込まれ三、四間も飛ばされた。

四人目に蓮花坊が自ら金剛杖を握って出た。

この蓮花坊が強かった。

金剛杖が折れるかと思うほど激しい打ち合いになった。力量はほぼ互角で決着がつかない。

わずかに阿修羅坊が優勢に見えた。

「甚助……」

尹豊が重信に止めるように目配せをする。

「それまでッ、両者、それまで！」

重信が二人の間に割って入って試合を止めた。

「ご苦労、二人とも良い試合であった。久しぶりに力の入る試合を見た」

尹豊が二人を傍に呼んで褒めた。

「阿修羅坊さまにはかたじけなく存じます」

「拙僧も良い稽古になった」

阿修羅坊が手古摺《てこず》るとは相当な腕前だ。鬼の阿修羅の息が荒い。

「甚助、やってみるか？」

「はい、相手をしてくださる方がおりますれば……」

「蓮花坊、真剣で立ち合う者はいるか？」

「真剣にございますか……」

蓮花坊が躊躇した。

自分で相手をしたいが阿修羅坊との試合で息が乱れている。すると、若い山伏が立ち上がった。

重信は下げ緒で襷がけをして支度をする。

「ご指南願います」

「では、打ち込んでまいられよ」

中段に構えた金剛杖を上段に上げて山伏が踏み込んできた。

その瞬間、重信の乱取備前が鞘走る。スルスルと走って後の先を取り、胴を真っ二つにした。

神伝居合抜刀表一本荒波、若い山伏がガクッと両膝から崩れた。

見ている者も本人も斬られたと思った。残心から血振りをして太刀が鞘に戻る。

「立てますか？」

「は、はいッ！」

勇気ある若き山伏が震えている。重信の一撃で痺れてしまった。

「もう一本、いかがか？」

「いいえ、もう一本は無理にございます……」

さすがの勇者も怯えてしまった。

「それでは金剛杖をお貸しください。それでお相手いたしましょう」

「おうッ！」

二人が同時に立ち上がった。蓮花坊の弟子でそれなりの力を持っている。

「二人一緒で結構です」

重信は傍の山伏から杖を借りると二人の前に立って中段に構えた。

右が先だと見切った重信が先に仕掛ける。

ガツンと杖を跳ね上げると「シャーッ！」と左胴を抜き、左の敵の踏み込んできた杖をガキッと受け止める。

金剛杖を擦り上げ左肩から袈裟に斬り下げた。

流れるような重信の動きに二人がついていけず、一人が後ろにひっくり返り、もう一人が屈み込んで膝をつき手をついた。

「よしッ、ここまでだな……」

尹豊が機嫌よく試合の終わりを宣言した。

河原で山伏たちと別れて一行は那智大社に向かった。

熊野三山は修験者の聖地で、ひところ戦乱で山伏が途絶えたこともあるが、吉野も熊野も復活してどこに行っても修験者がいる。

那智大社は那智の滝を一《いち》の滝《たき》に、四十以上の滝がある。那智四十八滝などともいう。創建は本宮大社よりだいぶ遅れ、十六代仁徳《にんとく》天皇の五年だというが正確な時期は定かではない。

重信は尹豊の体のことを考え旅を急がなかった。

一日六里も行けば充分と考え、すぐ旅籠を取ったり神社や寺に泊まった。

どこでも先の内大臣を歓迎して泊めてくれる。

二日泊まることもある。不思議なことにこの旅に出てから、尹豊は一滴の酒も飲んでいない。神さまに叱られるとでも思っているのだろう。

奈良を発って十数日が過ぎていた。

尹豊の旅は重信一人の時とは違い、ゆるゆると行くことが大切だ。

阿修羅坊も心得ていて小者の足取りに合わせている。

翌日、紀伊から伊勢に入って速玉大社に向かった。この大社の創建も古く十二代景《けい》行《こう》天皇の五十八年（一二八）だという。

熊野三山はいずれも創建が古い。それだけ多くの人に信仰されてきた。

速玉大社の摂社に神倉《かみくら》神社という巨大な磐座《いわくら》の不思議な神社があり、尹豊は迷ったが、五百段以上の石段を登るなど道が悪いことから参拝をあきらめた。

一行は伊勢神宮に向かう。

五百野姫

伊勢路は四十二、三里でゆるゆると七、八日だが、十日後ぐらいに到着していればいいと覚悟する。

高齢の公家の旅だから無事に京へ戻ることがなによりも優先である。

熊野参詣道は古くから京の貴族が使った紀州路は盛んだった。

逆に伊勢からの参詣道は庶民の伊勢路といわれ、悪路でほとんど使われることはなかった。

だが、伊勢に七度、熊野に三度といわれるように、やがてお伊勢参りが盛んになると一変する。

紀伊と伊勢の国境にはツヅラト峠という風変りな名の峠があった。

ひどい急坂でツヅラトとは九十九折りのことで風光の美しい峠だが、この後、紀州徳川頼宣によって国境が荷坂《にさか》峠に移される。

伊勢路には幾つか難所と呼ばれる峠があった。

尾鷲《おわせ》の馬越《まごせ》峠には夜泣き地蔵と水飲み地蔵、鬼ヶ城《おにがじょう》の松本《まつもと》峠には峠の地蔵さん、奇妙な名の風伝《ふうでん》峠は北に鵯《ひよどり》山と南の大瀬《おおせ》山の鞍部にあり、本宮大社や吉野に出る道につながっている。

風伝峠とは熊野の海風を一年中大和に運ぶ道ということで、風の通るところ、風の道、逆に山から海に出る風も吹き、そちらは特別に風伝尾呂志《おろし》という。

七里御浜《しちりみはま》の風光明媚を愛《め》でながら、何んともけだるいようなゆるゆるの旅で北に向かった。

広々とした海の彼方から春が寄せてくる。

阿修羅坊はいつも忙しない宝蔵院とはまるで違う、のんびりな旅の空で大あくびばかりしている。

「林崎殿、このようなめでたい旅でいいのかわからないが、体がなまって溶けるのではないかと思うことがある」

「なるほど、いつでもお相手いたしますが……」

「阿修羅坊、坊主がそんなに生き急いでどうする。生臭坊主が……」

阿修羅坊が尹豊に叱られた。

「内府さまのように長生きできるものかどうか……」

「坊主が長生きしては無駄飯を食うだけだ」

「ゲッ……」

また酷く叱られた。それを聞いた小者がゲラゲラ下品に笑う。

この化け物公家には何を言っても敵わないとばかりに、阿修羅坊が長い舌を出してニッと笑った。

仁王さんのような顔が笑うと気味が悪い。

公家と坊主と剣客という、何んとも奇妙な組み合わせの旅で重信も笑ってしまう。まるで珍道中だ。

重信も体の節々が緩むのを感じる。

この温さは剣客には無用のものだ。だが、尹豊は歌を詠み四半刻も一刻も佇んで景色を眺めている。

「甚助、阿修羅坊、この美しさが分かるか、大八洲《おおやしま》は百年の乱世を終わらせようと終焉の苦しみにもがいてきた。だが、もう終わる、間もなく乱世は終わる。神々は全てご存じなのだよ……」

老公家は応仁以来の乱世の多くを見てきた。

応仁の乱終結の二十六年後に生まれたが、その頃はまだ、大乱の激しい紅蓮《ぐれん》の炎は消えていなかった。

以来、八十七年の生涯の全てを、百十二年続いた乱世の中で生きてきた。

天子を守る藤原一族として過酷な人生だった。

その乱世が間もなく終焉する。

関白秀吉が天下静謐を天子の名において宣言したからだ。その喜びを最も分かっているのが尹豊なのだ。

老いた公家たちはみな死んだ。

尹豊だけが生き残り、乱世の終焉を見届けようとしている。

「甚助、民を愛せぬ天下人は困る。天子さまはそれだけを心配しておられる」

「はッ！」

「秀吉の天下はそう長くはないだろう。弟の秀長に譲ればいいがな。あの小一郎《こいちろう》秀長という男は賢弟だ。次の関白は小一郎にしたいものよ……」

「関白さまのご舎弟さま？」

「うむ、胤《たね》が違う。父親が秀吉とは違うのだが、あの男が天下人なら良い……」

だが時代は尹豊が望んだようには動かない。

秀吉よりも天下人に相応しいと、尹豊が高く評価した小一郎秀長は秀吉より先に死んでしまう。

誰のいうことも聞かない秀吉が唯一、すべてを聞いたのが小一郎秀長だった。

秀長の死後、秀吉は誰も信じられず、天皇の反対を押し切って朝鮮出兵したり狂うのである。

「甚助、この男なら仕えてもいいと思う大名はいないのか？」

「内府さま、それがしは因幡守さまの家臣にて、どなたかにお仕えすることは考えたこともございません」

「そうか……」

重信の気持ちを尹豊は理解している。

だが、重信なら三千石、五千石、いや一万石でも仲介してやりたいしできると思っていた。

秀吉でも家康でも最上家でも伊達家でも尹豊なら話を通せる。

だが、重信にまったくその気がないのでは仕方がない。

尹豊の弟子とはいえ父数馬を二百石で受け入れ、その数馬亡き後、民治丸だった頃から見守ってくれた因幡守の恩を重信は忘れていない。

重信にとって主君は因幡守ただ一人なのだ。

他に主君を持とうとは思わない。

千谷の方さまの傍に深雪がいる。二人の事情を理解し、深雪を傍に置いてくれた千谷の方にも重信は感謝していた。

重信の本願《ほんがん》はただ一つスサノオとの約束を果たすことだ。

奇妙な組み合わせの一行が伊勢神宮に到着した時、二月も末になり伊勢の山々にも春の息吹が芽生え始めていた。

伊勢神宮の正式名称は神宮である。

他と区別するために伊勢を冠している。伊勢の神宮というのが正しい。

天照大神《あまてらすおおみかみ》の皇大神宮の内宮と、衣食住の守神豊受《とようけ》大神宮の外宮、別宮、摂社、末社など百二十五社宮を総称して神宮という。

崇神天皇五年に疫病が蔓延し、たちまち大八洲は死者の洲となり、民が死に絶えるかと思われた。

翌年に宮中に祀られていた倭大国魂神《やまとのおおくにたまのかみ》こと天照大神が、民の苦しみを救うため宮中からお出ましになられ、皇女倭姫命《やまとひめのみこと》と旅に出られた。

垂仁《すいにん》天皇二十五年に、長い旅の末に倭姫命は天照大神の鎮座《ちんざ》すべき地を見つける。

そこが伊勢の五十鈴《いすず》川の畔、水清く、山深き地であった。

天照大神の神魂である八咫鏡《やたのかがみ》が、疫病による大八洲の滅亡を救ったという。

神宮は二十年に一度、式年遷宮を行い神魂の力を蘇生させてきた。その始まりは持《じ》統《とう》天皇四年（六九〇）で二回目が和銅《わどう》二年（七〇九）である。

その式年遷宮は乱世には一度も行われていない。仮遷宮ばかりで国の精気が衰え、混乱するのは当たり前である。神はいつも若々しく力強くなければならない。

朝廷は困窮して遷宮の費用が賄えなかった。

御師が諸国を回って寄進を募ったが乱世ではいかんともしがたい。

信長の父織田信秀《のぶひで》は裕福な大名で大量の木材を寄進、仮遷宮を行ったこともあるが本遷宮は行われなかった。

一行は十日以上伊勢に滞在し多くの社宮を回った。

重信と阿修羅坊は尹豊の参拝の供をして歩いた。

伊勢は五畿内だけでなく、船で尾張の熱田《あつた》神宮や知多《ちた》と繋がっていて、東国からの参拝者は大湊《おおみなと》や安濃津《あのつ》に来る。

伊勢から京に戻る道は初瀬《はつせ》街道と大和《やまと》街道があった。

初瀬街道は三渡《みわたり》川の伊賀越追分《いがごえおいわけ》から青山《あおやま》峠、伊賀、名張《なばり》、室生《むろう》、長谷《はせ》、宇陀《うだ》、奈良、京へと行く古代から平地の多い道で、参宮表街道として長く使われている。

大和街道は安濃津の月本《つきもと》追分から長野《ながの》峠、伊賀上野《いがうえの》、月ケ瀬《つきがせ》、木津《きづ》、宇治《うじ》を通る、京へと近い道だが、初瀬街道と比べると笠置《かさぎ》峠などの難所がある。

「内府さま、宇陀に出る道と木津に出る道のいずれをまいりましょうか？」

伊勢街道を北上しながら重信が聞いた。

「宇陀と木津か？」

尹豊は若い頃、初瀬街道を通って長谷寺や室生寺を訪ねたことがある。

「月ヶ瀬にまいろう……」

「承知いたしました」

この大和街道が整備され伊賀街道となるのはこの後、安濃津藩こと津《つ》藩二十二万石に藤堂高虎《とうどうたかとら》が入ってからだ。安濃津本城と伊賀上野支城を結ぶ道となってからのことで、この頃は、海辺の安濃津から奈良や京に海産物を運ぶだけだった。

追分で伊勢街道から大和街道に入った。

伊賀上野まで十二里余りの道のりで、長野峠こと橡ノ木《とちのき》峠の山麓に五百野《いおの》という地がある。

古い頃、十二代景行天皇の御世に、第七皇女五百野姫が斎王として伊勢に赴き、その帰り道に若き斎王がこの地で病に伏した。

そして回復することなく亡くなった。

その姫を慕って五百野の名がこの地に残ったという。

古くは馬野峠と呼ばれていたが、長野工藤《ながのくどう》家が力を持ち長野《ながの》峠と呼ばれるようになった。

近くは家康もこの峠を越えている。

天正十年六月二日に本能寺で信長が倒れると、家康は逃げ切れないと覚悟して、京の知恩院《ちおんいん》に引き返し切腹しようとする。

それに反対したのが本多平八郎だった。

結局、家康は平八郎ら四天王など三十四人に護られ、落武者狩りに追われながらも、九死に一生の伊賀越えを強行する。

その時、この椽ノ木峠を越えて海に逃げ、船で三河に渡ったという。

尹豊たち一行は伊賀上野城下から月ヶ瀬に向かい、笠置峠を越えると阿修羅坊は木津川を渡って、柳生の荘に向かい、宝蔵院へ戻ることにした。

重信は木津まで行き、京と奈良を結ぶ街道を木津川沿いに北上し、宇治から京に向かった。

既に、三月に入っていた。京に入ると尹豊はすぐ美味そうに酒を飲み始めた。

「内府さま、お立ち寄りを……」

「おう、一杯もらおう」

呼ばれると馬から下りてクイッと飲む。

「美味い、実に美味い……」

「内府さまはどちらまで？」

「ちょいと熊野権現さまと神宮さまに参詣してまいったのよ」

「おう、それはまた豪勢な。熊野とお伊勢さまでございますか……」

「少々疲れたのう」

「もう一献……」

「いやいや、まだ二、三軒は寄るのでな、またにしよう」

重信は尹豊の酒好きにはあきれ返ってしまう。何んとも陽気で能天気な酒だ。そこが、京の人々に愛されているところだ。

御所の宜秋門前の勧修寺邸まで尹豊を送り鷹ヶ峰の道場に戻った。

その頃、秀吉の子を側室の茶々姫《ちゃちゃひめ》が懐妊、間もなく臨月だということで、京の聚楽第、淀城、大坂城は大騒ぎになっていた。

秀吉には、長浜城を築城した頃、南殿《みなみどの》という側室が産んだ石松丸《いしまつまる》という子がいた。だが、その子は育たず三歳ほどで亡くなり、南殿は落胆して琵琶湖に入水する事件があった。

秀吉三十七歳頃の子で、その子を誰が産んだのかはっきりしてない。つまり、南殿とは誰かということだ。

秀吉の姉日秀《にっしゅう》とか、石田《いしだ》佐吉《さきち》の許嫁《いいなずけ》於葉《およう》とか、側室京極《きょうごく》竜子《たつこ》とか色々なのである。

亡くなったのは於葉で他はみな生きていた。

秀吉の妻お寧《ね》が産んでいないことだけは確かだった。

茶々姫が懐妊した子は、その石松丸以来の子で、関白秀吉は五十三歳になっている。関白の子として期待された。

天正十七年五月二十七日に茶々姫が男の子を産んだ。

産所として淀城まで用意した秀吉の喜びようは尋常ではなかった。五十三歳でもうけた後継者となれば当然だ。

八幡《はちまん》太郎《たろう》と呼んで大騒ぎだった。

生後三十日に禁裏から産衣《うぶぎ》が下賜され、公家、武家、商家などから夥《おびただ》しい祝賀と進物が献上される。

こうなると秀吉のはしゃぎようはひどかった。

四ヶ月後の九月十三日には豪華絢爛な大行列で、鶴松《つるまつ》と名づけられた赤子をつれて淀城から大坂城に行き関白秀吉の後継者を宣言。

天皇から太刀が下賜された。

まだ育つかどうかわからないのに、はしゃぎ過ぎの秀吉は京へ大坂へと連れ回す。

うれしいのはわかるが、赤子には旅をさせずにじっくり育てなければならない。老人の秀吉にはそれができない。

明日にでも関白を譲りたいのだ。

子は半年や一年では育たない。秀吉にはそこがわからなかった。

茶々が鶴松を産む少し前、重信は熊野詣と神宮参拝を終わって京に戻ってから、六条河原の阿国たちが出雲に帰るのを但馬《たじま》の城崎《きのさき》まで見送り、一行と十日ばかり温泉で過ごした。

城崎の湯は開湯が養老《ようろう》元年（七一七）と古く、摂津の有馬《ありま》の湯と並ぶ湯として近隣や旅人に愛された。

阿国は大よろこびで出雲に行こうと手を離さない。

重信は阿国や父親の三右衛門と野に出て稽古をしたが阿国がしつこく誘う。

「ねえ、出雲に行こう……」

「三右衛門殿、居合は待つことであり、抜くまでが勝負です」

「はッ、つい気持ちが……」

「居合は己の心に勝つことです」

「面目もなく……」

「ねえ、出雲に行こうよ……」

重信は三右衛門に多くを教えてきた。だが、相手の動きを待てないのが三右衛門の癖だった。

「阿国、まいれ！」

「はいッ、出雲に行く？」

「さあ、来い！」

重信は阿国にいざという時に使う剣を教えていた。

既に、神伝居合抜刀表五本は伝授した。天下一の美女、阿国の剣は癖のない美しい剣である。

「ねえ、出雲に行こうよ、いいでしょ？」

「来なければこっちから行くぞ！」

「嫌ッ！」

じゃじゃ馬が稽古を止めてしまう。

「阿国、林崎さまは熊野から帰られたばかりだ。すぐ出雲というわけにはいくまい」

「だって、ここまできてくれたでしょ、もうすぐ出雲だもの……」

「すぐではなかろう。そなたを心配してここまで守ってくれたのだ」

「じゃ、出雲まで守ってくれてもいいじゃないの？」

確かに阿国のいう通りだ。

だが、そうできないところが重信のつらいところだ。

三右衛門のいう通りいつも道場に不在では師の将監に申し訳がない。重信と阿国の仲を道場の誰もがわかっている。

その夜、重信は阿国を説得した。

阿国一行と城崎で分かれた重信は、丹後宮津から若狭に回り湖西の道を京に戻ってきた。雨が多くなる五月に入っていた。

小田原征伐

この年、暮れになって関東で重大な事件が起きた。

十一月三日に上野の沼田城主猪俣邦憲《いのまたくにのり》が謀略を使い、真田昌幸の名胡桃城を占領してしまったのである。

これに怒った昌幸が家康を通して秀吉に訴える。

猪俣邦憲は小田原城の家臣で、北条家は氏政が隠居して、氏直が当主になっていた。

この事件は秀吉が私闘を禁じた惣無事令に違反したことになった。

北条氏直が秀吉に厳しく弁明を求められる。真田昌幸が訴え出た以上、天下静謐を宣言した秀吉には放置できない問題になった。

秀吉の詰問に氏直は、名胡桃城は既に以前から北条家のもので、今回の騒動は知らなかったと曖昧に弁明する。

それでは秀吉が納得しない。

実は事件の前の七月に、秀吉は沼田領の三分の一を、真田昌幸に渡すよう北条家に命じていた。

この沼田領はいつもじくじくと厄介な問題なのだ。

北条家がこの裁定を受け入れないばかりか、強引に名胡桃城を占拠してしまったことは、秀吉に小田原征伐の口実を与えてしまう。

「十一月中に北条氏政が上洛しない時は、来春、北条討伐を行う！」

秀吉が諸大名に強硬姿勢を宣言した。後継の鶴松が産まれ、秀吉は何でもできると自信に満ち溢れていた。

老人が妙な自信を持つと困る。

すべては鶴松のためにと思うと秀吉は気力が充実、それを知る家康は秀吉と北条家の仲介をあきらめた。

上洛した家康が北条討伐に同意すると秀吉に伝える。

「三河殿、分かっておる。督のことは分かっておる。悪いようにはせぬから……」

秀吉は北条氏直に嫁いでいる家康の娘、督姫のことを気にして悪いようにはしないと約束した。

「関白殿下には厄介をおかけいたします」

「よいよい、督のことは気にしておった。氏直のことも考えてある」

「恐れ入りまする」

「氏政は出てこないだろうな？」

「はい、そのように見ておりまする」

家康の見立て通り、小田原城では秀吉何するものぞと、強硬派の家老松田尾張守が力を持っていた。

氏政や老臣たちが秀吉嫌いのようなのだ。

奥州の伊達政宗と同盟して、関東の佐竹、真壁、里見、宇都宮、結城《ゆうき》などの諸大名とも連携している。

関東奥州同盟といえるようなものだが、さほど強固なものではなかった。

尾張守は領内の十五歳から七十歳までを召集して、八万人を超える大動員を呼びかけていた。秀吉との戦いもやむなしの構えである。

結局、北条氏政の上洛は実現しない。

十一月二十四日に秀吉と北条家は手切れとなった。

十二月には秀吉の命令で一万石以上の大名の妻は、三年間在京するようにとの命令が出た。

ということは大名も適宜上洛するようにということだ。

いち早く、上杉景勝と、妻で信玄の娘の菊姫《きくひめ》が上洛、丈夫でない菊姫は伏見の上杉屋敷で生涯を送ることになる。

続々と上洛した奥方たちは、大坂城下や伏見城下などで暮らすことになった。

天正十八年（一五九〇）正月、重信が勧修寺尹豊に挨拶に伺うと小田原の話になった。重信は秀吉と北条家がそんな危険な状況だとは知らなかった。

「甚助、そなたは小田原城に友人がおったな？」

「家老の松田尾張守さま、風間出羽守さまなどにございます」

「弟子もいるのであろう」

「はい、何人かございます」

尹豊は大納言晴豊の話を聞いて事態を正確に摑んでいる。

関白秀吉のすることは天皇のすること、つまり天皇の代行者なのだ。秀吉に従わない北条家は朝敵ということになる。

秀吉は天皇に代わって政治を行っているからそういう理屈だ。

小田原を討つのは、北条家が天皇に従わないからということになる。朝敵として征伐される。

正義は秀吉にあるということだ。

「既に手切れになっていて、この二、三月頃に北条征伐が行われるぞ……」

「三月？」

「関白は子ができて張り切っておるのだ。三河守も秀吉を止められないようだわ」

「大軍が小田原城に押し寄せることに？」

「おそらく、九州征伐並であろう。小田原征伐が終われば、関東から奥羽、出羽まで平定することになろう。あの伊達政宗が上洛してこないことも、関白はひどく気にしているようだ」

「最上家が上洛できないのは出口を伊達家に塞がれているから？」

「うむ、そこは考慮されるだろう。北条家の関八州《かんはつしゅう》の太守は認めないというのが関白だ。そのあとの奥州仕置きがどうなるかも甚助は心配だな？」

「はい、楯岡は小さな城ですから吹き飛んでしまうかも知れません」

「最上家次第か……」

重信の故郷、出羽も乱世が終わる激痛に巻き込まれようとしていた。

八万の大軍を集めた小田原城では新年早々に籠城と決定、小田原城だけでなく各支城の防備を固める改修や改築が行われた。

二月十三日に秀吉の掌中の珠である鶴松が、大坂城から京の聚楽第に到着した。

まさに目に入れても痛くないとはこのことだ。

「鶴松、鶴松……」

鶴松次第で夜が明けたり陽が暮れたりする。

秀吉は鶴松の口を吸い、早く歩け、早く大きくなれ、お前は関白さまだからなと溺愛する。

ところがその鶴松は丈夫な子ではなかった。すぐ熱を出した。

「鶴松、ととはちょっと行ってくるからな。元気にしていろよ」

人目をはばかることなく鶴松の口を吸い茶々姫の口を吸う。傍若無人、天真爛漫、天下ただ一人の関白殿下の出陣だ。

三月一日に秀吉が聚楽第を出立した。

その時、重信は聚楽第の隣とも言える勧修寺邸にいた。

秀吉の戦支度は主力が十七万人という大軍で、海には二十万石の兵糧や馬の飼料、兵を運ぶ船が浮かんで東に向かっている。

水軍が一万人で、秀吉は信長の鉄甲船を真似ようとした。

ところがその鉄甲船はどうしたことか、ことごとく船体が裂けて、一隻も海に浮かぶことがなかった。

加賀の前田《まえだ》利家《としいえ》や越後の上杉景勝や、上野の真田昌幸など北方軍三万五千人を含め、秀吉が率いる総兵力は二十一万余人という大軍である。

そこに小田原に味方するはずだった関東の各大名が、続々と秀吉軍に味方することを表明してきた。

たちまち、総兵力は見当もつかないような大軍に膨れ上がった。

強硬派の家老松田尾張守が指揮する八万の大軍は、各地の城に入って、押し寄せる秀吉軍と交戦。その中には風間出羽守や幻海たちも含まれている。

攻める徳川側の井伊直政軍の中には、三十六歳の長野十郎左衛門が属していた。

重信は京にいて戦いの推移を見守るしかない。

相模と伊豆の二国安堵と城兵の助命で和睦しようとしたり、松田尾張守は関八州の領地を放棄しようとするが秀吉は認めない。

五月九日に奥州で百十四万石、実高百五十万石といわれる、二十四歳の北辰《ほくしん》の独眼竜こと伊達政宗が動いた。わずか十年で奥羽と出羽に百五十万石を築いた戦いの天才である。

政宗は北条との同盟を守って秀吉と戦うか迷っていた。

秀吉軍を挟撃すれば、寄せ集めの大軍を追い散らせるかも知れない。政宗には天下を狙う野望があった。

秀吉が関東まで出てきたのは戦う絶好の機会だ。

迷った政宗は兵を引き連れて不思議な行軍をとる。会津から出陣して南ではなく北に向かい米沢城に入り、そこから西に進んで小国《おぐに》から越後に入った。

なんとも不思議な大迂廻路である。

会津から南進して奥州街道に出れば真っ直ぐ関東であり、小田原城はその西の端にある。

それを政宗はわざわざ米沢に北上、そこから越後に出る遠回りをした。

小田原城へ行きたくないとしか思えない振る舞いだった。

だが、政宗は秀吉軍の予想以上の大軍に驚き、秀吉に臣従することを決意すると信濃、甲斐を経由して小田原に入ってきた。

秀吉は政宗の心中を分かっている。

わずか二十四歳で、百五十万石まで伊達家を育て上げたその力量を、秀吉は称賛もし、鶴松のことを考えると恐れてもいた。

世の中にはこういう産まれながらの怪物のような男がいる。

秀吉にはもう一人恐れる若き武将がいた。それは信長が気に入り、娘の冬姫《ふゆひめ》を与えた優将蒲生《がもう》氏郷《うじさと》である。

秀吉はすべてを鶴松に残す。そのための戦いでもあった。

盤石の豊臣政権を作り、関白を世襲にして鶴松に譲り渡したい。歳を取ってからできた子にすべてを与える。そんな妄執に秀吉がとらわれても誰も止められない。

政宗が米沢城から出陣した九日後に最上家に事件が起きた。

会津の政宗が動き小田原への道が開き、出陣が可能になったという矢先に、義光の父義守が七十歳で亡くなったのである。出陣してからならまだしも、最上軍は山形城から動いていなかった。間の悪い時は仕方のないもので山形城は大騒ぎになる。

「殿、ここは徳川さまにお知らせして、関白さまに取次をお願いするしか手はございません！」

最上軍のすぐの出陣は無理になった。

「よし、すぐ早馬を出せ！」

義光と守棟の話し合いで即決、最上家は以前から徳川家康とよしみを通じて入魂《じっこん》にしていた。

その親しい付き合いが生きる時が来た。

五月十八日に亡くなった義守の葬儀のため、義光と最上軍は小田原への出陣が大幅に遅れる。

家康に知らせたことで、最上家の事情を秀吉が納得した。

伊達政宗が会津から出て秀吉に臣従したことは、伊達家との同盟を当てにしていた北条家には大打撃となった。

関東の諸大名も秀吉の味方になり、四面楚歌の小田原城とその支城が孤立する。

この時、井伊直政軍の長野十郎左衛門が、小田原城に一番乗りの大功を挙げるなど、その活躍は目覚ましかった。

援軍の見込みがなくなった城は戦いようがない。大軍に包囲された小田原城は風前の灯である。秀吉からいつ総攻撃の命令が出るかわからない。

支城が次々と落城すると、北条氏政と氏直親子を説得するため、黒田官兵衛が小田原城に入った。

惣構えの小田原城を落とすには双方に大きな犠牲が出る。

無血開城の条件は氏政と氏照《うじてる》の兄弟の切腹、当主氏直は家康の娘督姫が嫁いでいることもあり、切腹を免れ高野山に流罪、籠城兵は全て助命する。

但し、徹底抗戦を主張した家老の松田尾張守は切腹と決まった。この条件で話がまとまった。伊達政宗の援軍を見込めなくなり、さすがの小田原城も戦いのしようがなくなったのである。

三月から始まった小田原征伐は、七月十一日に開城して秀吉軍に明け渡されて終結した。

秀吉は奥州仕置きのためさらに北へ向かい、七月十三日には鎌倉に入り鶴岡八幡宮に参詣。

七月二十六日には宇都宮城に入った。

その関白秀吉を出迎えたのは、出羽から出て来た最上義光と妻の利予だった。

秀吉は拝謁した二人を気に入り、事態を家康にいち早く連絡したことを殊勝であると評価して、最上家二十四万石は安堵された。

この頃すでに、秀吉に対する家康の力はかなり大きくなっていた。

督姫が嫁いだ北条軍の総大将北条氏直が死を免れているのも、もちろん家康に力があるからだ。鶴松の先々を考えると家康を怒らせるのはまずい。

秀吉は宇都宮まで北上してきて上機嫌だった。

だが翌二十七日に、淀城にいた鶴松が高熱を発して倒れる。それを秀吉に知らせる早馬が淀城を飛び出した。

鶴松は生まれながらに病弱な子だった。

万一、鶴松が亡くなったりしたら秀吉は卒倒しかねない。すぐ病気平癒、病退散の祈禱が行われた。

翌二十八日には伊達政宗が、奥州へ秀吉を案内すると言って宇都宮城に現れた。

奥州には秀吉に臣従しない大名が多く残っている。

そのことがあって秀吉は手始めに、政宗の小田原征伐への遅参を咎める。それを奥州の大名たちは見ている。

秀吉の方は臣従しない奥州の大名を見ていた。

政宗への処分は厳しかった。政宗が築いた領地百五十万石のうち、伊達家本領陸羽出羽の十三郡七十二万石は安堵する。

だが、会津領など政宗が戦って奪った領地は没収、政宗は米沢城から奥羽岩出山城に減転封《げんてんぽう》を命じた。

政宗には思っていなかった領地半減という厳しい処分になった。

秀吉の政宗に対する厳しい態度は変わらず、翌年には七十二万石から五十八万石に減封される。

すでに奥州平泉は頼朝によって滅亡したが、京から遠いだけに奥州を放置しておけない。その京からなかなか見えづらい奥州で、政宗は着々と力をつけ領地を拡大してきた。それを秀吉は見すごせない。かつての奥州平泉の藤原一族のように、巨大勢力を政宗に築かれたらたまったものではない。鶴松の関白など吹き飛んでしまうだろう。京から遠く謀反の温床になりかねない。良い軍馬が育つし金銀も産出する。京にとって奥州は古くから怖いところだ。

その奥州に台頭してきたのが最上義光と、従兄弟の若き伊達政宗だった。

政宗は、二十年早く産まれていたら、天下を取っただろうといわれる戦いの天才である。

秀吉が宇都宮まで来たこの時、家康は四十八歳で、五十四歳の秀吉と二十四歳の政宗の駆け引きを見ていた。

この時、家康は政宗の恐ろしさを知った。直に政宗と会ってこの男はただものではないと感じた。

政宗を北国に閉じ込めておこうという政策は、秀吉から家康に引き継がれ百万石を約束しながら家康は反故にしたりするなど、家康も政宗の扱いには苦慮することになる。

秀吉は政宗から取り上げた会津には蒲生氏郷を四十二万石で入れた。天才政宗を押さえるには天才氏郷を使うしかない。

その上で翌年には氏郷を九十二万石に加増する。

逆に政宗を五十八万石に落として、秀吉は恐ろしい政宗を完全に抑え込むことに成功した。

さすがの秀吉も独眼竜を放置はできない。

こういう男は叩ける時に徹底して叩いておく必要がある。

淀城の鶴松の病が平癒したと知ると、秀吉は安心したかのように政宗に案内させて奥州街道を北上、八月六日に白河まできた。

白河の関は古代に定められ、鼠《ねず》ケ《が》関《せき》、勿来《なこそ》の関《せき》と共に奥州三関という。

頼朝が平泉を二十九万騎で攻めた時、「君が越ゆれば関守も無し」と梶原景季《かじわらかげすえ》が歌を詠んだという。

　白河以北というと蝦夷地《えぞち》も含まれる。

　九日に会津《あいづ》黒川《くろかわ》城こと後の若松《わかまつ》城に秀吉が入った。

　ここで奥州仕置きが行われ、最上家の他に相馬、秋田、津軽《つがる》、南部、戸沢家などが安堵された。

　秀吉を甘く考えていた大崎、石川、江刺《えさし》、葛西《かさい》、和賀《わが》、稗貫《ひえぬき》、黒川、田村、白河などの諸大名は全て改易になる。

　秀吉は奥州に対して温《ぬる》くはなかった。

　この京から遠い地を放置すれば間違いなく困ったことになる。奥州の馬も兵も強い。とにかく秀吉は鶴松に害を及ぼすものすべてを退治しておきたい。

だが、この強引な秀吉の奥州仕置きは不満と軋轢《あつれき》を残し、次々と一揆が勃発することになる。

　奥州は秀吉に抗うことになった。

　その一揆を平定する形で最上義光は二十四万石を、五十七万石まで成長させる。

　だが、義光の死後、息子と孫が最上騒動を起こし全て失う。そんな中で家康も恐れた伊達政宗は巧妙に、六十二万石という、大きいともいえるし、政宗にしては小さいのではという微妙な石高で生き残る。

延沢満延

そんな時、小田原征伐に出陣した西国軍が続々と京へ戻ってきた。

領国へ帰る前に大軍が京に立ち寄る。こういう大軍が莫大な銭を京に落とす。大路小路の店から品物が消えて地方へ運ばれていった。

そんな大軍の中に黒田官兵衛こと如水《じょすい》の黒田軍がいる。そこに如水を守る一人として新免無二斎がいた。

無二斎は京に到着するとすぐ鷹ヶ峰の将監道場に現れた。

「おう、無二斎殿……」

重信が大いに歓迎した。

「お久しゅうござる」

「小田原ですか？」

「はい、これから船で九州に戻ります。どうしても一手ご指南いただきたく、ご都合も伺わず罷り越してございまする」

「お忙しい中、よくお立ち寄りくだされた。よろこんでお相手仕りましょう」

「お願い申す」

二人は誰もいない道場に出て立ち合った。

正しい剣客同士の立ち合いは厳粛である。

重信の神夢想流は天下の居合になりつつあった。

京の鷹ヶ峰に神夢想流林崎甚助ありという。この時、重信はもう四十九歳になっていた。歳月は人を待たない。

剣豪として心身ともに充実している。

二人の剣士は老境に入ろうとしていた。だが、剣は若々しくまだ勢いがある。静寂の中に緊張が張り詰める。

対峙する二人はなかなかの風格と品があった。無二斎の踏み込みに重信の木刀が反応する。

一瞬の動きで無二斎の左胴から右脇の下に木刀が逆袈裟に斬り上げていた。

神伝居合抜刀表一本石貫、無二斎がたたらを踏んで、前のめりに膝から崩れ床に手をついた。

「まいりました……」

「もう一度、同じ技でまいります」

「承知！」

重信は無二斎に同じ太刀筋を見せる。

「では、もう一本まいります」

同じように踏み込んで同じように斬られた。

「では次を……」

「お願いします」

重信の木刀が無二斎の木刀に絡みつくと右に回って首を掻っ切った。

神伝居合抜刀表一本廻留、無二斎がまた膝から崩れた。なんとも恐ろしいのが神夢想流だ。

「もう一度まいりましょう」

「おう！」

重信は二度太刀筋を見せる。

「では次をもう一本です」

「かたじけない」

重信の木刀が無二斎の木刀に擦り合わせた瞬間、行き違いざまに無二斎の左胴を深々と斬り抜いていた。

神伝居合抜刀表一本引返《ひきかえし》、無二斎がアッと小さく叫んでつんのめった。

「正中を斬るべし、中心を取れば勝ちにございます」

「分かりました」

「居合は待つことです、抜くまでが勝負です」

「承知いたしました」

二人の稽古は半刻ほどで終わった。この時、九州にいる無二斎の息子辨之助はまだ七歳だった。もう大きな体を持て余して乱暴な子になっていた。

「無二斎殿は九州で丸目蔵人佐殿にお会いになりましたか？」

「はい、球磨川にお訪ねいたしました。関白殿下の九州平定が終わりましてからですが……」

「中津城から八代へ？」

「タイ捨流を伝授していただきました」

「そうですか……」

忙しい無二斎は将監道場に一刻半ほどいて戻って行った。

京に大軍が入るとみな地方への土産を求めて大賑わいになる。ことに地方の女たちは京の物と聞いただけで何でも大喜びする。

単純明快で実にわかりやすい。ことに反物や扇子は大人気だ。

そんな大軍は嵐のように来て引き波のように去っていく。たちまち夥しい品々が京から西国に運ばれて行った。

その大軍が姿を消し蜩《ひぐらし》の鳴く音も少ない九月になって秀吉が京に戻ってきた。

秀吉という男は派手好きで陽気、豪放磊落で異常なほどの黄金好きである。

その秀吉が京に入ると雰囲気が一変、京は華やかな気分になる。空気までキラキラになるから不思議だ。

秀吉というのはそういう魅力を持っていたが、いかんせんこの頃はだいぶ年を取ってきていた。猿顔だからかも知れないが秀吉は年よりも老人に見えた。小柄で体もずいぶん痩せている。

十月になると地方の大名家から当主や奥方、秀吉と各種の交渉をする家臣などが続々上洛してきた。

奥州仕置きで厳しく減封された伊達家から、鬼庭綱元が秀吉との折衝役として上洛してくる。

秀吉のご機嫌をうかがい、諸大名と付き合いもする重要な役目だ。

他にも大切なことがあって大名家の必要なものを、京から調達するため商家とも付き合うことだ。

お家のために何んでもできる人でないと務まらない。

その鬼庭綱元がひょっこり鷹ヶ峰に現れた。

「林崎殿、会いたかった。上洛したら関白さまより先に、そこもとに会いたいと思ってきたのよ……」

なんだか気さくになった鬼庭綱元だ。

こういう機転の利く人でないと京で伊達家の名を売るのは難しい。独眼竜自慢の家臣でもある。

「遠路ご苦労さまにございます」

「うむ、遠い、実に遠い。これからは京で暮らすことになりそうだわ」

「それは大役で……」

「あの黄金の城に伺候《しこう》するのは気が重いことだ」

付き合いの古い重信に、冗談とも本音とも取れる言葉を平気な顔で言う。ニッと人懐っこく微笑んだ。

屈託のない良い笑顔だ。一皮むけてなかなかの人物になった。

誰でもあんなキンキラの城に上がるのは気が重い。秀吉以外誰もあんな黄金の城は建てないし、住みたくもない。

「林崎殿、一つ頼みがあるのだが聞いてくれるか？」

「はい、それがしのできることであれば、何んなりと伺いまする」

「うむ、宜秋門の勧修寺さまに、それがしを紹介願いたいのだ。できるかのう？」

「そのようなことであればいつでも……」

「そうか。それは有り難い。大納言勧修寺晴豊さまは武家伝奏ゆえ、お近づきになっておかないと何かと不便でな……」

伊達家のような大きな家は、政宗の官位官職も当然だが、家臣団の官位官職も多く必要で朝廷に取次が必要だ。秀吉とは綱元でも大丈夫だが、朝廷となるとちょっと勝手が違う。大納言晴豊であれば好都合である。

それも内密に話せるならなお結構。秀吉や摂関家に次いで武家伝奏は人気だ。

綱元はそういう人たちを、伊達家に取り込もうとしている。

伊達家は政宗の父輝宗の頃は、信長に多くの鷹や馬を献上したりして人脈を作っていた。

だが、若く自信家の政宗はそういうことをしなかった。

政宗は力の信奉者で外交は未熟だった。それを鬼庭綱元が一人で担うことになったのだ。

数日後、重信は建設したばかりの京の伊達屋敷に入った。

「おう、こちらから使いを差し向けるべきところを相すまぬ。すぐまいろう」

重信と綱元は大納言が御所から下がった頃合いを見て伊達屋敷を出た。綱元は洛中で事故を起こさないよう馬には乗らない。

二人が勧修寺邸に到着すると、大納言は御所から戻っていた。

尹豊は酒飲みの遊びに出て不在だった。例によって洛中を酔ってフラフラしているに違いない。

　大納言晴豊は綱元に快く会ってくれた。

　供の家臣が差し出した献上品を、綱元が大納言の前に押し出す。

「戦の後に急ぎ上洛いたしましたので、献上の支度が間に合わず、このような物でお許し願いまする」

　綱元は袱紗《ふくさ》に包んだ黄金を献上した。

　それをうなずいて大納言が納める。これでお近づきなのだ。奥州の竜と親しくなるのは晴豊も願うところだ。

　この時は少々の世間話をして、対面が終わり二人は勧修寺邸を出た。

「いやいや、こういうことの繰り返しでな。あの黄金の城にも御機嫌伺にな……」

「なるほど……」

　二人が黄金の聚楽第を見上げていると、馬に乗った尹豊がフラフラと帰ってきた。

　牛車宣旨の尹豊は馬でも御所に入れる。

「先の内府さまにございます」

　綱元に告げて笠をとって頭を下げた。やはり尹豊は酔っている。

「甚助、大納言に客か？」

「はい、奥州伊達家の鬼庭さまにございます。ただいま、大納言さまにお目通りを済ませてございます」

「鬼庭綱元にございます」

「出羽の鬼庭左月斎の息子だな？」

「はッ、さようにございます」

「藤次郎政宗は達者にしておるか？」

「はッ、健やかにございます」

「関白殿下と仲直りされたそうだな、結構。お上もお喜びであろう重畳《ちょうじょう》である……」

「有り難きお言葉、痛み入ります」

「家臣団も骨の折れることだろう。ご苦労である」

「恐れ入りまする」

「甚助、またまいれ……」

「はい……」

門から小者が走って来て馬の轡を引いた。

「内府さまはお元気だな？」

「八十八歳におなりです」

「ほう、八十八、あやかりたいものだな……」

「昨年は熊野、伊勢にお供してまいりました」

「何んと、熊野までまいりましたか……」

実は、そういう綱元の家系も長寿なのだ。この時、綱元は四十二歳だったが、綱元は尹豊と同じ九十二歳まで生きる。

「ではここで失礼いたします……」

「いずれまた、鷹ヶ峰にお伺いいたします」

重信は北に、綱元は南に向かった。

十一月になると最上義光と延沢満延が上洛してきた。

義光は天童合戦で楯岡因幡守を追い詰め自刃させた。

その戦いで因幡守と同盟していたが、氏家守棟の謀略で因幡守を裏切ったのが延沢満延だ。

乱世は過酷で非情だった。その乱世が終わったといってもよいかもしれない。

二人を斬ろうと思えば重信には容易いことだ。だが、そんなことで因幡守が喜ばないことを重信は知っている。

因幡守はそんな狭量な人ではない。

大きな愛と慈悲で民治丸と志我井を支えてくれた。大恩人だ。

その因幡守に報いるには、スサノオとの約束を果たすしかない。神夢想流を大成させるしかないと重信は分かっている。

年が明けると重信は最上屋敷に向かった。

重信は五十歳になった。剣客として、人間として分け隔てなく、人を愛せる歳になっていた。

重信が現れると最上屋敷はちょっとした騒ぎになった。

家臣たちも重信と因幡守の関係をみな知っている。

義光と満延を斬りに来たとは思わないまでも、天童合戦の事情が事情だけに複雑だった。

もちろん戦いには重信が知らない事情もある。

氏家守棟が謀略を仕掛け、延沢満延を裏切らせたのだが、その時、満延は一つだけ条件を出した。

それは若い天童頼久の命を取らないということだった。

裏切りの条件として守棟は満延のその助命嘆願を呑んだ。それで頼久は関山峠から逃亡できた。

「刀をお預かりしたいが？」

「承知いたしました」

重信は乱取備前と大脇差の二字国俊を鞘ごと抜いて近習に渡した。

「どうぞ……」

近習に案内され重信は無腰で広間に入った。

正月で義光と満延の他に供の家臣団が揃っている。無腰の重信を見て義光の顔が曇った。

「おのれ、剣豪から刀を取り上げるとは何事だッ。林崎殿は余の師である。無礼をいたすなッ！」

大男の義光が重信の大小を持っている近習を叱った。

その近習が慌てて重信の傍に刀を置いて下がった。

「老師、よくお出で下された。無礼を許してもらいたい」

「出羽守さまにはお久しゅうございます」

「今頃、出羽は大雪であろうよ。薩摩守《さつまのかみ》が会いたがっておったぞ……」

「氏家さまはお元気でしょうか？」

「うむ、余の娘がなついて離れぬ有り様じゃ……」

「それは結構なことでございます」

「老師、この度一緒に上洛した延沢殿じゃ……」

「林崎にございます」

「お会いしたいと思っておりました。出羽に戻られた時は、延沢城にお立ち寄りくださるように……」

「承知いたしました」

この時、延沢満延は四十八歳だった。延沢銀山を持つ大名だが、京の水が合わなかったのか、この二ヶ月後の三月十四日に京で急死する。

後継者には義光の娘松尾姫が嫁いだ又五郎がいた。

義光は四十六歳で、なかなかの教養人として、やがて口うるさい京の人々に受け入れられる。

その義光が娘といったのは十一歳になる駒姫のことだ。

出羽一の美女といわれ、その美貌が災いして、秀次事件に巻き込まれ十五年の悲劇の運命を生きる。

「正月の酒を一献？」

「頂戴いたします」

重信が義光から盃を貰って珍しく酒を飲んだ。

「老師、神夢想流は天下に名を知られておるようだな？」

「まだまだ、これからにございます」

「出羽にいつ戻る？」

「いつということは考えておりません」

「そうか。余はこれから度々上洛することになろう。老師に会うのを楽しみにしよう」

「恐れ入ります」

重信は義光に盃を返して最上屋敷を辞した。

その足で宜秋門前の勧修寺邸に向かった。

その路上で珍しいことに風魔の幻海と出会った。烏丸小路の三条の辻でばったり出くわしたのだ。

驚いて二人は一瞬息を呑んだ。

「師匠……」

「幻海殿、その格好は？」

襤褸《ぼろ》を着た百姓姿だ。

「そなた、まさか……」

幻海がニッと笑った。幻海は秀吉の命を狙って箱根から出てきたのだ。

「鷹ヶ峰の道場にまいらぬか？」

「それがしは……」

「ここでは何もいうな。ここは京だ。こんなところで会ったからには、ただ別れることはできぬぞ」

「このような格好では、今夜、必ず道場へまいります」

「うむ、待っている。必ずですぞ……」

重信は幻海がなぜ京にいるのか分かる。

だが、そんなことが簡単にできるほど、黄金の聚楽第の警備は甘くない。

そう考えながら勧修寺邸に行き、紹可入道と大納言晴豊に挨拶して明るいうちに道場に戻った。

名人越後

道場で待っていたのは大西大吾だった。

長い廻国修行から戻ってきた。将監と二人で話をしていた。黒く日焼けして精悍な若者に変貌している。

将監鞍馬流の三代目になる男だ。

「師匠、ご指南を願います」

「よし、やろう」

「はいッ！」

なにはさておいても重信と大吾が道場に出る。剣を合わせれば相手のすべてがわかる。それが剣士だ。

互いに木刀を握って対峙する、将監が出て来て師範の席に座った。

構えただけで大悟の成長した力量がわかった。

大吾が重信を誘う。

右へ右へと大吾が回ろうとするがそれを重信が許さない。次第に間合いが詰まってきた。

大悟が羽目板に追い詰められる。重信の圧力は尋常ではない。

互いの木刀の切っ先が触れそうになった。大吾が木刀を上段に上げようとした瞬間、重信の木刀が動いた。

先の先を取った重信の木刀を弾いて大吾が逃げようとする。

そこを重信に狙われた。カツッと重信は大吾の木刀を弾くと同時に、一瞬で大悟の左肩の骨を砕いた。

神伝居合抜刀表一本金剛《こんごう》、左肩を押さえられた大吾が膝をついた。

「まいりました！」

「よし、もう一本だ」

「お願いします」

立ち上がると大吾は道場の中央に戻って木刀を構える。以前とはまるで違う。気迫が充実して腕を上げている。

落ちついてドタバタしない。足指がしっかり床を噛んでいる。

「生を忘れ、死を忘れて泰然自若たるべし……」

「はい！」

重信が木刀を構えると大吾が遠間に下がった。

大吾の木刀が上段に上がり、ゆっくり中段に下りてきた。

重信の木刀は遠間を嫌いピクリとも動かない。ツッと大吾が半歩、一歩と間合いを詰めた。

重信が一瞬の隙を見逃さないことを大吾は知っている。

今や天下一の剣客は師の重信だと大吾は信じている。各地を回りそう思って京へ帰ってきた。

重信の間合いに入れば間違いなく斬られる。

その間合いをどうするかだ。生死を忘れて泰然自若たるべし。

大吾が中段から二段に攻撃を仕掛けた。ツッと間合いを詰めて大吾が遠間から踏み込んだ。

重信は一瞬待ってから後の先で動いた。

大悟の右腕を斬り落とし右脇の下を突き刺した。

神伝居合抜刀表一本稲妻《いなずま》、木刀を落とし大吾の体がグラッと傾いて膝をついた。

「まいりました！」

「よい、実に良い呼吸だ。歩幅が少し大きいから気をつけろ……」

「はい！」

「大吾、腕を上げたな……」

もう滅多に木刀を握ることのない将監が、大吾の剣を見てニコニコと機嫌がいい。

初代、二代、三代の三人が道場で話していると、衣装を武家に改めた幻海がひょっこり現れた。

重信が幻海を将監と大吾に紹介する。

「北条家の家臣です」

幻海と聞いて将監は風魔だとすぐに分かった。

「氏直さまは高野山だと聞きましたが？」

「はい、徳川さまが関白に助命嘆願されたと聞いております」

「関白の命を狙う？」

将監が幻海に聞いた。

人に聞かれたら危ない話だ。幻海が驚いて重信を見る。

「幻海殿、そのようなことはお止めなさい。氏直さまが高野山からお戻りになるのを待つことの方が得策ですぞ」

「将監さま……」

「よほど良い条件でないとそのようなことは成功しません。無駄死にですから……」

「はい……」

「遠からず氏直さまは戻られます。奥方さまがそうなさるはずです」

大野将監が秀吉の暗殺など止めなさいと幻海を説得した。

北条家を潰された幻海の悔しさは分かるが、外部からの暗殺など滅多に成功するものではない。

守られている秀吉を殺すことはそれほど難しい。おそらく秀吉の寝所を探すことさえ難しく、そこへ近づくことなど困難だろう。

ほぼ不可能だ。

年が明けたこの正月から、家康を中心にして、北条氏直の赦免《しゃめん》活動が猛烈に動き出していた。

将監はそのことをいっている。

氏直に嫁いだ家康の娘督姫が、病弱な氏直を高野山に置いておいたら死んでしまう。

そう家康に泣きついたのだ。

さすがに狸おやじの家康でも娘が可愛い。何とかしてやりたいのは人情だ。

家康も秀吉に三河、遠江、駿河、甲斐、信濃の五ヶ国を取り上げられ、関八州という未開に近い武蔵や、その周辺に領地替えで移封された。

　秀吉は家康を警戒して、徳川家の本拠を駿府から箱根山の東、誰も知らないだろう江戸というところに移した。

　そんな中での赦免活動で、秀吉には督姫に泣きつかれた家康の気持ちが分かる。秀吉も督姫のことを考えて氏直を助けたのだ。

　家康を関東に追い払ったこともあって赦免は早かった。

　二月に秀吉は氏直の赦免を決定する。

　五月に織田信雄の古い屋敷を貰い、氏直は高野山から京に出てきた。

　一年も高野山にいなかった。

　八月十九日に氏直は大坂城で秀吉と対面して、河内や関東に一万石を拝領して大名に復活した。

　二十七日に督姫が大坂城に飛んできて秀吉にお礼を言上する。

　ところが氏直と督姫は不運だった。十一月になって突然、病弱な氏直が倒れたのである。氏直の病は疱瘡だった。疱瘡とは天然痘のことで罹患すると半分以上の人が死ぬという。

　十一月四日にあっけなく亡くなってしまう。享年三十。高野山から戻って半年後のことである。

その後、督姫は姫路城の池田《いけだ》輝政《てるまさ》と再婚する。

幻海は大野将監に無謀だと強く計画を止められ、秀吉暗殺をあきらめて高野山に向かった。

重信は伏見の指月橋まで幻海を見送った。のちの観月《かんげつ》橋である。

その頃、秀吉に移封を命じられた家康、政宗、氏郷などの大大名はとんでもない騒動になっていた。

城下がそっくり引っ越すようなものである。

移れと言われても、会津へ行く氏郷は幸運なほうで、家康や政宗は、何もないところに移転するようなものであり、まず移転先の整備が大仕事だ。

その上、伊達政宗の奥羽、出羽では、秀吉の奥州仕置きに猛反発する一揆があちこちで頻発していた。

秀吉の仕置きが厳しかったこともある。

家康が移る武蔵の江戸には、太田《おおた》道灌《どうかん》が築城した砦のような、朽ちた江戸城があるだけだった。

江戸城跡には小さな村さえできていた。

そこを切り開き築城し、城下を創るのだから半端な仕事ではない。いきなり大ごとになった。

武蔵野台地の南端に新しい城を造り、城下を整備するのだという。

幻海が京から去って数日すると、後に前田家に仕官し、名人越後《めいじんえちご》といわれる富田重政が鷹ヶ峰に現れた。

越後の富田勢源入道はかつて重信が訪ねた時にはすでに眼病を患っていた。

従って中条流の富田流は勢源入道の弟富田景政が、実質的に道場を継いで鐘捲自斎や小次郎を育てていた。

そんな時、柴田勝家と秀吉が戦った賤ヶ岳《しずがたけ》の戦いで、景政は嫡男景勝を戦死させてしまう。

そこで景政は兄勢源の弟子で、朝倉家の家臣だった山崎景邦《やまさきかげくに》の息子を、娘と結婚させ婿養子とした。

それが富田重政で、勢源入道の甥ということになる。

景政は六十八歳で、前田利家の家臣として秀吉の甥秀次の剣術指南をしているが、二年後に七十歳で亡くなる。

富田重政は今はまだ二十八歳だが武将としても剣客としても優れていた。

十九歳の時、能登末森《のとすえもり》城の戦いで一番槍をつけるなど、その武功は目覚ましかったという。

小田原征伐にも前田軍として出陣、敵を薙ぎ払う武功を挙げている。

この後も、関ヶ原や大坂の陣で活躍し、前田利家、利長《としなが》、利常《としつね》と三代に仕え、剣術師範の家臣としては実に破格の一万三千六百七十石という高禄を貰うことになる。剣士の禄高とは思えない高禄で、凄腕の剣客であり大名格だった。受領名が越後守であることから、名人越後と人々は呼んだ。

「お父上の治部左衛門《じぶざえもん》さまはご壮健でございますか？」

重信は義父の富田景政のことをまず聞いた。

「はい、ただいまは秀次さまの剣術指南を務めております」

「それは誠に重畳、して勢源さまのお加減の方は？」

「伯父上は全く目が見えておりませんが、越前に健在でございます」

「そうですか、ご無沙汰をしております」

「林崎さまのことは父からも伯父上からもお聞きしております。神夢想流の居合は強く美しい剣法だと教えられました」

「まだまだこれからと考えています。富田流の隆盛は鐘捲自斎さまと巌流小次郎殿からお聞きしておりました」

「鐘捲さまは一刀流を開かれても、伯父上のところに時々おられますようで……」

「なるほど、自斎さまは師を大切にしておられますか、まさに天下一の剣豪にございます。見習うべきかと……」

「そう思います」

　傍で大野将監と大西大吾が聞いている。大吾と重政は同じ年格好だ。大吾の方が少し年上だ。

「一手ご指南を願いまする……」

「承知いたしました」

　五十歳の重信が二十八歳の若き剣客富田重政に、越前で勢源、景政、自斎から学んだ恩返しの伝授を行う時が来た。

「構え、さばき、残心が美と品位と風格の境地に至れば武徳あり、まいられよ」

「では……」

　重政が中段に構えた。

　義父景政と高弟鐘捲自斎から神夢想流居合は強いと聞いてはいたが、見ると聞くとでは大違い。

　やはり剣士は相対してみないとわからない。

　木刀を構えて対峙すると殺気は消されて感じない。だが、重信の五体から発散する威圧は尋常ではない。

「斬られる。これは間違いなく斬られる……」

　剣客にそんな恐怖が剣先から伝わってくる。重政はやがて生《いき》摩《ま》利《り》支《し》天《てん》と称賛される剣の名人だ。

その重政が剣先に焔《ほのお》立つ青白い剣気を感じた。

ゆらゆらと剣先が霞んでいるのかとさえ思った。その瞬間。重政は青い焔に誘い込まれた。

遠吠えのように「ウオーッ!」と叫んで重政が遠間から踏み込んでいった。

瞬間、重信の木刀が走った。それは見えた。

後の先だと思った一瞬に、重政は胴を横一文字に斬られ、眉間から斬り下げられていた。

神伝居合抜刀表一本十文字《じゅうもんじ》、重政の眉間でピタッと木刀が止まっている。

ガクッと両膝から落ちた。全身から一気に力が抜けた。

「剣は理合です。すなわち、必然の筋道です。もう一本まいりましょう」

「お願いいたします」

重政が立ち上がって木刀を構えた。将監と大吾が見ている。

その瞬間、重政の木刀が重信の胴を狙って斬ってきた。鋭い剣風だ。

その木刀をカツンッと乾いた音で弾き、一瞬でザッと重信の剣が重政の首を打ち落としている。

神伝居合抜刀表一本陽炎、木刀が首に張り付いたように止まっている。

重政がよろよろっと力が抜けて足がもつれた。

「もう一本まいろう」

「はい！」

さすがの富田重政も全く手の打ちようがない。神夢想流の居合の恐ろしさが斬られて分かった。

この後、富田重政は大坂夏の陣で十九人斬りの活躍を見せる。

生摩利支天といわれたその重政の働きは、左手に蠟燭《ろうそく》を持ち右手で十九人を斬るという鬼神の舞だったと語り継がれる。炎が消えなかったともいう。

「居合は立ち合いに非ず、不意の攻撃に対し、瞬時に抜刀して敵を制する技です」

「はい！」

若き剣客には全てが血肉になる。

洛北紫野

重信の木刀は中段にいる。

静かに木刀の切っ先が下がった。重政は不思議な構えに吸い込まれそうになった。

踏み込もうかと一瞬躊躇した。

重信の眼は開いているが寝ているような佇まいだ。

将監も大吾も初めて見る重信の剣の構えだ。殺気も消え、威圧も感じない。

その呼吸も止まっているように見える。随息観に入った。重信を包む空気も体も弛緩しているように力がない。

これは何だ。重政は迷った。

「イヤーッ！」

誘ってもなんの反応もしない。

そこに死人が立っているようだ。隙なのか間合いなのかわからず、「ターッ！」と重政が上段から一気に襲いかかった。

一瞬、重信の木刀だけが覚醒して、グッと伸びた切っ先が、重政の右胴から右脇の下を背中まで斬り裂いている。

剣がどう動いたのか何も見えなかった。

神伝居合抜刀表一本秘剣夢想《ひけんむそう》、重信の体がぶつかり、重政が仰のけに床にひっくり返って尻もちをついた。

立ち合いで重信が初めて見せた技だ。神伝の剣は不可思議の剣だ。

この日から数日おきに重政が鷹ヶ峰の道場に通ってきた。重信は神伝居合抜刀表二十二本と秘伝万事抜を伝授する。

春になって三月十四日に京の最上屋敷で延沢満延が急死した。

ちょうど花の季節が終わりかけた頃、将監道場の大西大吾に果たし状が舞い込んできた。

大吾は口が堅くどういう恨みの果し合いかなかなか言わない。重信が断片的に聞いたところでは女のことのようだった。

若い時にはありがちなことだ。

廻国修行の途中、堺で知り合った女を、若い者同士が争って大吾が相手を斬ってしまった。よくある話だ。

斬られた相手の兄弟と仲間が、京に出てきたということのようだ。

相手が指定してきたのは四月三日早朝、場所は洛北、紫《むらさき》野《の》今宮《いまみや》神社裏、中野《なかの》武兵《ぶへ》衛《え》と立会人四人とある。

聞いたことのない名前だが、大吾の話ではそれなりの腕だろうという。

結局、五対一ということらしい。

それでも大吾が負けるとは思えない。むしろ、堺から来た無謀な五人は、大吾より若いというから、命を捨てるにはあまりに若すぎる。

紫野は鷹ヶ峰の道場からさほど遠くない。当日、まだ暗いうちに重信と大吾は将監道場を出た。

果し合いの今宮神社の裏で焚火が燃えている。朝夕はまだ寒い時期だ。

「大吾、ここで待て、話をしてくる……」

重信が焚火に近付くと五人が身構えた。五人とも襷がけで鉢巻を締めて戦いの支度をしている。

「中野武兵衛殿はおられるか？」

「おぬしは誰だ！」

「それがしは、大西大吾の剣の師匠だ。戦えばどちらかが傷つく、双方が傷つく場合もある。思いとどまることはできぬか？」

「爺に話はない！」

若い男たちはいきり立って聞く耳を持っていない。

「爺か、若いだけで威張るな。若いとは未熟だということでもあるのだぞ……」

「何ッ！」

血の気の多い一人が太刀を抜こうと柄を握った。

「待て、それがしが中野武兵衛だが……」

「おう、そなたか、どうであろう、この果し合いを中止にできぬか？」

「老人、それがしの弟は足を斬られた……」

「ここでやれば、またそういうことになるぞ？」

「黙れッ！」

武兵衛は落ち着いているが、立会人のはずの四人が興奮している。四人がやりたくない武兵衛を煽っているように見える。

「斬れ！」

「問答無用だッ！」

「そうか。止むを得ないな。果し合いは大吾と武兵衛殿だ。おぬしら四人はそれがしが相手だ。いいな？」

「おう、くそ爺、叩き斬ってやるッ！」

重信が大吾の傍に戻ってきた。

「中野武兵衛を斬るな。先に煽っている四人を片づける……」

「師匠！」

重信が下げ緒を抜いて襷をかけ、焚火の傍に歩いて行った。

「よしッ、四人はこっちに来い！」

「くそ爺が！」

興奮している四人を大吾と武兵衛から五、六間ほど引き離した。

「来い！」

「叩き斬れッ！」

四人が一斉に太刀を抜いた。

身構えて柄に手を乗せたが、四人の構えがあまりに未熟で、重信が相手にできるような腕ではないとすぐ分かった。

大吾と武兵衛も刀を抜いて対峙している。

「おぬしら、斬られると痛いぞ、いいのか？」

「爺ッ！」

恐れげもなく踏み込んできた若い男の胴を抜き、左から来た刀を弾いて太股を叩き斬り、前の男の肩を斬り下げる。

後ろの敵を振り向くと逃げて行くのが見えた。

三人が地面に転がってもがいている。

「言ったであろうが。こういうことになるのだ。浅手だが刀傷は相当に痛いぞ。愚か者め！」

戦いたくない大吾と武兵衛が、果し合いを中断して斬られた三人を見ている。

「武兵衛殿ッ、逃げた男を連れて来い！」

「は、はいッ！」

「大吾、道場から酒と布を持って来い。こやつらの手当てをしてやろう！」

「はい！」

武兵衛と大吾が走って行った。

「痛いか？」

「い、痛い……」

「これはひどい、この金瘡では助からぬな……」

重信に脅されて、肩を斬られた男が怯え、地面を這って逃げようとする。

「今、手当てをしてやるから動くな。動けば本当に死ぬぞ」

重信を爺と呼んで一番元気の良かった男は胴を斬られている。怯えて声も出ず重信をにらんでいた。

「おう、これは酷いな。これ以上血が流れると死ぬな……」

「ゲッ、た、助けてくれ……」

「斬られてからでは遅い。今手当てをしてやるゆえ、死なぬように頑張れ、いいな？」

「し、死にたくねえよ……」

「それは斬られる前だ。馬鹿者！」

足を斬られた男は死んだように地面に転がっている。

気を失っているのかと思ったが、体を丸めて痛みに耐えている。刀で斬られれば痛いに決まっている。それも相当痛い。

「そなたは足を斬られたのだな。どれどれ、これは酷いぞ。骨が見えているようだ。

足を切り落とすか？」

「た、頼む、頼む、切らないでくれ、助けてくれッ！」

「そうはいってもこれではどうにもなるまい。生きていても仕方なかろう。ここで腹を斬るか？」

「嫌だッ、腹は斬りたくないッ、助けてくれ……」

「困ったな……」

重信に散々脅かされて男が小便を漏らした。

「一人でも助かればいいか……」

「助けてくれ……」

「頼むうッ、助けてくれ……」

死にたくない三人が金瘡の猛烈な痛みにもがいている。人は斬られてみないと痛みが分からないらしい。

斬られてからでは手遅れだが大騒ぎをする。

そこに武兵衛が逃げた男を引き連れて戻ってきた。

「仲間を捨てて逃げるとは何ごとだッ。そこへ直れッ、叩き斬ってくれるッ！」

「ご、ご免なさいッ、申し訳ないです……」

男が正座して地面に頭を擦りつけて謝罪した。すっかり夜が明けて、将監道場の門弟たちを引き連れた大吾が戻ってきた。

三人が戸板を担いでいる。

すぐ手当てが始まり一人ずつ戸板に乗せられて道場に運ばれた。大吾が武兵衛にすまなかったと謝罪している。

武兵衛が道場主の大野将監に呼ばれた。

「中野殿、大吾のことだが許してもらえるか、弟子の不始末は師匠の不始末でもある。事情はどうあれ、喧嘩は両方が悪い。この通り謝罪する」

将監が頭を下げた。

「こちらにも非がございます。勿体ないお言葉にございます」

「三人のことは手加減したようだからみな浅手だ。ここで二、三日も療養すれば歩けるようになる」

「あのお方の、お名前を……」

「あの三人を斬ったのは天下一の剣客、神夢想流居合の林崎甚助という。覚えておくがよいぞ」

「林崎さま……」

門弟たちに看病され五人は穴があれば入りたい恥ずかしさだ。

そのうち、門弟たちに馴染んでぽつぽついうには、斬られた三人の素性は堺の名のある商家だと分かった。

腕に自信があって少しばかり剣を学び、武家の真似をして仲間と組んで結構な悪さをしてきたようだ。

重信に斬られていい薬になった。

乱世が終わり、世の中が少し平和になると、武家に憧れ、こういう粋がった愚か者が出てくる。それは世の常である。

太閤狂乱

八月になって大事件が起きた。

淀城にいた関白秀吉の一粒種の後継者である鶴松が病になり、病退散や病気平癒の国を挙げての祈禱もむなしく、八月五日にあっけなく死去したのである。

わずか三歳だった。

秀吉は東福寺《とうふくじ》に入って息子の無事を祈っていたが、天下の関白でもわが子の命を救うことはできなかった。

脳天に落雷を食らったようにその衝撃は一撃で秀吉を倒した。

呆けたように呆然自失「ああッ……」と崩れ落ち、暫くうずくまっていたが、腰の脇差を抜くと禿げて小さくなった髷を切り落とす。

続いて家康、利家、三成と次々と髷を切り落とした。

切り落とされた髷があっという間に積み重なった。

　もともと猿顔で皺深いのに秀吉はたちまちほうけ老人に変わった。ほうけた秀吉は考えられない残忍な男に変貌する。

　人は老いてからその値打ちが決まるという。

若い時は勢いで怖いもの知らずだったり、順調に出世して偉くなったりする。だが、誰でも老いてそういう戦いの鎧を脱ぐ時が来る。

　そこで過去の栄光にすがるか、自らの内面に思索を深めるか。

後者が望ましいと思うが、仏がいうには巡り巡りて輪廻を離れず、妄執の雲の塵が積もりて山姥となると。

　秀吉は死にきれない男になって行く。

淀城から運ばれてきた鶴松の遺骸に、人目もはばからず泣きすがる秀吉は哀れな老人だった。

「鶴松、ととだぞ。眼を覚ましてくれい。起きて大坂城に行こう。全部、お前にやるからな、起きてくれよ……」

天下の関白が身をよじって大泣きする。

万民のための天下である。この猿顔の関白はそこがわかっていない。

葬儀を命じると秀吉は東福寺から清水寺に移って泣き続けた。

百姓の小倅《こせがれ》から天下にただ一人の関白にまで上り詰めても、降りかかる不幸はいかんともしがたい。

秀吉は清水寺で心を癒そうとした。

鶴松の葬儀が終わると、秀吉は茶々を連れて有馬温泉に出かける。だが、もう以前の秀吉ではなかった。

鶴松の死は秀吉の人格をも打ち砕いている。

この年、秀吉を説得できる二人の人物が相次いで亡くなった。一人は一月に亡くなった秀吉の弟小一郎秀長で、誰もが認める人格者であり豊臣政権の要だった。

もう一人は秀吉と考えが合わなくなり、その秀吉の命令で二月に切腹させられた茶人千利休《せんのりきゅう》である。

遂に、秀吉は誰のいうことも聞かない頑固老人になってしまう。鶴松の死によって六道能化《ろくどうのうげ》することなく、秀吉は流転輪廻の中に落ちていくことになる。

秀吉が唯一、耳を傾けるのは溺愛する茶々姫と、家康ぐらいになってしまった。だが、家康は決して余計なことや、意見がましいことは言わない。何を考えているかわからなかった。誰にも心の奥底は見せない。

秀吉の好きなようにやらせる。

その秀吉は誰もが反対していた朝鮮出兵を口にするようになる。

鶴松を失った不幸を忘れるためか、秀吉本来の戦好きが露骨に顔を出してきたのかわからない。

母親の大政所の反対や、妻お寧の反対にも耳を貸さず、天皇の反対をも押し切るに至っては絶望的だ。

最早、秀吉は狂っているとしか言いようがなかった。

十二月二十八日に関白を甥の秀次に譲ると、秀吉は太閤になり朝鮮出兵に一気に突っ込んでいく。

年が明けると黒田官兵衛に命じ、九州肥前《ひぜん》に名護屋《なごや》城を築いた。

朝鮮へ大軍を渡海させる足場にして、全国の諸大名に割り当てられた大軍が続々と九州に集結。

早くも四月には第一陣の小西行長《こにしゆきなが》軍が海を渡り始めた。

猿は顔だけにしてほしいが頭の中まで猿になって狂う。

秀吉の野心が文禄の役となって暴走する。こうなってしまうともう誰にも止められなくなった。

権力者にはこのようにおかしくなる者が現れる。戦いに狂うと誰にも止められない。

秀吉はもう戦いたくて仕方がない。頭が興奮状態で自分でも止められない。まさに暴走なのである。

諸大名への割り当てが凄まじかった。

常陸以西の海沿いの大名は十万石につき大船二隻、秀吉の領地は十万石につき大船三隻、中船五隻、渡海軍は十六万人から二十万人、予備軍十万人が予定された。

百済復活のために日本から派遣された兵は四万人ほどでしかなかった。白村江《はくすきのえ》の戦いという。

本朝始まって以来の国外への大作戦である。

九州の大名は一万石につき五百人、五畿内は四百人、近江、尾張、美濃、伊勢は三百五十人、遠江、三河、駿河は三百人、以東は二百人と兵が割り当てられた。

全国二千万石と考えられていて、一万石につき二百五十人の勘定でほぼ五十万、全国の総兵力の半分以上が九州に集められた。

莫大な兵糧や馬や飼料が集められ、船で次々と九州に送られる。

戦いに勝てば信長に褒められ出世してきた。戦好きの秀吉が関白になったあたりから抱いたのが朝鮮出兵の妄想である。

合理主義者の信長はこのような無謀な計画は持っていなかった。むしろ、信長は天《てん》竺《じく》や南蛮《なんばん》との交易を考えていた。この頃、明《みん》は鎖国していた。

「甚助、太閤は息子を亡くされてから少々おかしくなられたようだな……」

「朝鮮出兵のことにございましょうか？」

「大きな声では言えないが困ったことよ……」

御機嫌伺に来た重信を相手に、勧修寺紹可入道尹豊は昼酒を始めた。このところ、さすがに酒量は減ってきている。

「天子さまは反対なされたとか？」

「やはり、あの男は猿だったかのう……」

尹豊も秀吉の朝鮮出兵を苦々しく思っていた。

明を平定して天子をその明にお連れするという。そんな誇大妄想を誰も相手にしないのは当然だ。

乱世が終焉して天下静謐を宣言しておきながらだ。

わけのわからないことをいって、自ら乱を求めているような、太閤秀吉の振る舞いに納得がいかない。

天皇が止めても聞かないのだから困る。

この国には古くから時々そういう人物が現れる。藤原道長《ふじわらのみちなが》、平清盛《たいらのきよもり》、北条義時《ほうじょうよしとき》、足利義満《あしかがよしみつ》、織田信長などだ。

「内政は若い関白に任せたというが、全ての権力はやはり太閤が握っているようだからな……」

「そのあたりが難しいところかと思います」

「うむ、頭が二つはうまくいかぬものよ。それが古今東西の相場だな」

「関白さまがどこまで辛抱できますか？」

「そういうことだ……」

尹豊が黙って盃を重信に渡した。

「一杯だけ……」

「そなたはこんな美味いものをなぜ飲まぬか？」

「恐れながら、美味いとは思いませんので、馴染みません……」

「ふん、甚助、月を愛で、花を愛で、酒を愛で、女を愛でる。そんな気持ちにならぬのか？」

「はッ、そのように心がけておりますが、なかなかに……」

「そうか。ところで、例のいい女の阿国はどうしておる。相変わらずの人気者のようだな？」

「例年、同じように勧進の小屋を掛けておるようです」

「そのうち連れてまいれ……」

「畏まりました」

九十歳の尹豊は美人の阿国を気に入っている。なかなか元気だ。勧修寺邸を辞した重信は六条に下って行った。

阿国と阿菊の踊りは相変わらずの人気で一向に衰えを見せない。

むしろ、二十一歳になった阿国の踊りは妖艶な美しさで、京だけでなくその周辺や五畿内に人気が広がっていた。

「お師匠さま……」

阿菊が目敏《めざと》く見つけ、重信の手を引いて裏口から小屋に引き入れる。

「すぐ終わるから……」

阿国は舞台に立って踊っている最中だ。

「どうぞこちらへ……」

三右衛門が重信に席を譲る。

「相変わらずで結構なこと……」

「はい、お陰さまで、忙しくしております。有り難いことです」

「出雲に帰るのはいつ頃のつもりですかな？」

「来月の半ばには戻ろうかと考えています……」

「雨が多くなる頃か？」

「はい、長雨が降りますとこの辺りは水浸しになりますので……」

五月になると賀茂川は毎年増水する。その前に小屋を畳んでしまわないとすべてを流されてしまう。

「帰る前に阿国を勧修寺さまにお借りしたいが？」

「師匠、借りたいなどと、阿国は師匠の……」

「相すまぬ。阿国の休みはいつだ？」

「二十一日です……」

阿菊や娘たちが興味津々で二人の話を聞いている。

「二十一日の朝、迎えに来る。夕には戻れるだろう！」

「承知いたしました」

「では……」

重信が太刀を握って席を立った。

「阿国がすぐ来ますが？」

「いや、そのように伝えてもらいたい」

重信が小屋を出ると三右衛門が見送りに出てきた。

「勧修寺さまが九十歳になられた。阿国に会いたいと言っておられる」

「九十歳……」

「易々とは生きられない歳だな……」

「はい、あのように生きてみたいものです」

「うむ、阿国に会いたいとは元気な証拠だ。有り難いことよ」

そこに阿国が走って追いかけてきた。息を切らして立ち止まった重信を見る。

「二十一日？」

「うむ、頼む。迎えに来るから……」

「うん、清水寺に連れて行ってね？」

「分かった」

阿国がそっと重信の指を握る。愛しているのだ。そんな阿国の気持ちは幼い頃から変わっていない。

「もうすぐ陽が暮れる。ここまででよい。また来る……」

「うん……」

阿国は重信と旅をしたいといつも思っている。

いつの日か二人だけの長い旅をしたい。それが阿国の秘密の夢なのだ。

二人と別れて重信は北に向かった。

京は東西南北、碁盤の目の道になっていて分かり易い。千本通りを真っ直ぐ北に行くとそこが鷹ヶ峰だ。千本通は昔の朱雀大路で京は倍ほども大きかった。だがその頃の右京は湿地で発展せず捨てられたのである。その朱雀大路がいまは千本通りと呼ばれていた。重信が道場に戻ると幻海が来ていて、重信を振り返るとニッと笑った。

高野山に流されていた北条氏直が、家康の働きで赦免されたのだが、暮れの十一月に疱瘡に罹って急死した。

氏直の死後も幻海は箱根に戻らず、風間出羽守らと京に残っていた。

「この度は急なことだった」

「殿さまは幼い頃からご病弱ではあったのだが、このように早く亡くなられるとは思いもしなかった……」

「奥方さまにお会いになられただけでも良かった。高野山で配流死では……」

「はい、奥方さまのお陰でご赦免になりましたので……」

「箱根に戻るか。お仲殿が待っておられよう」

「しばらくここで修行を、お願いできましょうか？」

「それは構わぬが、秀吉は九州だぞ。いいのか？」

幻海がニッと笑った。以前、大野将監に秀吉暗殺を止められたのだ。

「もう、考えておりません」

「そうか。それはいい。すべて忘れるほど稽古をなされ……」

「かたじけなく存じます」

幻海は箱根に戻ってもすることがない。

竜太郎の家でゴロゴロもできない。新たな主家といっても年老いた風魔などを使う武家はいない。

この頃、関東武蔵の江戸という辺鄙な片田舎に、巨大な城下が生まれつつあった。

家康が江戸の海沿いに移封されてから、猛烈な勢いで築城と城下の整備が行われている。

そんな時、川越街道の江戸に近い膝折《ひざおり》村で、武芸者が大暴れして人を殺し立て籠もる事件が起きた。

そこに通りかかったのが、かつて重信の指南を受けた剣客一刀流の神子上典膳だった。

野次馬はあまりの凶暴さに遠巻きに見ているだけだったが、典膳は百姓家に入って行くと狂気の武芸者を一刀のもとに斬り捨てた。

この話を聞いた家康が大いに気に入り二百石で仕官を決めた。

一刀流の神子上典膳は母の実家の小野姓を名乗り、小野次郎右衛門忠明《ただあき》と名を変えて、徳川秀忠の剣術指南になった。

典膳は前の年に兄弟子の善鬼を斬っている。

それには師の一刀斎、一番弟子の善鬼、二番弟子の典膳という三人の師弟の複雑な事情があった。

善鬼は淀川の船頭とも、山伏とも言われる変わり種の剣客だった。

非常に剣が強く、一刀斎に挑戦してくる武芸者を、弟子の善鬼が師に代わってことごとく倒した。

剣の筋も良く力量も充分だったが、師の一刀斎に対しても少々高慢だった。

当然、一刀斎は気に入らない。

典膳は典膳で、一刀斎の後継者になりたいが兄弟子の善鬼がいる。善鬼と典膳も仲が悪い。何んとも微妙な師弟関係になっている。

典膳は安房《あわ》に生まれ、里見《さとみ》義康《よしやす》に仕えていた。

それが、伊藤一刀斎と出会って戦い、負けて弟子になった。里見家を出奔して一刀斎と旅をつづけていた。

そんな中でいつしか一刀斎は弟子の善鬼に殺意を持つようになる。

不幸な師弟としか言いようがない。剣の道も邂逅の積み重ねの上にある。そこがなかなか難しいのだ。

阿国の愛

　哀れ不幸な師弟は悲劇を呼んだ。

「典膳、善鬼を斬れ……」

「はい……」

「だが、お前の今の腕では善鬼を斬れぬ。そこでだ。秘伝夢想剣をそなたに伝授する。それで斬れ！」

「夢想剣を？」

「勝てば、この瓶割《かめわり》刀を渡す」

「それは……」

「そうだ。一刀流のただ一人の相伝者ということだ。やるな？」

「はい！」

　一刀斎は善鬼のいない時に秘かに神子上典膳に夢想剣を伝授した。

　師弟関係というのは他人であり難しい一面を持つ。血縁のない後継者ということになると悲しいことも起きる。

　三人が関東の下総小金原《こがねはら》にさしかかった。

「この辺りで二人のいずれかに、この差料《さしりょう》瓶割刀と秘伝夢想剣を渡したいと思うがどうか？」

「おう、願ってもないこと！」

「それがしも異存はありません」

「そうか。では、そうすることにしよう……」

善鬼と典膳の不思議な決闘が決まった。

仕組まれた決闘と言ってもいい。兄弟弟子が一振りの名刀を巡り、一刀流の後継者をかけて戦うことになった。

一刀流の相伝をかけた戦いで、二人は支度をすると対峙した。

善鬼は典膳に負けたことがなく、腕は自分が上だと思っている。典膳は一刀斎から秘かに伝授された夢想剣があると思っている。

二人とも負けると思っていない。

勝負は一瞬だった。

怪力無双の善鬼が典膳に太刀を振り下ろした。後の先、典膳の太刀が善鬼の胴を横一文字に斬り抜いていた。

「そ、それは……」

「夢想剣だ！」

「ひ、ひきょうものが……」

ドサッと善鬼が土を食うように顔から地面に突っ込んだ。何んとも後味の良くない決闘である。

「終わったな……」

一刀斎は腰から瓶割刀を鞘ごと抜いて典膳に渡す。

「さらばだ……」

その場から逃げるように一刀斎は立ち去り、以来、伊藤一刀斎の消息は杳《よう》として分からなくなった。

剣客として師として卑怯と思ったのか、これ以後、一刀斎は生涯姿を現すことはなかった。噂では大谷吉継《おおたによしつぐ》の剣の師だったとか、一刀斎の終焉の地は丹波篠山だなどともいう。

弟子を自分の手で斬ったと等しく、それも卑怯な手段で斬ったことは、剣客として許されないと思ったのだろう。

一刀流を残すには全てを典膳に託すしかないと、一刀斎は自分の名声と生涯、全てを捨てた。

一刀斎は卑劣という重い荷物を背負いながら、九十数歳まで生きたと言われるが、その消息を正しく知る者は誰もいない。

その神子上典膳が一刀流の後継者となって膝折村に現れ、徳川家に仕官し小野派一刀流を名乗り、柳生新陰流の柳生宗矩と並ぶ将軍指南として隆盛を極める。

剣客にも流派にも悲喜劇がつきものだ。

ただ、剣客は卑怯、卑劣といわれることだけは避けなければならない。剣は神聖だからである。

人を斬るだけが剣ではない。人を斬ってよしとすれば、それは殺人剣であり剣は人斬り庖丁でしかない。

重信の神夢想流居合の目指すところは、人に斬られず人斬らず、ただ、受け止めて平らかに勝つである。

一剣を以て大悟する。無一物中無尽蔵。まだ、その道の半ばにも来ていない。だが、重信はこの道に迷いはない。神と約束した道だからだ。

四月二十一日早朝、重信はまだ暗いうちに鷹ヶ峰の道場を出た。千本通りと北大路の辻まで来ると笠をかぶった武芸者が前に立った。

重信が立ち止まった。強い殺気を感じる男だ。

「どなたか？」

「林崎甚助殿か？」

「いかにも林崎だが！」

「それがしは播州《ばんしゅう》浪人、三沢左京之助《みさわさきょうのすけ》と申す。明朝明け六つ、東寺の五重塔までお運び願いたい」

「果し合いということか？」

「そう考えていただいて結構だ……」

「立会人は？」

「ご勝手に、こちらは一人だ」

「明け六つだな、承知した」

重信が受けると、男から殺気が消えて北大路を東に歩いて行った。

聞いたことのない名だが、歳は三十五、六ぐらいだろうと見た。居合の剣をどこかで聞いたか見たかであろう。

千本通りをどこまでも南に下って六条大路の辻を東に歩いた。

阿国はいつもの男装をやめて、市女笠《いちめがさ》の美女に変身している。小屋の入口に娘二人が見張りに立っていた。

「お帰りなさい……」

娘が早朝から変な挨拶をする。重信が小屋に入ると阿菊が阿国に市女笠を渡した。

「清水さんでしょ？」

「そう……」

「いいな……」

「知恩院さんにも行きますよ……」

阿国が流し目で重信を見る。

知恩院など約束していない。阿国は行きたいところを自分で決めている。ウキウキして昨夜はよく寝ていない。

素足に草履をはいて何んとも艶めかしい。男舞いの阿国ではない。大輪の牡丹《ぼたん》か白百合《しらゆり》かといった風情だ。市女笠は古い時代に、市で物を商う女がかぶっていたもので、菅笠《すげがさ》の中央に巾子《こじ》という五寸ほどの突起がある。壺装束《つぼしょうぞく》という裾のつぼんだ衣服にかぶるが、笠の縁から虫垂《むしのた》れ衣《ぎぬ》という苧麻《からむし》の薄い垂れ布を下げたり下げなかったりする。

阿国は深めの市女笠で顔を隠すだけで、垂れ布はしていない。

「お願いいたします」

三右衛門が重信に頭を下げた。

「ご迷惑をかけないようにな……」

「うん……」

小屋を出た二人は土手に上って五条大路に出た。大橋から東に十一、二町行くと音羽の滝の清水寺だ。

阿国が重信の手を握った。

「いいでしょ？」

重信は何も言わずに阿国の手を握る。

「山に登るぞ」

「はい……」

清水寺は東山の山腹にある。

本尊は、三十三年に一度開扉《かいひ》する秘仏《ひぶつ》の千手観音《せんじゅかんのん》で、普段は前立ち観音に参拝することになっていた。阿国はウキウキうれしくて仕方がない。二人は知恩院に行くため産寧坂に下りて行った。細い道のなだらかな坂だ。坂の上で重信が立ち止まった。

「どうしたの？」

「いや、何でもない……」

「ここでお父上さまの仇討をしたのでしょ？」

重信が阿国を振り向いた。阿国がニッと笑う。知っているわよという顔だ。

「誰に聞いた？」

「父上……」

「そうか……」

阿国が坂の途中で立ち止まって合掌した。

仇でも死んでしまえば仏さまだと思う。重信は黙って二年坂《にねんざか》から八坂通りに出て東大路を北に向かった。

知恩院は浄土宗の寺で大谷寺という。

本尊は阿弥陀如来で、法然上人が後半生を過ごした地である。東山の裾に小さな寺が立っていた。

この知恩院が大きくなるのは家康の天下になったからだ。

徳川家は浄土宗で家康が朝廷を威圧するために、二条城と知恩院をその拠点にすることを考えついた。

朝廷を徳川家が東山から見張っているというのが知恩院なのだ。そのため、この後、小さな寺が急激に巨大寺院になる。

「南禅寺《なんぜんじ》に行きたい……」

返事を待つように阿国が重信をにらんだ。

「南禅寺か、いいだろう」

「銀閣《ぎんかく》は？」

今度は重信が阿国をにらんだ。阿国はどんどん北に歩いていきたい。瀬田の唐橋でも清少納言《せいしょうなごん》の枕草子《まくらのそうし》や蜻蛉日記《かげろうにっき》にも書かれた紫式部の石山寺《いしやまでら》でも行ってみたい。

阿国は連歌なども詠む才媛《さいえん》なのだ。

「駄目？」

悲しそうな顔で重信に甘える。こんな幸せな日は二度と来ないような気がするのだ。

「南禅寺に行ってから考える」

「うん……」

二人は東山の裾を三条から東に向かい粟田口《あわたぐち》から南禅寺に歩いて行った。重信は強気の阿国に引きずられている。

南禅寺は臨済宗の別格本山で、京の五山の建仁寺《けんにんじ》や東福寺より上に位置する大寺だ。京の五山も鎌倉の五山も全て臨済宗の寺である。なお、巨大寺院の妙心寺《みょうしんじ》と大徳寺《だいとくじ》は臨済宗だが五山ではない。

南禅寺の本尊は釈迦如来《しゃかにょらい》である。

罰当たりな阿国は、寺参りより重信と二人だけでいられるのが嬉しい。

「銀閣、いい？」

「まだ、疲れないか？」

「疲れた……」

「それじゃその辺りで一休みしよう……」

茅葺の茶店で、野点傘《のだてがさ》の縁台には緋毛氈《ひもうせん》が敷かれ、客に茶や菓子を出す。

茶店というものは二百年ほど前の明徳《めいとく》、応永《おうえい》（一四〇〇頃）に、京の南の東寺の門前に、一服一銭の茶店が出たのが始まりだという。

大きな寺の門前や街道の宿場などに茶店ができ始めている。

「あれ、阿国さまじゃないか？」

茶店の老婆が市女笠を取った阿国に声をかけた。重信も笠をとって傍の縁台に置いた。

「阿国さま？」

「はい……」

「今日は休みかい？」

「うん……」

「そうかい。こちらのお武家さまは旦那さま？」

「そう……」

ニッと笑って嬉しそうに阿国がうなずいた。重信は知らぬ振りで辺りの景色を眺めている。

「もう、三度も見せていただきましたよ」

「有り難う……」

「今日は旦那さまと寺参りですか？」

「そうなの……」

「お喋りはいいから茶を差し上げな！」

老婆が店の奥の老人に叱られた。だが、知らん顔だ。

「綺麗だね。天下一の美女というのは本当だ。また、見に行きますから……」

「お願いします」

「ほら、冷めねえうちに茶を差し上げな！」

「はいよ……」

何んとも景気のいい老婆だ。

「お武家さま、茶と菓子でございます。綺麗な奥方さまで……」

「さよう、実に美しい、世間に見せるのが勿体ないな」

「はあ……」

「実に勿体ない」

重信が茶碗を取ってガブリッと飲んだ。

「もう一服くれるか」

「へい……」

阿国が首を縮めてクックッと笑ってスッと重信に寄ってくる。

「奥方さまだって……」

「うむ、うまい茶だな……」

阿国が重信の手をギュッと強く握った。

茶店の婆さんに奥方さまといわれて阿国は有頂天なのだ。二十一歳になった阿国は本当に重信を夫だと思っている。

決闘鎖鎌

南禅寺門前から二人は銀閣寺こと慈照寺《じしょうじ》に向かった。

この寺は、応仁の乱を引き起こし、政治を放り投げた将軍足利義政《よしまさ》が、逃げ込んで引き籠った寺だ。

権力の贅《ぜい》を尽くした将軍義満《よしみつ》の金閣寺《きんかくじ》と、権力を放り投げた将軍義政の銀閣寺は銅貨の表と裏だ。

二人は昼まで東山で遊んで、今出川通りを西に向かい烏丸通りの辻を南に折れ、乾御門から御所に入り宜秋門前の勧修寺邸に入った。

この頃、尹豊は寒いのを嫌い出歩かなくなっている。

「おう、阿国、よく来たな。今日の趣向はどこの美女かな?」

「内府さまはこのような格好はお嫌いですか?」

「いや、いつもの男の格好よりはその方がいいな……」

尹豊は少し酒が入って機嫌がいい。

「いい女になった。甚助に抱いてもらったか？」

「はい……」

「そうか、そうか、それで一段と女振りが上がったのだな。踊るか？」

「はい、そのつもりでまいりました」

「大納言、酒にするか？」

「はい、畏まりました」

大納言晴豊が家人を呼んで酒を命ずる。

重信はこの場は阿国の独壇場でいいと決めた。その方が尹豊の機嫌がいい。阿国は尹豊のお気に入りなのだ。

「あと半刻もしますと小屋の者たちがまいります。本日は阿国の全ての踊りを、内府さまに見ていただきたいと思っております」

「うむ、そうか、大納言、酒は半刻後じゃな……」

「分かりました」

酒を後回しにして尹豊が阿国と話を始めた。

大納言と重信はその話の聞き役だ。軽妙洒脱な話の名人紹可入道尹豊は、人を飽きさせないツボを心得ている。

尹豊がフラフラと大路小路へ飲みに出ないでいると、人柄を慕って酒を献上してくる商家が多い。そんな酒を目当てに公家が集まってくる。京では京以外で造られる酒を他所酒というが、この酒が安値で実に美味であった。ことに大津から入ってくる酒を京の人びとは好んだ。

秀吉の天下になっても公家はどこも楽な暮らしはしていない。

家格に見合った付き合いをするのが公家だ。そんな公家たちを紹可入道尹豊は決して分け隔てしない。公家の貧しさを知っているからだ。

半刻もしないで娘たち五人を連れた三右衛門が勧修寺邸に現れた。すぐ阿国と阿菊が支度を始める。

阿国は巫女舞や念仏踊り、ややこ踊りや歌舞伎踊り、白拍子の男舞などを披露しようとしていた。

阿国は踊るために生まれてきたような娘だ。

重信は踊りのことは何も分からないが、阿国の美しさに京の人々が夢中になるのは分かる。

尹豊は杯を傾けながら阿国の踊りを見ていた。

子どもの踊りから妖艶な踊り、神聖な踊りなど阿国が舞うとその踊りの一つ一つが生き生きと美しい。

踊りながら見て見てと訴えるように時々重信を見る。

半刻以上かけて全てを披露した。

「阿国、ここへまいれ。甚助、まず一献やれ、それを阿国に回せ……」

「はい、頂戴いたします」

重信がグイッと飲んでから盃を阿国に渡す。

「頂戴いたします」

それを見て大納言が三右衛門にも盃を渡した。

「有り難く……」

「阿菊、そなたもここへまいれ……」

「はい……」

どう見ても阿国より阿菊の方が色っぽい。尹豊好みだ。

阿国は重信に似て酒は駄目だが、阿菊はかなりいける口で尹豊のいい飲み相手になる。それで尹豊の気に入りが阿国から阿菊に変わったようだ。

幾つになっても男はいい女が好きだ。

尹豊に気に入られた阿菊が、勧められるまま飲んで酔っ払った。

そんな阿菊を三右衛門が背負って夕刻前に勧修寺邸を出た。

重信は六条まで一行を送って行った。

鷹ヶ峰の道場に戻って大吾に播州浪人、三沢左京之助と名乗った男の話をした。だが、大吾も知らない男だった。

名の知られてきた重信を倒して、世に出ようという無謀な剣客の一人だろう。

そういう剣客はどんな技を使うか分からず油断はできない。

翌早朝、まだ暗いうちに重信と大吾は道場を出て、千本通りを下京九条の東寺に向かった。

大吾は道場の刀架から木刀を一本握って外に出た。

東寺は桓武《かんむ》天皇の開基によって延暦《えんりゃく》十五年（七九六）に創建された。その二十七年後の弘仁《こうにん》十四年（八二三）に、嵯峨《さが》天皇から弘法大師空海に下賜された。本尊は薬師如来《やくしにょらい》で、真言宗の総本山として真言密教の根本道場となり栄える。東密などという。

正式名称は東寺だが特別な場合のみ教王護国寺《きょうおうごこくじ》ともいう。

平安京の羅城門の東西に建てられた東寺と西寺は、左京と右京を守る王城鎮護《おうじょうちんご》の寺である。

同時に東国と西国を守る国家鎮護の寺とも考えられた。

弘仁十四年に東寺が空海に下賜されてから、空海の母玉依御前《たまよりごぜん》の弟阿刀大足《あとのおおたり》の子孫が代々執行を務めている。

空海創建の五重塔の前で三沢左京之助が待っていた。

白々と東山から夜が明け始めている。重信が左京之助に近付いて行った。

「立会人は弟子の大西大吾だ。やめる気はないか？」

「ない！」

「そうか。やむを得ないな……」

「師匠、この果し合いはそれがしが相手いたします」

「得物は太刀ではないぞ」

「はい、あの懐に何か入っているようですが？」

「おそらく、あれは鎖鎌《くさりがま》だ……」

「そう思います」

「その木刀で立ち合え、分かっているな？」

「はい……」

五間ほど離れたところに左京之助が立って二人を見ている。

「師に代わって相手いたす！」

「いいだろう……」

落ち着きといい、自信といい不気味な男だ。

大西大吾が間合いを詰めると黙って後ろに下がる。三、四間ほどの間合いを取りたいようだ。

その間合いから大吾は左京之助の得物が鎖鎌だと確信した。

夜が明けて顔がはっきり見えた。左頬に大きな刀傷がある。

不敵にニッと笑うと懐からジャラジャラと鎖と鎌を出した。それを見て大吾が木刀を中段に構えた。

鎖の先に分銅がついている。

鎖鎌は帯刀できない身分の農民や商人が、護身のために鎌に鎖をつけて武器にしたのが始まりだという。

片手で使う鎖鎌と両手で使う鎖鎌の二種類がある。

左京之助の鎖鎌は両手使いで、鎌の柄に二間半ほどの長い鎖がついて、その鎖の先に拳より少し小さい分銅がついていた。

ブンブンと唸りながら勢いよく回転している。

その分銅が頭や顔や腕や足をめがけて飛んでくる。当たれば簡単に骨をも砕く威力がある。

敵の武器を絡め取ったり、手足に絡まって動きを封じたりする。

右手で分銅を回し、左手の鎌が手足や首を掻っ斬る。その鎌は野鍛冶《のかじ》が作った草刈り鎌のようだ。

　左京之助は分銅を回しながら大吾の隙を探してゆっくり右に回る。

　その間合いは鎖の長さの二間半ほどで、分銅がギリギリ届く間合いだ。遠間の外で大吾には不利な間合いになっている。

　瞬間、分銅が飛んできた。

　カツッと木刀が分銅を叩き落した。

　その地面に落ちた分銅を引くのが早い。再び、ブンブンと分銅が回り始めた。踏み込めない危険な間合いだ。

　大吾がツッと間合いを詰める。

　左京之助が下がらない。分銅の伸びる間合いを見切った。

　ブンブンと分銅の回る音だけで不気味だ。その大吾の心を読んだかのように分銅がまた飛んできた。

　頭部を狙った分銅を木刀で受けると鎖が絡みついた。グイッと左京之助が鎖を引っ張る。間合いが詰まると鎌が襲いかかってくる。

　左京之助は怪力だ。

　強い力で引っ張られると木刀をもぎ取られる。

　その鎌の届く間合いに詰められる前に、大吾は一瞬の勝負をかけた。敵の意表を突くしかない。

引っ張られた瞬間、木刀から手を放し、同時に前に走りスルスルと太刀を抜いた。

その切っ先が左京之助の胴に届いた。一閃、切っ先が右胴から入って深々と横一文字に斬り抜いた。

神伝居合抜刀表一本荒波、飛んできた木刀を鎌で払った瞬間に左京之助は斬られた。

それでも鎌を捨て左京之助は太刀の柄を握ったがそこまでだった。

血飛沫をあげて前のめりに地面に突っ込んだ。

重信は黙って近付くと、左京之助の息の根が止まったのを見届け、傍に落ちている鎖鎌の作りを確かめた。

大吾が木刀を手放したことも、左京之助を殺してしまったことも重信は気に入っていない。

「身の丈五尺三寸あれば太刀の長さ三尺三寸までは抜ける。それも間合いは九寸五分あればいい……」

「はい！」

大吾には重信がこの立ち合いを気に入っていないこと、何を言いたいのか、何を気に入らないのか全て分かる。

「戻ろうか」

「はい……」

三沢左京之助の遺骸の始末を寺に頼んで二人は東寺を後にした。すっかり夜の明けた大路を南に向かう兵の集団と行き違った。

この頃、朝鮮に渡海した日本軍は破竹の勢いで北進、猛将加藤清正《かとうきよまさ》隊などは半島の北端まで攻め込んで行く勢いを見せていた。突然の日本軍の侵攻に朝鮮軍はなすすべなく北へ逃げた。

小西行長隊もあっという間に漢城《かんじょう》まで攻め込んでいった。

秀吉は朝鮮や明はもちろん、天竺や南蛮までも攻め込んでいけると豪語する。

渡海している日本軍、九軍十六万人を二十一軍三十万人まで増員するというからもう止められない。太閤となった猿顔の小男の暴走を誰も止められなくなっている。

前線がどうなっているかも知らずに、嘘の報告を鵜呑みにして有頂天なのだ。

眠れる虎の明軍が動きつつあることも分かっていない。

妄想に取り付かれ、正常な判断ができない秀吉に誰も何も言えなくなっていた。前線は朝鮮と明の連合軍に逆襲されつつある。

そんな時、鷹ヶ峰の道場に鬼庭綱元が現れた。

九州肥前名護屋城に伊達軍の留守居として赴くのだという。場合によっては渡海もあり得るということだ。

「ご苦労に存じます」

「順調な戦いで、渡海軍を増員するということでまいります」

「明まで進攻すると聞いておりますが？」

「明はおろか天竺までという話ですがどうなりますか？」

綱元が苦笑するようにニッと笑った。秀吉はこの戦いを唐入りという。明まで行くというのだ。

天竺まではとは気宇壮大《きうそうだい》で、さすがの綱元も日本軍がそんな遠くまで行けるとは思っていない。

やがて秀吉自身が渡海するという話も出て半信半疑だ。

三十万人の大軍を渡海させ、戦いながら明に侵攻すれば、兵糧や武器弾薬、馬や船などこれまでの倍近い兵站が必要になる。

現地調達も可能だろうが多くは日本からの兵站になる。この頃、朝鮮はひどい飢饉《ききん》に見舞われていた。朝鮮軍にまとまりがないのは、この飢饉のために兵たちは食うや食わずの中にあったからだ。

「渡海されましたら、水などにも気をつけられて……」

「お陰で腹は丈夫な方で親に感謝しております」

「それは何よりです」

綱元は半刻ほど重信と話して帰って行った。この九州行きが鬼庭綱元の人生を大きく変えることになる。

伊達家と秀吉をつなぐ交渉役として綱元は重要な立場にあった。

既に綱元はその人柄を秀吉に気に入られている。

それが仇になり秀吉の美女を巡って、政宗との間に大きな亀裂が生じることになるのだ。

賭け碁

重信は綱元を山崎まで見送りに行き、数日後、出雲に帰る阿国たちを丹波亀山まで見送りに行った。

阿国が一緒に出雲に行こうと駄々をこねた。

それを三右衛門と説得して京に戻ってきた。阿国は怒ると重信を斬ろうとするから怖い。

もちろん、本気で斬る気などなく愛していると言いたいのだ。

夏が過ぎ秋になって高齢の大野将監が病の床に伏した。将監が病臥するなどこれまでなかった。

重信と大吾と雇われた近所の老夫婦が将監を世話する。

病気をしたことのない人が倒れると怖いもので、大野将監は年が明けると間もなく亡くなった。

将監は最後まで生国や年齢を言わなかった。だが、この流派は重信の尽力もあってか明治期まで続いた。

重信は、おそらく七十歳は過ぎていると思っている。将監には身寄りがなかった。道場は悲しみに沈んだ。その将監鞍馬流の二代目に重信が指名されている。それを重信は引き受けていた。

その頃、九州肥前名護屋城に着任した鬼庭綱元に珍事が起きた。

どこから聞いたのか綱元は囲碁が強いと知った秀吉が、暇を持て余し綱元に登城を命じた。伊達軍千五百人は予備軍に編入されて、名護屋城下に駐屯している。

「太閤さまが急用とは何ごとであろう？」

心当たりのない綱元が慌てて登城した。秀吉は久しぶりに好敵手を見つけ、今や遅しといらいらしながら待っていた。

「おう、来たか、来たか、綱元、そなた囲碁が強いそうだな？」

「殿下のお相手をできるほど強くはございません。至って不調法にございます」

「嘘を言え、強情者の政宗がそなたに一度も勝ったことがないそうではないか、政宗は相当強いはずだぞ。相手をせい！」

「恐れながら……」

「太閤の命令だ。逃げることは許さぬ。それに鬼庭だが、庭に鬼がいるのは具合が悪い。今日から茂庭にせい！」

強引でわがまま勝手な秀吉には手の施しようがない。鬼庭を茂庭にしろとこのぼけ老人は強引だった。

鬼庭家は伊達家の譜代の家臣で藤原北家利仁《としひと》流という。家祖斉藤実良《さいとうさねよし》の時、奥州の茂庭村という土地で大蛇がいけにえの乙女を求めて荒らしまわっていたという。そこで実良が奥州に下ってその大蛇を射殺し、茂庭村を鬼庭村に改めて鬼庭と名乗った。

それを知ってか知らずか、秀吉が鬼庭から茂庭に戻してしまった。

「茂庭だぞ……」

「はッ、畏まってございまする」

「それにな。この囲碁の勝負にわしは香《こう》の前《まえ》を賭ける。その方は何を賭ける？」

「賭けると言われましても、銭の持ち合わせがございません……」

「よい、持ち合わせの銭を全部と、その脇差を賭けろ！」

「ゲッ、この脇差は家代々の……」

「いいから、それを賭けろッ、香の前は天下一の美女だぞ。そなたの命でも釣り合わぬのだぞ」

「い、命……」

戦の最中にあまり品のいい話ではないが、太閤秀吉と茂庭綱元の賭け碁が成立した。

秀吉は針などを売って行商して歩くうちに賭け碁を覚えたのだが、囲碁の勝負に物を賭けるなど下品もいいところだ。

綱元はこういうことはしたことがない。

わずかな銭をかけて戦う囲碁で勝てばその銭を貰う。秀吉はこの賭け碁がめっぽう強かった。

信長も囲碁は相当に強かったが、賭け碁の秀吉に一度も勝っていない。

ところが何も賭けない囲碁はコロッと秀吉が負ける。秀吉らしいというか、銭や物を賭けると猛烈に強く無敗なのだ。

猿顔の男は太閤になってもこの悪癖が治らなかった。こういう博才は病だともいう。

家康も囲碁は強いが秀吉に勝ったことがない。これまでに黄金を何枚とられたかわからなかった。

秀吉と家康の勝負には、最低でも黄金十枚の百両は積むことになる。

ところが何をとち狂ったのか、この時、秀吉が絶世の美女香の前を賭けた。おかしな老人だ。こういうところからも秀吉が少しおかしくなっているとわかる。

香の前という秀吉の側室は、伏見を通った折に見つけて手に入れた美貌の娘だった。名はお種《たね》という。高田次郎右衛門という浪人の娘だったともいう。

碁が始まると最初は秀吉が優勢に見えたが、一刻を過ぎる頃から形勢がおかしくなってきた。

一刻半、二刻になると対局の大広間が野次馬で埋まった。

「太閤殿下が囲碁に負けそうだということだぞ……」

「ほう、これまで無敗だと、自慢しておったがのう」

「それに美女をかけたそうだ」

「誰だッ、誰をかけたのだ？」

「驚くなよ。香の前、あの香の前さまだわ……」

「ゲッ、て、天下一の美女……」

秀吉が天下一の美女と豪語する香の前を賭けた勝負であること、負けたことのない秀吉が負けそうだと城中だけでなく、城下まで広がって家康や利家など、秀吉に負けてばかりいる大名が集まってきた。

「なんだなんだ。これはいかんな。もう巻き返しは無理だろう？」

「いやいや、太閤さまの強さはこれから、まだまだ、二枚腰、三枚腰が自慢だ。負けたことがないのだぞ……」

「そうは言うが、おぬしならどうする。ひっくり返す手はあるか？」

「それなんだが、ないな……」

「だろう、それにしても鬼庭殿は強いわ。太閤殿下も迂闊なことよのう」

「鬼庭殿も香の前さまを貰うのだから、そりゃ力が入ろうというものだ。そうだろう？」

「いや、さすがに辞退するんじゃないか？」

「そうはいくまい。有り難く頂戴しなければ、太閤さまの面目が丸潰れになるぞ」

「そういうことか、なるほどな。拝領妻か……」

野次馬は面白おかしく好き勝手なことを言う。家康などはもう駄目だという顔でソッと座を立って下城した。

三刻、遂に盤面が動かなくなった。

秀吉は何度も反撃したがその度に形勢が悪くなる。もがけばもがくほど秀吉は追い込まれた。

信長も家康も追い詰めて勝ってきた秀吉が綱元に追い詰められた。

苦悶の顔で秀吉が盤面をにらんで、良い手はないかと探している。何度も切ない溜め息を吐く。

「もう手はないだろう？」

「ないな。さすがの太閤さまも息の根が止まっただろう」

「どうも端から具合がよくなかったようだな……」

綱元が「まいった！」をしてもいいのだが、大切な脇差を賭けているので意地を張った。

それが不幸を招いた。

「ここまでだな。お香を持って行け……」

ついに負けない秀吉が碁を投げた。綱元が後ろにサッと滑って平伏する。

「誠に有り難く、香の前さまを頂戴仕りまする」

「うむ、この碁のどこが悪かった？」

秀吉は無念そうだが、手が見つからない以上、敗北を認めるしかない。

「どの手も悪い手はございません。ただ、この盤上に魔物がいたものと思われまする……」

「魔物か。そなたに見えたか？」

「いいえ、見えませんでした。殿下には？」

「見えたような気がする……」

怒ってはいないが猿顔が泣き顔になっている。

秀吉は喜怒哀楽の分かり易い男だ。家康のように何を考えているか分からない狸とは違う。

「またやろう……」

「あのう、それがしは香の前さまは賭けませんが……」

「うむ、仕方ないな。大切にせい……」

「ははッ！」

美女、香の前が綱元の手に渡った。

綱元は、鬼庭から茂庭と改姓し囲碁に勝って秀吉から香の前を拝領した。

「茂庭殿は幸運よな、天下一の美女だぞ香の前は……」

「誠に、誠に、羨ましい限りでござるよ」

「太閤も悔しかろう」

「どっちが？」

「両方、不敗の囲碁に負けたこと。香の前を取られたことだ……」

「なんで、おぬしが怒っている。そうか、香の前を欲しいのか？」

「ふん……」

天下一の美女は大名たちの垂涎《すいぜん》の的なのだ。

ところが綱元は益々秀吉に気に入られ、呼ばれて何度も碁を打ったが、どういうことかまったく秀吉に勝てない。

まさにあの一局の盤上に魔物がいたのだ。

そんな中で、またとんでもないことが起きた。大坂城の茶々姫がまたもや懐妊したという。

これには秀吉が一番驚いた。

子ができる覚えがあるようなないような微妙な塩梅だ。

側室の茶々姫は大坂だ。秀吉と九州に来ていたが、秀吉の母大政所が亡くなったため、ともに大坂に戻り、秀吉だけが九州に帰ってきた矢先だった。

「殿下、大坂へ戻りますか？」

前田利家があまりうれしくなさそうな秀吉の傍でうろうろする。

利家には佐脇良之《さわきよしゆき》という実弟がいた。良之は信長に勘当され三河に逃げて、家康と共に武田信玄と三方ヶ原で戦い、討死した。

その良之の妻が信長の命令で茶々姫の乳母をしている。

世に知られていないが大局《おおつぼね》という賢い女だった。

利家はこの時、大局が秀吉と茶々姫に子どもを持たせるために、何をしたのか詳細に知っていた。

つまり、この時の茶々姫の懐妊は秀吉の胤ではなかった。

大局との暗黙の了解で、茶々姫は秘かにある公家と遊んだのである。

「いや、どうするか考えておる……」

秀吉は懐妊させることをした記憶はあった。

前の年、秀吉は茶々姫を九州に連れてきた。その時、確かに茶々姫を可愛がったがそれにしても鶴松に続いてとはなぜだと思う。

十人もいる側室の中で、なぜ茶々姫だけ二度も懐妊するのか。他の側室が懐妊しないのはなぜだ。よほど相性がいいのか。

「又《また》左《ざ》よ、茶々は尻が大きいからな……」

「いかにも、あの尻は何人でも子の産める尻なのでしょう。直に拝見したいもので……」

爺さん二人がニッと笑う。

茶々姫は母親のお市《いち》に似て、小柄な秀吉より大きな女だった。秀吉には本当に自分の胤なのかという疑いがあった。

「続けてとはな……」

「殿下にお胤の心当たりはございまするか？」

「ある……」

「それでは間違いなく殿下のお子でございます」

それでもあまりうれしそうではない。

秀吉は、利家の義妹の大局がどんな女かよく知っている。茶々姫を男と遊ばせたとすれば大局だ。

「又左よ、大局は元気なのか？」

「はい、殿下は大局に手をつけましたか？」

「うむ、昔のことだ……」

「ならば茶々姫さまが男子をお産みになれば、殿下のお子に間違いございません」

禅問答のようなわけのわからない老人の話だ。

そんな秀吉の迷いをよそに文禄二年（一五九三）八月三日、茶々姫が男子を出産する。その知らせが届くと名護屋城が大騒ぎになった。

秀吉は大軍を家康に任せ、利家と二人で船に乗り込んで大坂に向かった。

「又左、茶々の傍にいる女どもを一掃する。いいな？」

「大局も？」

「いや、大局は別だ。あれもわしの女だわ……」

「有り難く存じます」

秀吉は大局をもう抱いていないが気に入っている。利家は処分されるかと心配していた。

「やはり、女は尻かのう。こう構えないと茶々とはできぬのよ」

「なるほど、結構な大きさで、大坂に着きましたら、その茶々さまに是非にも褒美をしていただかないと……」

「うむ、分かった。子を抱けばいいのだわな」

「はい、殿下がお抱きになった子は、誰が何んといおうが殿下のお子にございます」

「茶々の口も吸ってやるか……」

「殿下の思う存分になさるがよろしかろうと、茶々さまもそれをお望みでございましょうから……」

秀吉は自分の子だと決めたようで少々興奮している。

この時、秀吉は五十七歳だった。

鶴松が死んだ時、もう子どもは授からないとあきらめていた。

結局、秀吉は自分の子どもと認め、茶々姫の傍にいた侍女たち、十七、八人すべてを石田三成の手で処分させる。口封じに殺したのである。

やがて遊んだ公家も流された。

茶々姫の傍の女たちが人知れず次々と大坂城から姿を消した。

その子が豊臣秀頼《ひでより》である。

常盤橋の決闘

　文禄二年九月八日、不治の病に取りつかれて、病臥していた師岡一羽が死去した。一羽を看病していた岩間小熊之介と土子土呂助は、師の一羽を見捨てた根岸兎角に激怒する。兎角は、一羽流を勝手に自分の微塵流と名乗り、天狗の化身だと吹聴して、新しくできたばかりの江戸で、多くの門人を集めている。

「兎角め、師の恩を忘れ、剰《あまつさ》え、師の流儀を微塵流などと騙《かた》りおって許せぬ！」

「斬るか？」

「拙者が斬る！」

「待て、この役目はそれがしに……」

「二人で行くまでもあるまい。一人は鹿島に残って必勝を祈願してはどうか？」

「よし、籤《くじ》引《び》きにしよう」

　小熊之介と土呂助は籤を引いて、小熊之介が江戸に出て兎角と戦い、土呂助は残って鹿島神宮で祈願することになった。

「行ってくる」

「気をつけてな。後れを取るとは思えないが卑怯な奴だ。何を仕組んでくるか分からんからな……」

「分かっている」

小熊之介が常陸から江戸に出て、江戸城の常盤橋に、日本無双岩間小熊之介と墨書した高札を立て、根岸兎角を誘い出そうとした。

それが兎角の道場で話題になった。

門人に詳細を聞いた兎角は、小熊之介の狙いは自分だとすぐ分かった。

黙っていれば次はどんな高札が立つか分からない。大混雑の江戸ではこういう話はすぐ酒の肴になる。

「あの常盤橋の高札は仇討らしいな？」

「そうなのか。おれは仲間内の喧嘩だと聞いたぞ。仇討か……」

野次馬は無責任にことあれかしと願うものだ。高札を立てての仇討など滅多にみられるものではない。

「あの岩間小熊之介の相手が誰か知っているか？」

「知らん……」

「何んとか兎角という剣豪らしい……」

「小熊と兎の戦いか？」

「おう、いい洒落だ。熊と兎の勝負か、熊の勝ちだろうな？」

「そうとは限るまいよ。どんな事情か分からないが、相手の兎も相当に強いかも知れんぞ……」

「おれは熊に十文賭ける！」

「よし、それなら兎に十文だ……」

「おれも十文で入れてくれよ。おもしろそうだ……」

野次馬にはこんなに面白いことは滅多にない。この高札のことを聞いて兎角が奉行所に届け出た。

「ほう、あの高札を立てた男が、そなたに勝負を挑んでいるというのか、それはこの頃あまり聞かないおもしろい話だな。それで、そなたはその勝負を受けるのか、それとも逃げるのか？」

果し合いを止めるどころか、おもしろいと勧める役人だ。

こういう荒々しい騒ぎを誰もが好きなのだ。

「やるのかやらぬのか、はっきりせい！」

兎角が役人に叱られる。

「やります。やりますよ！」

「よし、逃げるつもりの卑怯者かと思った。大きい声を出して相すまぬな……」

「いいえ……」

「一対一の勝負だぞ」

常盤橋の上で岩間小熊之介と根岸兎角の対決が決まった。

「逃げれば卑怯者の高札が立つからな」

役人が兎角に釘を刺した。剣客が卑怯者といわれると、そこで剣客とはいわれなくなる。

剣客は潔くなければならない。だが兎角はもう充分に卑怯者だった。

その兎角が届け出たことで、この果し合いは奉行所が仕切ることになった。

やがて江戸幕府は「ご府内を騒がせるとは不埒《ふらち》千万、不届きである！」として、果し合いを一切禁止するようになる。

両者が厳重に罰せられ、幕府はなにごとによらず、平穏な秩序を重んじるようになって行く。

だが、この頃はまだ乱世の気風が残っていた。

当日、常盤橋は奉行所によって管理され、多くの役人が出て通行止めになった。

「いいか、お奉行さまは真剣の斬り合いは許さぬということだ。大小の差料をここに出せ。木刀での勝負を命ずる！」

奉行所の命令で太刀と脇差が取り上げられ木刀が与えられた。

役人や騒々しい野次馬が見ている前で、兄弟弟子の二人は常盤橋の上で対峙する。

「卑怯者ッ、師は亡くなられた。うぬに一羽流を名乗る資格はないッ。微塵流などと騙《かた》りやがって、木っ端微塵にしてくれるわッ！」

「うるさいッ！」

「師に感謝しろ！」

「うるさいッ！」

じりじりと小熊之介が兎角を橋の欄干に追い込んだ。

後ろめたい兎角の方が不利だ。

「ウオッ！」

小熊之介が奇声を上げて踏み込む。

橋の欄干へ兎角を木刀で押し込んだ。欄干に押し付けられて兎角が逃げられなくなる。

本来なら兎角の方が強いはずなのだが勢いがまるで違った。

すると剛力の小熊之介が兎角の片足を摑むと、橋から兎角を濠にドボーンと放り投げた。

「オウッ、やったぞッ！」

「あらッ、橋から投げ込まれたわ！」

「とんだ剣豪だぜッ、情けない野郎だ……」

「卑怯者ッ！」

「沈んじゃえッ、アッハッハッハッ……」

「馬鹿野郎ッ、笑ってねえで賭けた銭を返しやがれ！」

野次馬は非情だ。水に落ちた犬を平気で鞭打つ。見ている者はたいがい強い方の味方をする。

「濠から引きあげろッ！」

役人に引き上げられ、ずぶ濡れの兎角がその場から逃げ出した。

岩間小熊之介は役人に一礼すると、太刀と脇差を受け取って常盤橋から離れた。

「おい、奴の後をつけろ……」

大恥をかかされた兎角の弟子が小熊之介を狙い始める。

卑怯な師は、弟子も卑怯者だ。

兎角が勝負を投げて逃げたことで、その名声は地に堕ち、多くの門人を集めた頃の人気が信じられない。

一方の小熊之介の評判が江戸中に鳴り響いた。

「天狗を濠に放り投げたそうだな」

「そりゃお前、天狗をこうやって持ち上げて濠にドボンだ」

「見たのか？」

「いや、見てねえ……」

「馬鹿野郎ッ！」

「馬鹿とは何んだよ」

　こうなると我慢できないのが兎角の門人たちだ。怒った連中が集まって小熊之介を殺す算段を始めた。

「常盤橋の豪傑、岩間小熊之介さまではありませんか？」

「何用か？」

「いや、やはり岩間さまでしたか、どうでしょう。色々お話をお伺いしたのですが、その上で是非にもお弟子に、まずはその辺りで一献差し上げたいが……」

　言葉巧みに言い寄られ、嫌いではない酒を勧められて、疑うことなく酒を馳走になり風呂にまで入った。

　純朴な小熊之介はまんまと騙された。剣客としては未熟だ。

　酒に酔って始めはいい加減な湯だったが、だんだん熱くなり、異変に気付いたが湯屋の扉が開かず外に出られない。

　たちまち小熊之介は熱さで意識朦朧となった。

　そこに兎角の門人七、八人が湯殿に殺到、寄ってたかって裸の小熊之介を滅多刺しにして逃げた。

湯殿から這い出るのがようやくで小熊之介は息絶えた。

門人たちが小熊之介を卑怯な手段で殺したが人の口に戸はたてられない。

そういう噂は常盤橋の決闘と一緒に、尾ひれのついた噂になって広がり、兎角はたちまち江戸にいられなくなった。

「おい、聞いたか、例の常盤橋の……」

「ああ、聞いたよ。闇討ちされたんだってな？」

「闇討ち、違うよ。湯殿に押し込められて滅多刺しになったそうだ……」

「そうなのか。そりゃひどいな……」

「常盤橋で負けたから弟子にやらせたという話だぜ……」

「そりゃ卑怯者だ！」

江戸の野次馬は卑怯者が嫌いだ。

こういう噂話が広まると百人中百人が、小熊之介の贔屓《ひいき》になるのが江戸というところだ。

「そうよ。その仇討が始まるっていうことらしいぞ」

「仇討の仇討か？」

「おもしれえな……」

「馬鹿、そういうおもしろい話じゃねえ！」

「そうか……」

「仇討の仇討は鹿島から来るらしいぞ」

「鹿島か、卜伝だ……」

「卜伝ってなんだ？」

「知らねえのか、天下一の剣豪、鹿島新当流の塚原卜伝さまだ！」

「ああ、その卜伝が来るのか？」

「そうらしい……」

話がこんがらかっている。卜伝はもう死んでこの世にはいない。

江戸にいられなくなり根岸兎角は名を信太《しのだ》朝勝《ともかつ》と変えると、流派の名は変えずに微塵流の使い手であると吹聴して西国に流れて行った。

兎角も生きて行かなければならずつらいところだった。

世の中は不思議なもので、この後、兎角は新免無二斎のいる黒田家に仕え、相変わらず調子のいい男で大和守《やまとのかみ》を称するようになる。

こういう剣客ともいえない卑劣な男は世の中に少なくない。

鹿島の土子土呂助が、戻ってこない岩間小熊之介を心配して江戸に出て探し始めると、小熊之介が常盤橋で兎角に勝ったこと、その後、兎角の門人に騙されて惨殺されたことまでわかった。

土呂助は兎角を探すため江戸を離れて廻国修行に旅立った。

暮れになって、重信が神夢想流を伝授した岩国の片山松庵の甥、片山久安《ひさやす》十九歳が鷹ヶ峰の道場に現れた。

「松庵殿はお元気ですか？」

「はッ、その伯父に神夢想流居合を学びましてございます。老師にご指南いただきたくお訪ねいたしましてございます」

「承知いたしました」

重信と大吾と久安が道場に出る。まず重信が久安の手を見ることにした。

刀架から木刀を握って中段に構えたのを見て、重信はなかなかいい筋で相当に使うとすぐ分かった。

松庵が行ってこいと旅に出したのだとわかる。それだけの力量を充分に感じさせた。

「お願いいたします」

「まいれ！」

サッと久安が二間半ほどの間合いを取った。きびきびと若々しい動きだ。いい間合いだ。重信はこの若者が強くなるとわかる。

「居合は待つことにあり、抜くまでが勝負ですぞ」

「はい！」

右に回ろうと久安が足を運ぶ。それを押さえるように重信が左に動いて間合いを詰めた。

凄まじい重信の威圧だ。

それを撥ね返す力はまだ久安にはない。

ジリジリと久安が追い詰められた。間合いは一間半ほどでさらに少しずつ重信が間合いを詰める。

一瞬で勝負のつく間合いになる。後ろがない。久安が先の先で動いた。

重信は後の先を取る。カツッと久安の木刀を跳ね上げると素早く一閃、首を刎ね斬った。

神伝居合抜刀表一本乱飛《らんぴ》、重信の木刀が久安の首に張り付いてピタッと止まり、久安はヨロッと右に傾いて膝をついた。

「ま、まいりました！」

「よし、もう一本だ」

「はいッ！」

久安が立ち上がると中央に進んで中段に構える。色々考えると久安は迷う。

「生死を忘れ、泰然自若たるべし……」

「はい！」

久安はいつでも飛び込める一足一刀の間合いに立った。

今度は間合いを読み切った重信が先の先で動いた。その動きに久安が一瞬躊躇してしまう。それでは斬られる。剣士は自らの一剣を信じなければ、戦いに破れる。

久安が動くと重信の木刀が一瞬早く、久安の左胴から右脇の下へ逆袈裟に斬り上げ、スッと右に抜けた。

神伝居合抜刀表一本石貫、アッと小さく叫んで久安が前のめりに床に転がった。

「まいりました!」

片山久安の剣は筋の良いもので若々しい剣だった。人間的にも爽やかな、屈託のない清々しいものだ。

久安は片山伯耆守《ほうきのかみ》となって伯耆流の開祖となる。

やがて伯耆守は居合の達人と称され、林崎甚助に並ぶとまでいわれるようになる。

大吾とよく似ていて重信は大いに気に入った。

その久安はしばらく道場に滞在して稽古をすることになった。

秀次切腹

年が明けてすぐ鷹ヶ峰の道場に土子土呂助が現れた。

土呂助は師岡一羽が亡くなったこと、その後、江戸で起きた事件の詳細を重信に話した。

それを重信は黙って聞いていた。

根岸兎角の振る舞いは剣客としてだけでなく、人間としても許されることではない。

「岩間殿も亡くなりましたか……」

「常盤橋での戦いが終わり、小熊之介殿は油断をしたようです」

「確かに……」

「兎角の門人は散りぢりになったようです」

「江戸で悪さをしているのだろう」

重信は新しくできた東国の大きな城下が混雑していると知っている。

江戸は周辺諸国から多くの人々が集まり、仕事も多く収拾できないほど人口が膨れていた。

その活気は二百五十万石の巨大大名の城下の出現による。

人、物、銭が集まれば城下は繁盛してたちまち大きくなる。江戸はそうなりつつあった。

重信は土呂助にしばらく道場に滞在して稽古をするよう勧める。

正月には元気だった勧修寺尹豊が急に具合が悪くなり、一月も間もなく終わる頃、勧修寺家から使いが来て重信が宜秋門に走った。

勧修寺邸には多くの公家や武家、商家からの見舞いや、天皇からの使いなども来てごった返していた。

「甚助、阿国は元気か？」

「はい、今年も小屋をかけております」

「そうか。例の太刀だが、本阿弥光悦が仔細を調べておる」

「はい、分かりました」

「熊野と神宮は楽しかった。奈良の阿修羅によろしくな。おもしろかった……」

「内府さま、また旅にまいりましょう」

「そうだな。どこに行く……」

「出雲はいかがでしょう。城崎で湯に入りまして……」

「それは楽しそうだな、阿国も一緒がいい……」

九十二歳の老公家は最後の時を迎えようとしていた。

「あっちに行ったら数馬にも会うだろう。伝えることはあるか？」

「はい、父上の子に生まれたことに感謝しておりますと……」

「分かった。伝えよう……」

その夜、重信は阿国を連れて来て尹豊に対面させた。

「阿国、幸せになれよ……」

「はい、内府さま……」

「何んだ？」

「もう一度、踊りを見ていただきたく……」

「うむ、酒を飲みながら見たいな。阿国よ、甚助を手放すな、いいな……」

「うん……」

重信にとっても阿国にとっても尹豊は大切な人だ。

二月一日早朝、応仁以来の乱世に、三代の天皇を支えてきた勧修寺紹可入道尹豊が亡くなった。享年九十二、天下を見渡してきた大往生である。

重信は体から力が抜けるのを感じた。

北面武士だった父数馬と親子で世話になった最も大切な人を失った。あまりにも突然だった。

重信はこの悲しみに耐えた。ついに因幡守を失い、入道尹豊をも失ってしまった。

数日後、本阿弥光悦が備前三郎国宗を持って鷹ケ峰の道場に現れた。

「この度は先の内府さまがお亡くなりになられましたので、お預かりしておりました備前三郎をお持ちいたしました。国宗に間違いございません……」

「それで？」

「この太刀は九条家にございましたもので、ある事情で外に出たものにございます」

若い光悦が調べたのだ。

「どのような条件であったかは分かりませんが、楯岡さまの手に渡ったことは確かにございます」

「では、あちらさまにお引き取りを願います」

「よろしいのですか？」

「このような太刀はあるべきところに……」

「それでは九条さまへご一緒に？」

「本阿弥さまにお任せいたしますのでよしなに願います」

重信は九条家に行くことを遠慮した。

五月になって鷹ヶ峰の紫竹《しちく》村にある家康の陣小屋に、黒田長政《くろだながまさ》の紹介で六十八歳の柳生石舟斎が招かれた。

ここで石舟斎は家康に無刀取りの秘技を披露した。

それを気に入った家康が剣の指南役として出仕するよう命じたが、石舟斎は高齢を理由に辞退する。

その代わりに息子の宗章と宗矩《むねのり》を推挙した。

柳生宗章は辞退して廻国修行に出ることを決意。

五男柳生宗矩二十四歳が出仕することになり、柳生の荘に五百石の所領を貰うことになった。

柳生新陰流の腕は兄の宗章の方が上で、宗矩の方はさほどでもなかった。

だがこの後、宗矩は、剣豪というよりは江戸幕府の政治家として腕を振るい、大目付になり一万石を超える大名に出世する。

その宗矩が最も評価されるべきは兵法家伝書を著したことである。

江戸期の武士道に大きく影響した書だ。

四男柳生宗章は廻国の途次、伯耆の国に滞在している時、内紛に巻き込まれ、数本の太刀を腰に差し、すべて折れるほどの壮絶な戦いをして三十八歳で亡くなる。柳生家では兵庫助《ひょうごのすけ》と並ぶ剣士である。

この頃、どこの大名家でも人材を探していた。

このまま乱世が終焉するのか疑問視されている。秀吉の豊臣政権は華やかだが今一つ安定感がない。

秀吉が政権創りに熱心でないというか、戦好きというか落ち着かないのである。

徳川家も二百五十万石の巨大大名になって、家康の息子秀忠を支える多くの人材を探していた。

それは豊臣家も同じだった。

気の早い秀吉は秀頼のことを考え動き出していた。何んと言っても、秀吉は甥の秀次に関白を渡してしまったことが残念でならない。

まさか、亡くなった鶴松の後に、そんなにすぐ男の子が産まれるとは夢にも考えていなかった。

こうなると当然ながら、関白秀次が邪魔になる。

そんな時、関白秀次の剣術指南をしていた疋田景兼五十八歳が、剣術指南を辞退して九州に下ると言って鷹ヶ峰に現れた。

その景兼は片山久安を見て気に入り、秀吉が秀頼の剣術指南を探していることを重信に告げる。

二十歳の若い剣客は秀頼にぴったりだ。

剣術指南というより秀頼の護衛兼遊び相手というところだろう。

疋田景兼の紹介で二年後に久安が秀頼の剣の師になる。

景兼は前年に大野将監が亡くなったことも、この春に勧修寺尹豊が亡くなったことも知っていた。

「林崎殿、太閤さまに若君が産まれ、関白さまとの間が難しくなりそうだ……」

重信が仕官することや、政治に近付くことがないのを景兼は知っている。だが、あえて豊臣家の内情を話し始めた。

「関白秀次さまは剣の筋も腕も良い上に、人柄も穏やかで思慮深い。学問にも通じ、利休殿の弟子で、茶の湯や和歌などにおいても当代一流の教養人といわれている。日《に》本紀《ほんぎ》、日本後紀《にほんこうき》など多くの古書、古典を集めて朝廷に献上された。関白さまの評判が上がれば上がるほど、太閤さまは気に入らないということのようだな。お家騒動、内紛は間違いないところだろう……」

　関白秀次に剣術指南をしてきた剣豪は、鋭い勘で危険な臭いをかぎ分けている。

　その関白の傍にいて太閤の憎しみを感じたのだ。秀頼が生まれたことで秀吉の一族がおかしなことになって行く。

「それで太閤さまと関白さまの争いに……」

「うむ、それがしはそういうことに巻き込まれるのは嫌いでな」

「なるほど……」

「太閤さまは若君を溺愛されておる。だからといって関白職を取り上げることもできぬ。叔父と甥だから難しいところだ……」

「若君はまだ二歳で関白になるのは……」

「そうだが、朝鮮と九州に大軍を残したまま、放り投げてしまった。太閤さまは何を考えているか分からないのよ」

「確かに……」

秀吉はまだ五十八歳で景兼と同じ年の生まれなのだが、秀吉の方が遥かに年上に見えるほど老いてきている。

「何が起きてもおかしくない危険な状況だな」

天下一の剣豪が口にするほど、太閤と関白の間が壊れていた。それはただ一つ、秀頼が産まれたからだ。

上泉伊勢守の弟子で、柳生石舟斎が三本のうち一本も取れなかった剣豪、疋田景兼が九州に去って年が明けた。

景兼は豊前や肥前を廻国しながら、細川家や寺沢《てらざわ》家に仕えることになる。

遂にその悲劇の年が幕を開いた。

太閤秀吉が甥の関白秀次に牙をむいた。

ぼけが入っている秀吉は強引で、ありもしない謀反の疑いをかけて石田三成ら奉行に、聚楽第にいる秀次を引きずり出させる。

関白は秀吉に伏見城で会って弁明しようとするが、それを拒否。

何がなんでも秀頼のために関白秀次を殺してしまいたい。秀吉の妄執は醜くひどいものだった。

その秀吉の残忍さがむき出しになって粛清が行われる。

秀次は、殺生関白《せっしょうかんぱく》、謀反人、辻斬り、放蕩《ほうとう》、淫乱《いんらん》、忘恩《ぼうおん》、悪逆非道、暴虐、無慈

悲、残忍、破戒《はかい》などなどの罪を着せられた。それなら、こんな男を関白にしたのは誰なのだと言いたくなる。

秀次はキリシタンだといわれるほど慈悲深く、乞食の娘を側室に入れたり、ルイス・フロイスなどは秀次を高く評価していた。

「関白さまは禁欲的で野心を持たず、思慮深く、秀吉さまと違って、万人から愛される性格をお持ちだ……」

こんな評判が耳に入ったら、秀吉は怒りで卒倒しそうだ。

秀吉が秀次に行った残忍さを見ると、既に耳に入っていたのかも知れない。史書は勝者が紡ぐためか大きな間違いをする。殺生関白などと揶揄されて史上に残ることになった。

秀次を殺すためにありとあらゆる罪名を用意したのかも知れなかった。

罪を喧伝《けんでん》された関白秀次と、疋田景兼が評価した関白秀次とは、天と地ほどの違いがあった。重信は景兼の見解を信頼する。

どんな悪人でもこんなに多くの罪状を着せられることはない。

この罪名は明らかに人為的で、作為的な臭いがプンプンして信用できない噂だとわかる。

文禄四年七月八日に、太閤秀吉は関白秀次を高野山に追放。

溺愛する秀頼のためなら何でもやる秀吉の妄執と老醜が、誰も止められないまま暴れ始める。

太閤秀吉は明らかに理性を失った。

秀吉の頭の中は、鶴松を失った時の衝撃で、溶け始めていたとしか思えない。それほどの変貌ぶりなのだ。

七月八日の晩方、秀吉は関白秀次一家の妻子、側室、愛妾、赤子まで全てを捕縛するよう命じる。ここで悲劇に見舞われたのが最上家の美女、駒姫だった。

猿顔の太閤の暴走を誰も止められない。

関白秀次の求めに応じ、駒姫は上洛すると、旅の疲れを取るため京の最上屋敷で休んでいた。

そこに踏み込まれて、関白の一族として捕縛される。

あと数日、上洛が遅れていたら捕縛されるようなことはなかった。

この時、父親の最上義光は伏見の最上屋敷にいた。

義光の妻利子は駒姫が上洛するまでの人質になって、秀次の聚楽第に入っていたのである。

最上家はすぐ駒姫の無罪を訴え助命嘆願に動いた。

同時に駒姫捕縛のことは早馬で山形城にも知らされた。もちろん鷹ヶ峰の重信にも聞こえてきた。

この時、駒姫はわずか十五歳だった。

秀次の奥州仕置きの時、駒姫の噂を聞いて義光に側室にと所望。しかし、駒姫が幼かったため義光は側室を辞退するが、秀次が執拗だったため義光は駒姫が十五歳になったらと妥協する。

氏家守棟が大切に育ててきた奥羽一、出羽一といわれる美女だった。

七月十一日に捕縛した秀次の妻や側室、愛妾の親たちが娘を奪還しようと騒ぎ出すのを恐れ、女たちは全員丹波亀山城に移送される。

さらに秀吉は、高野山に追放した秀次にあろうことか切腹を命じた。

その命令を秀次に伝達したのが、同じ秀吉の血筋の一族である福島正則《ふくしままさのり》だから皮肉というしかない。

七月十五日に秀次は高野山において切腹した。

秀次の前に禅師虎岩玄隆《こげんげんりゅう》が先導として切腹、近習の山本主殿助《やまもととのものすけ》、不破万作《ふわまんさく》、山田《やまだ》三十郎《さんじゅうろう》が殉死の切腹をする。

その近習三人を介錯したのが関白秀次で、次々と介錯できるほどの剣の腕を持っていた。

疋田景兼が言ったように秀次の剣の腕は確かなものだ。

相当な腕の持ち主でなければ、続けざまに三人の介錯をするのは難しい。人の首を一刀で斬り落とすのは簡単ではない。

三人を介錯したと聞いただけで、重信には関白がどれほどの力量か分かる。

この時、秀次は二十八歳だった。

それでも秀吉の妄想、妄執は収まらない。

七月十六日に高野山から持ち帰った秀次の首を、秀吉自ら検分するとより残忍なことを命じた。

「この首の前で眷属《けんぞく》をことごとく処刑にしろ、斬り殺せ！」

すぐ丹波亀山城に早馬が飛び出した。

秀次の女たちを京に戻せという命令だ。まったく無実の駒姫たちの処刑が決まると、最上家の助命嘆願の動きが激しくなる。

わずかな手蔓《てづる》を頼りに秀吉に接近、何んとか駒姫を救う方策が実行された。

その一方で義光が娘を秀次に差し出したと、秀吉から関白への加担を疑われ危ない立場に立たされる。

秀次一家にかかわった家臣たちがあちこちで腹を斬っていた。

太閤秀吉の狂気の粛清ともいう厳しい処断が次々と下された。この粛清が実は秀吉の首を絞めている。

秀吉の兄貴分とも言うべき秀次の家老の前野《まえの》長康《ながやす》まで切腹した。

前野長康は蜂須賀《はちすか》小六《ころく》などと同じ木曽川の川並衆《かわなみしゅう》で、行商の元吉こと後の秀吉を可愛がってきた仲間なのだ。

その前野長康まで切腹となれば後はおして知るべしだ。

最上家の助命嘆願はことごとく失敗した。

「殿、こうなった以上は大坂城のお袋さまにお願いするしか手はありません！」

「お袋さまか……」

秀頼の母である茶々姫を人々はそう呼ぶようになっている。

「大坂城が本丸ですから……」

「大坂城か……」

「殿、考えている猶予《ゆうよ》はございません。駒姫さまのお命にかかわることゆえッ！」

「よしッ、九郎兵衛《くろうべえ》を呼べ！」

口才人

志村《しむら》伊豆守《いずのかみ》光安《あきやす》は最上家の外交の切り札だ。九郎兵衛という。

口の悪い連中は九郎兵衛を口才人と揶揄《やゆ》するが、乱世では口も槍や鉄砲と同じだと自慢している。

口の達者な外交家だ。

出羽守になりたい谷地城主白鳥十郎と義光が争った時、九郎兵衛は安土城で信長と対面した。

名馬小雲雀を献上した白鳥十郎に出羽守は決まりかけていた。

そこで九郎兵衛は最上家の系図を広げ信長に正統性を説明する。

最上家がいかに出羽のために力を尽くしてきたか、大崎家の奥州探題職と並ぶ羽州探題職を最上家が代々世襲してきたこと、出羽守は最上義光が受けるべき官位官職であると説いた。

「分かった。出羽守は義光だ！」

信長は九郎兵衛の話を聞き一決する。

「九郎兵衛ッ、お駒の一大事だッ。大坂城でお袋さまに助命嘆願をしてまいれッ！」

「畏まって候ッ！」

口才人が自慢の九郎兵衛が、伏見城下の最上屋敷を飛び出した。目の前の伏見城に秀吉がいるのに話が届かない。

「秀吉、待っていろよ。九郎兵衛さまが行くからな……」

九郎兵衛は東の伏見城を見ながら南に馬を飛ばした。

既に、前日の七月二十九日に、亀山城から京の徳永《とくなが》屋敷に女や子どもたちは移されている。その処刑日は明日、八月二日と決まり支度が進んでいた。

山形城からは氏家守棟が馬を飛ばして京に向かっている。

伏見から駆け抜けた志村九郎兵衛が巨大な大坂城に飛び込んだ。

「最上出羽守が家臣、志村伊豆守光安と申します。若君秀頼さまと茶々姫さまにお目通り願いまする！」

「最上だとッ、あの駒姫の最上家かッ？」

「さようでございますッ、姫の助命嘆願にまいりました！」

「待てッ、聞いてくるから……」

既に、駒姫がまったくの無実で捕縛された悲劇は知れ渡っている。

わずか十五歳の奥羽一の美女が、何もしていないのに斬首されると、誰もが同情して見ていた。この事件が秀吉の秀頼可愛いから始まったことだと、京や大坂や伏見で知らない者はいない。すでに関白秀次は切腹させられている。

九郎兵衛は四半刻ほど待たされたが大坂城内に通された。

若君秀頼と茶々姫のいる本丸までは遠い。

急ぐと足がもつれて転びそうになる。

茶々姫の侍女に案内され、九郎兵衛は座敷の廊下に平伏した。

「入りなされ……」

茶々姫の乳母であり側近の大局が呼んだ。

「ははッ！」

平伏したまま返事をして、座敷に這って行った。入口で改めて平伏する。

「もそっと前へ……」

「はッ……」

また、九郎兵衛が虫のように這って前に出た。クックックッと秀頼が笑うのが聞こえる。

「面を上げなさい」

這って前に出ると丸まった虫のように平伏した。

「はッ！」

茶々姫を見上げる九郎兵衛はもう泣いていた。

「お助け下さいまするよう……」

九郎兵衛がすぐ平伏した。

「お駒のことだな？」

「はッ！」

すると秀頼が主座から飛び降りて九郎兵衛の傍に走ってきた。平伏している九郎兵衛の顔を見ようと覗き込んだ。

慌てて大局と大蔵卿局《おおくらきょうのつぼね》が秀頼の傍にすり寄った。

「泣くな……」

「ははッ！」

三歳の秀頼の言葉に九郎兵衛の嗚咽が漏れた。

「若君、お助けを……」

「うん、泣くな……」

「若君、あちらへお戻りを……」

「大局、こやつを泣かすな！」

秀頼は怖い大局が九郎兵衛を泣かせたと思っている。秀頼に叱られた大局が苦笑するしかない。

「若君、お助けを……」

「うん、分かった。泣くな……」

秀頼がちょこちょこ茶々姫の傍に走って行った。

「おかかも泣くな……」

「はい、はい……」

「大局！」

秀頼は母の茶々姫を泣かせたのも大局だと思っている。

大局が袖で口を覆ってニッと笑った。

二度も秀頼に叱られて大局も面目がない。だが、元気で賢い秀頼に満足だ。

大勢の侍女が可愛らしい秀頼の振る舞いを見ている。九郎兵衛は平伏したまま動かない。

「大蔵、大局……」

茶々姫が二人の側近を呼んだ。

「お駒が上洛したばかりで、無実だというのは誠なのだろうか？」

「京の最上屋敷で捕縛されたと、そのように聞いております。あの者に確かめましょう」

大蔵卿局が九郎兵衛の傍に来て二言三言話をし、それに平伏したまま九郎兵衛がうなずいた。口才人が泣くばかりで喋らない。

「誠か？」

「はい、京に着いたばかりにて……」

「どうする大局？」

「ここは若君の将来を考え、お助けしてあげるのがよろしいかと……」

「お袋さまの力をお見せする時かと存じます」

「太閤さまに嘆願書を書くか？」

「姫さま、太閤さまではなく三河守さまにお書きください。その方が、より効き目がございましょう」

「徳川さまに？」

「分かりますか？」

大局がニッと笑った。この前田利家の義妹の大局は利家以上の策士なのだ。

その昔、子を孕《はら》んで三河から逃げてきた時、岐阜で秀吉に「その子が男ならわしにくれ……」と迫られて抱かれたことがある。

あいにくその子は女で話は立ち消えになった。

秀吉とはそんな経緯があった。ちょうど家康が三方ヶ原で信玄に敗れた時で、大局の夫良之は負け戦で戦死した時である。

「大局、そなた……」

「姫さま、太閤さまの焼餅を見たくはございませんか？」

大局がおもしろそうにニッと笑う。

一挙両得、一石二鳥も三鳥も狙っている。

茶々姫から書状を貰えば家康はうれしい、茶々姫に信頼されたのだから、鼻高々で秀吉の前に飛んでいく。

秀吉は茶々姫が家康に接近したと焼餅を焼く。

最上家には恩を売り、茶々姫は秀吉と家康を動かせると、大名たちや大坂城内に力を見せつけられる。一石四鳥だ。

すぐ、茶々姫と大局が奥に引っ込んで、茶々姫から家康に、最上家のお駒の助命嘆願を太閤にして欲しいと願う書状を認《したた》めた。

その書状を持って大局が九郎兵衛の傍に来る。

「志村殿、姫さまの書状じゃ。これを伏見の三河守さまに差し出せ、そこが肝だぞ。三河守さまに差し出せば、三河守さまが太閤さまにお届けになる。そなたでは門前払いされるだけだからな。いいか三河守さまだからな……」

「はッ、間違いなく！」

そこに秀頼が九郎兵衛の顔を見に走ってきた。

「若君、誠に有り難く、御礼申し上げまする……」

「うん、もう、泣くな……」

「はい！」

「急げ、処刑は明日の朝であるぞ」

「姫さま、若君さま、感謝申し上げまする！」

九郎兵衛は這って座敷から飛び出した。それ以上何も喋らず、九郎兵衛は廊下でただ這いつくばって平伏して見せた。口才人の秘策なのだ。口で語れない苦衷を、沈黙で茶々姫に伝えた。

「伏見に戻るぞッ！」

九郎兵衛と最上家の家臣たちが騎乗すると駆け出した。

既に、夜半近くになっている。一行は京街道を駆け抜け、真夜中に伏見街道に飛び込み徳川屋敷に急いだ。

「最上家の者だッ、三河守さまにお目通りを願いたいッ！」

「殿さまは向島の別邸だ！」

「しまったッ。ご免ッ！」

九郎兵衛は来た道を指月橋まで戻った。

川向うに徳川家の別邸がある。そこに向かって九郎兵衛は駆けた。夜が明ければ万事休す。処刑が始まってしまう。

「ご免ッ、最上家の者だッ、大坂城からお袋さまの書状をお持ちした。三河守さまにお目通りしたいッ！」

「お袋さま？」

「大坂城の茶々姫さまだッ！」

「ゲッ、茶々姫さま、待てッ！」

すぐ門扉が開いた。九郎兵衛が馬から下りた。

「そなたらはここで待てッ、誰か、殿にお知らせしろッ！」

九郎兵衛が一人で屋敷に入った。大玄関で待っていたのは家康の老臣鳥居《とりい》元忠《もとただ》だった。

「最上家の方か？」

「はッ、大坂城から三河守さまに書状をお預かりしてまいりました！」

「お袋さまからお駒殿のことでだな？」

「はいッ！」

「通れ！」

広間に案内されると寝衣の家康が現れた。

「お駒のこと？」

「御意ッ！」

「ご披見願いまする！」

九郎兵衛が鳥居元忠に茶々姫の書状を渡した。

それを取り次いで元忠から家康に渡った。主座に座って家康が書状を開き、一読すると畳んで懐に入れた。

「登城するッ。馬引けッ！」

向島の別邸が一斉に動き出した。

九郎兵衛はポツンと一人になって座敷に座っている。すると大急ぎで支度した家康が現れた。

「屋敷に戻って待てッ、出羽守に家康が登城したと伝えろッ！」

「ははッ！」

ことが切迫していることを家康は知っている。

馬に乗ると五十四歳の家康が鞭を入れて馬を駆けさせた。家康が馬に鞭を入れることなどまずない。

馬廻り百騎ばかりが一斉に駆け出した。

その家康が登城した時、秀吉はまだ寝ていた。近習に起こされて「三河守が来たとな……」と、抱いていた側室を押しやって起きた。

「朝、早いな……」

寝衣のまま秀吉が主座に出てきた。

「朝早くからお騒がせ致します」

「うむ、何用だ？」

「珍しいものが手に入りましたので、是非、殿下にお見せいたしたく持参してございます。なにとぞ、ご内緒に……」

家康が膝で進んで秀吉に茶々姫の書状を手渡した。

「ん、これは……」

何んでこんなものを持っているのだという顔で秀吉が家康をにらんだ。家康は素知らぬ顔で例の仏頂面だ。

これが大狸徳川家康の得意満面の顔なのだ。「茶々姫からの手紙だ。どうだ！」という男の大見栄だ。

茶々姫にどっちが好かれているかは重大問題だ。秀吉なのか家康なのか。男は自分だと思いたいものだ。

秀吉が書状を開いて読んだ。

「こ、これは、三河守、これは太閤に対する脅迫状ではないか？」

「御意……」

「何んで、これを？」

「大坂城から届きましてございます」

秀吉が泣きそうな顔で額を手で支え考え込んでしまった。

信長は秀吉を禿げ鼠と呼んだが、困った顔の秀吉は悲しげでまるで禿げ猿というところだ。家康は得意顔だ。

茶々の書状にはこう書かれている。

最上家の哀れなお駒を助けて下さらないのなら、秀頼さまと茶々はととさまにはお会いしたくありません。秀頼さまは賢いので何が起きているか知っています。

茶々が思いっきり駄々をこねている。これにはさすがのぼけ秀吉も困った。そんな茶々の書状を持ち込んだのが家康なのだから、何んとも始末が悪い。手の打ちようがない。茶々姫と家康が手を組んだ。秀吉の焼餅が思い切り膨らんでくる。利家の義妹の大局の仕掛けだとフッと秀吉が気づいた。茶々にはこんな気の利いたことをする頭はない。

「おのれッ、大局！」

秀吉が頭を抱えて動かなくなった。

家康は眠ったように動かない。「どうだ。まいったか！」と言っている。禿げ猿と大狸の化かし合いだ。

駒姫哀歌

天下の太閤も茶々姫と喧嘩しては勝てない。

溺愛する秀頼は茶々姫の手の内にある。

「ととさまにはお会いしたくありません」

この一言は秀吉の命取りだ。

秀頼の口を吸えないとおかしくなる秀吉だ。秀頼可愛い、秀頼大切、天下の太閤はもはや秀頼の家臣だ。

日に日に可愛くなる秀頼のためなら秀吉は何んでもやる。

今まさに狂ったような大粛清を断行中なのだ。

溶け始めている秀吉の頭は大混乱だ。頑固者二人が沈黙して意地を張っている。こうなると東西の両雄のにらみ合いだ。

「まだ、茶々はやれぬぞ……」

「いずれ頂戴いたします」

こうなると秀吉の足元が見えているのだから家康も強気だ。なんといっても茶々姫が手中にある。秀吉がまた頭を抱える。安座の秀吉の股座《またぐら》からすべて見えている。

「欲しいのか？」

「いいえ……」

「天邪鬼《あまのじゃく》が……」

「殿下ほどではございません」

まるで禅問答だ。秀吉がまた頭を抱える。

「本気だと思うか？」

「はい、茶々さまのことは、どこに黒子《ほくろ》があるかまで、殿下が全てご存じのはずですが……」

「うむ、あそこに黒子があるのよ」

「ほう、それはまことに良い味で……」

下品な猿と狸だからこの二人は何を考えているか分からない。

「粥を食うか？」

「よろこんで馳走になりまする」

「おい、粥を持って来い！」

秀吉が近習に命じる。

「茶々はまだやれぬからな」

「いずれ江戸へ連れてまいります」

「ふん、後家がそんなにいいのか？」

「女は後家に限ります。実に情が深く濃い……」

「後家殺しが……」

家康の側室は全て後家といわれるほど後家が好きなのだ。

「殿下はおぼこ娘ばかりで、飽きませぬか？」

「初音《はつね》がいいのよ。そなたには分かるまいが……」

「茶々さまの初音はどのような？」

「それは言えぬ。茶々はまだやらぬからな！」

「いずれということで……」

この猿と狸は煮ても焼いても食えない。朝粥が運ばれてきた。

家康は処刑の引き回しが始まる頃だと思った。

その頃、重信は大吾と土呂助を連れて三条河原に向かっていた。

ズルズルと朝粥をすする秀吉の鼻水が椀に落ちる。二杯、三杯と秀吉がすすり、家康もすすった。

秀吉は迷いに迷っていた。

お駒のことは佐吉こと石田三成から聞いて、秀吉もまったくの無罪だと思っているのだ。

だが、太閤秀吉の決定は絶対でなければならない。

間違いでしたとは言えないのである。

茶々の訴えは聞いてやりたい。大坂城で秀頼と茶々の口を吸いたい。わがまま娘の茶々を怒らせたくない。

家康はそろそろ処刑が始まる刻限だと思う。

その時、ついに秀吉が茶々と家康に負けた。というより大局に負けた。

「鎌倉の東慶寺《とうけいじ》でいいか？」

「はッ、結構にございます。誰かあるッ！」

家康が家臣を呼んだ。

秀吉がお駒を鎌倉の東慶寺に入れて尼にするなら許すと決断した。南無八幡、お駒の命が助かった。

「最上家のお駒の処刑は中止だッ。すぐ知らせろッ、急げッ！」

「畏まって候ッ！」

すぐ徳川家の家臣が京の三条に向かって馬を走らせる。

その頃、三条河原では引き回しが終わり、秀次の首が据えられ、その前で絶世の美女一《いち》の台《だい》から処刑が始まった。一の台の父菊亭晴季《きくていはるすえ》は北政所《きたのまんどころ》お寧さんを頼ったが助命に失敗したのだ。

生後一ヶ月の赤子を入れて処刑されるのは三十九人、最上家の駒姫は十一番目だった。

二人、三人、四人と処刑が進んだ。

「太閤は子どもまで殺すつもりだな……」

「何んと酷いことを……」

大吾と土呂助が怒っている。三人は三条の橋の上にいた。

「馬鹿野郎ッ、子どもは許してやれッ！」

「女も許してやれッ！」

我慢できない野次馬があちこちで叫ぶが、処刑人は女であれ、子どもであれ処刑するのが仕事だ。

塩漬けにされた秀次の首が見ている前で次々と処刑される。

「林崎殿！」

呼ばれて振り返ると氏家守棟が立っていた。

「氏家さま……」

「姫が処刑される。こんなものを見るとは長生きしすぎたようだ……」

守棟は六十二歳だった。

「姫さまを一人で行かせることはできぬ。十五歳の姫にはどこに行けばよいかも分かるまい。姫を背負って浄土まで行くつもりで山形から出てきた。いいところでそなたと会った。介錯を頼めるか？」

「介錯、承知しました！」

「すまぬ。因幡守さまには気の毒なことをした。あれは本意ではないぞ。許せ……」

「承知しております」

「その方《ほう》の奥方は尼僧になられたそうだな。許されよ……」

謀略家の氏家守棟は、因幡守や叔父の氏家左近などをあの戦いで殺してしまったことを気にしている。

重信の妻深雪のことも知っていた。

「ああ、次が姫さまの番だ。お願い申す……」

守棟が橋の上に座った。忙しい切腹だ。野次馬が騒いでワーッと守棟を囲んだ。

「姫さまッ、お先にまいるぞーッ！」

大声で叫んだ声が微かに駒姫に届いた。

「爺……」

脇差を抜くと守棟がいきなり腹に突き刺した。

「お、お願い申す……」

「承知！」

重信は鞘口を切ると、スルスルと乱取備前が鞘走った。

瞬間、悲しい一剣が振り下ろされ守棟の首が落ちた。その胴体が前のめりに突っ伏した。

「爺……」

「イヤーッ！」

一閃、土壇場《どたんば》の駒姫の首が落ちた。

徳川家の早馬は橋の二、三町ほど手前まで駆けて来ていた。あとわずかで間に合わなかった。十一番目の処刑は早すぎた。

駒姫の斬首を知ると聚楽第にいた駒姫の母利予が自害した。

伏見屋敷で義光は二人の死を聞いて激怒する。

「おのれッ、秀吉ッ……」

お駒が処刑されたことで、最上義光へのお咎めは沙汰止みになった。

以降、最上家は家康の助命嘆願の働きに感謝、二度と豊臣家に近付くことはなかった。このように最上家だけでなく、多くの大名が秀吉に怨みを持って豊臣家から離れていった。

これからの戦いで最上家は全て徳川家の陣営として活躍する。

この事件で豊臣家は多くの大名を徳川家に追いやってしまった。

その一人が、秀頼が産まれてお払い箱になり、豊臣一族から小早川《こばやかわ》家に養子として出された小早川秀秋《ひであき》である。

裏切り者といわれるが、秀秋は関ヶ原で豊臣家を裏切ったりしていない。

関ヶ原の前にすでに、秀吉によって領地を取り上げられ、西国に放り出されたのである。

そんな秀秋にしてみれば今さら、裏切りだなどとふざけるなという話だ。

お寧さんの一族の秀秋は、秀頼の誕生で秀吉に捨てられ小早川隆景《たかかげ》に拾われた。

この時の関白秀次事件で秀吉は多くの敵を作り過ぎた。

腹を斬った氏家守棟の首と遺骸は、戸板に乗せられ、重信の手で京の最上屋敷に届けられた。この利予と駒姫母子の死は、最上義光の心を凍りつかせることになった。

その頃、伊達家では茂庭綱元が、政宗から、家督を息子の良綱《よしつな》に譲って隠居するよう迫られていた。

政宗の狙いは綱元が秀吉から拝領した絶世の美女香の前である。

政宗は香の前をほしくなったのだ。ところが政宗が綱元に示した隠居料がたったの百石だった。

この百石に綱元が激怒する。

いくら何でも百石とはあまりにもひどい扱いだ。

これはつまり、香の前を差し出せということである。差し出せば隠居はしなくてよいということだ。ところが政宗の威しにも屈することなく、綱元は香の前を手放そうとしない。

そのうち、綱元が香の前だけを連れて伊達家から出奔、いずこへともなく姿を消してしまう。

四十七歳の綱元が美女を連れての駆け落ちだ。

二十九歳の政宗がその美女を狙って怒り狂っている。男とはなんとも仕方のないもののようだ。

男は美女を見ると少し頭がおかしくなる。

香の前を手放すだろうと思っていた政宗は怒り心頭だが、二人の行方が分からなくなった。

その綱元が姿を現したのは徳川家だった。

家康の側近、本多正信を頼って仕官を望んだ。四十七歳ではまだまだ働けるし隠居する歳ではない。

これから可愛い香の前と二人で生きていかなければならない。

本多正信は家康に綱元を引き合わせて仕官することが決まる。家康は九州で秀吉と囲碁で戦った綱元を見ていた。

もちろん綱元の評判も家康は知っている。優秀な人材は喉から手が出るほどほしい。

ところが綱元が徳川家を頼ったことを知ると、卑怯にも政宗は奉公構《かまい》を出して綱元の仕官を邪魔した。

奉公構とは主人政宗の了承がないと、綱元を仕官させられないという厳しい回状だ。

まとまりかけた綱元の仕官が突然破談になった。

綱元はもう可愛い香の前を愛していて、「お種、お種……」と香の前に骨抜きになっている。

そんな二人はまた逃げるしかない。家康と正信は綱元を気の毒に思い、白鳥毛槍、虎皮鞍覆、当座の資金二百貫文や朱印状などを与える。

お道

秋になってその茂庭綱元と香の前が鷹ヶ峰に現れた。

徳川家を出た綱元と香の前は伏見の高田家に身を寄せていた。その高田家は香の前の実家で、両親は健在だった。

香の前は綱元と一緒になり、娘のお種に戻って大喜びだ。

だが、伏見城下には秀吉に与えられた屋敷があって諸大名が集まってくる。もちろん伊達家の屋敷もある。

二人が伏見にいるのは危険すぎた。政宗のことだからなにをするかわからない。

綱元がお種に戻った香の前を連れて現れたのは、二人が身を隠しに来たのだと事情を知る重信はすぐ分かった。

怒った政宗が二人を殺してしまうかもしれない。

もし、刺客に狙われたら綱元一人では防ぎきれない。

政宗はいざとなればそれぐらいのことは平気でやる男だ。

重信は米沢で政宗と会ったことがあるが、とても二人を政宗に仲介できるような身分でもない。

だが、この鷹ヶ峰にいれば何人もの剣豪、剣客に守られているようなものだ。

お種は地味な着物で身分を隠している。いつもにこやかで幸せそうだ。

綱元のやさしさと人徳だろう。

太閤秀吉の側室だったその美貌は隠しようもない。大吾や久安や土呂助もびっくり仰天だ。天下一といわれた美女である。

男所帯の無粋な道場に見目麗《みめうるわ》しき天女が舞い降りた。

観音さまかもしれない。だが、その正体を知っているのは、四人だけで多くの門弟は何も知らない。

綱元は道場に出て稽古をする。

お種は台所に立つがほとんど何もできない。重信たちを世話しに来る百姓の老婆に色々教わっている。それも楽しそうだ。

そんな中で重信は道場を大吾に譲り、旅に出ることを考え始めていた。

大野将監が亡くなり、勧修寺尹豊が亡くなり、重信を京に強く引き留めるものがなくなった。

阿国は年の半分は出雲に帰っている。

近頃、阿国たちは京だけでなく、近郊のあちこちを歩いている。勧進をしなければならないからだ。

重信は考えを大吾に話した。大吾は眼に涙を浮かべ、道場主は重信だといって譲らない。まだ道場を持つには自信がないのかと、大吾の考えを受け入れたが旅に出ることは了承させる。

十一月になって重信は土子土呂助を連れて旅立った。朝早く六条まで行って小屋に顔を出した。重信の旅姿を見て阿国が飛んできた。

「これから行くの？」

「うむ……」

「どこへ？」

「武蔵一ノ宮まで……」

「一緒に行く！」

阿国はそんなことができないことを分かっている。

「長旅ですか？」

三右衛門が顔を出して聞いた。

「武蔵まで行ってくる。そう長くはならないと思うが……」

恐い顔で阿国がにらんでいるのでそうあいまいにいう。

「武蔵には新しい城下ができているそうで？」

「徳川さまの江戸というところだろう」

重信は見送りたいという阿国と三右衛門を断って小屋を出た。

二人には仕事がある。小屋掛けしたばかりで、待ち望んでいた客が毎日押しかけている。

阿国の踊りは人気でまったく衰えが見えない。

庶民にすれば二つとない娯楽なのだ。阿国を見ていると乱世が終わったという気分になれる。

「老師、評判の出雲の巫女舞ですか？」

土呂助が驚いた顔で聞いた。

「うむ、毎年、勧進に来るのだが、いつの間にか人気者になったのだ」

阿国たちは京の六条だけでなく、人の集まるところであれば神社の境内や参道にでも小屋をかけた。

静かなところの好きな仏さまと違い神さまは祭りや賑やかしが大好きだ。

重信は伏見ではどこにも立ち寄らず、城下を素通りして指月橋まで行くと、二百騎ばかりの騎馬隊に守られた大将が来た。二人は笠をとって道端に立った。家紋で家康だとすぐわかった。

　秀吉をも震え上がらせる実力者だ。

「徳川さまのようでしたが？」

「そのようだな……」

　重信ははっきりと家康の顔を見た。

　前田利家とともに豊臣政権を支えている重鎮だ。神夢想流の大成以外、野心のない重信には遠い存在の人である。

　奈良まで下って二人は宝蔵院に顔を出した。

　重信は七十五歳の老僧胤栄に会い、大野将監と勧修寺尹豊が亡くなったことを告げた。しばらく胤栄の話を聞いてから道場に出ると懐かしい人に出会った。

　栂岡の背中炙《せなかあぶり》峠で勝負した中津川童鬼斎《なかつがわどうきさい》だ。

「林崎殿？」

「童鬼斎さま……」

　二人は三十年ぶりぐらいになる出会いに驚いている。

　中津川童鬼斎は六十歳を超えた宝蔵院流槍術の使い手だ。もう七十歳近いのではないかと重信は思った。

「林崎殿が宝蔵院に顔を出されていることも、京の鷹ヶ峰におられることも知っておったが伺う機会がなかった」

「どちらへ？」

「九州に十数年いたが、このところ、朝鮮出兵がうまくいっていないようでな。終わったのかまだ続くのかさっぱりわからぬ」

「それでお戻りに？」

「一旦、戻ってきたが、すぐ肥後の加藤さまの熊本に戻る」

「加藤清正さま？」

「うむ、肥後半国十九万石だが優将だな……」

「朝鮮には二番隊で出陣と聞きましたが？」

二人は九州の話をした。

加藤清正はまだ三十四歳で十文字鎌槍を使う。朝鮮で虎を仕留めたなどというが、その時、片鎌が折れたという噂がある。

秀吉の母大政所の従妹が清正の母だった。

幼くして秀吉に仕えお寧に育てられた。

秀吉の九州平定後に肥後は佐々《さっさ》成政《なりまさ》に与えられたが、成政は秀吉の忠告を聞かずに国人一揆を誘発させる。

そのため領国経営に失敗した成政は天正十六年に切腹を命じられた。

その成政の後釜として、秀吉に期待された清正が十九万石の領主になった。その時、清正は二十七歳の若さだった。

朝鮮出兵が始まると、清正は二番隊として出陣。猛烈な勢いで釜山から北上すると、破竹の勢いで豆満江《とまんこう》を越えて、オランカイまで攻め込んで行った。

「肥後には丸目蔵人佐さまがおられますが、お会いになられましたか？」

「うむ、相良家の丸目殿とは八代でお会いしました」

「そうですか。お元気で？」

「九州を廻国されておりました」

重信にとって九州は懐かしいところだ。丸目蔵人佐とはまた会いたいと思う。童鬼斎は望んで懐かしい重信と稽古をした。その重信の修行が実って、噂に聞く剣士になっていることを実感する。背中灸峠の時の幼い民治丸とは別人になっていた。

土呂助も師岡一羽の高弟だが、宝蔵院の荒稽古にはタジタジで、荒法師の阿修羅坊に何度も羽目板まで突き飛ばされた。

宝蔵院の若い僧兵たちはわれ先にと重信に稽古を願う。

そんなある日、重信は一人で法隆寺に向かった。

五助とお咲とお道に会いたいと思った。暗いうちに宝蔵院を出て薬師寺、唐招提《とうしょうだい》寺《じ》を回って法隆寺に向かう。

畑にいたお咲が目ざとく重信を見つけて走ってきた。

田も畑も枯れた季節だ。

「お咲……」

「旦那さま……」

眼に涙を浮かべている。

「お道は元気だよ……」

「そうか。苦労をかける」

「いいの、今でも旦那さまを好きなんだから……」

五助が聞いたら死にたくなるようなことをお咲は平気で口にする。

「お道は幾つになる？」

「十六……」

「そうか、五助は？」

「家にいると思う。お道を見に来たんでしょ？」

「みんなを見に来たのだ」

既に老婆は亡くなり、お咲は母と五助と、お道を入れた五人の子と暮らしている。

重信が顔を出すと五助が驚いて土間に立ち上がった。来年使う荒縄を綯《な》っていた。

「旦那……」

「元気そうだな？」

「上がってくだせい……」

子どもたちがゾロゾロ出てきた。一番大きいお道は重信によく似ている。というより亡き母の志我井に似ていると思った。

「五人か、頑張ったな？」

囲炉裏の傍に座って重信が子どもたち一人ひとりを見た。

「へい、腹の中にもう一人いますんで……」

「六人目か？」

「まだ、何人生まれるか……」

「子は何人いてもいい」

「うん……」

お咲が重信に白湯を出した。

「名は何んという？」

重信が男の子に聞いた。お咲と五助の間にできた長男だ。

「五平《ごへい》……」

「幾つになった？」

「十三……」

「十三か、伸び盛りだな……」

「うん……」

物おじしないところは母親のお咲に似ている。子どもが六人になると食べるものだけでも大変だ。五助とお咲がどんなに苦労しているかわかる。お咲は子を間引かないで産んできたのだ。重信はなんとか五助とお咲を助けたいと思う。

お道と末っ子が女だ。

普通ならお道はどこかに売られても仕方ないのだが、五助とお咲はそうしないで傍においている。重信はありがたいと思った。

「五助殿、お道と五平を貰うことはできないか？」

「お道と五平を……」

お咲とお咲の母親が驚いている。重信は二人ぐらいは引き受けたいと思う。

「養子ということで？」

「そうだ……」

「五平をお武家に？」

「駄目か？」

「お前……」

五助がお咲に助けを求めるように見た。

その五助は、お道が重信の子だとお咲から聞いているが、五平もとなると考えてしまう。

「ようございます。お道と五平を差し上げます」

「お咲！」

「いいじゃないのお前さん……」

お咲は相変わらず度胸がいい。賢いお咲は重信なら二人を幸せにしてくれると思ったのだ。

「五助殿、四日後にまた来る。それまでにな……」

「へい、二人に言い含めておきますので……」

「頼む！」

重信は太刀を握って炉端に立ち上がった。

「もうお帰りになりますので？」

「うむ、また来る……」

重信は草鞋を履いて外に出た。するとお咲が追って庭に出てきた。

「お道と五平を取り上げるようで相すまぬ……」

「いいの、お道のことは覚悟していたから、五平までいいの？」

「うむ、辛いか？」

「五平のために、百姓よりはその方がいいと思って……」

「そうだな」

「旦那さま、今でも好きだからね……」

「うむ、わかっている。五助と仲良くやれ、子ができているそうだな？」

「うん、五助が……」

「仲良くすればそうなる。二人に言い聞かせてくれ……」

「うん、わかった……」

重信は笠をかぶるとお咲に見送られて奈良に向かった。


〈『剣神　風を斬る』へ続く〉

本書は書き下ろしです。

中公文庫

剣神《けんしん》　鬼《おに》を斬《き》る
——神《しん》夢《む》想流《そうりゅう》 林崎甚助《はやしざきじんすけ》3

2022年11月25日　初版発行
2024年２月20日　４刷発行

著　者　岩《いわ》　室《むろ》　忍《しのぶ》

発行者　安 部　順 一

発行所　中央公論新社
〒100-8152　東京都千代田区大手町1-7-1
電話　販売 03-5299-1730　編集 03-5299-1890
URL https://www.chuko.co.jp/

ＤＴＰ　ハンズ・ミケ
印　刷　大日本印刷
製　本　大日本印刷

Published by CHUOKORON-SHINSHA, INC.
Printed in Japan　ISBN978-4-12-207278-7 C1193

各書目の下段の数字はISBNコードです。978－4－12が省略してあります。

中公文庫既刊より

い-138-1
剣神　神を斬る　神夢想流林崎甚助1　岩室　忍
出羽楯岡城下で闇討ち事件が起こった。父を殺された六歳の民治丸は仇討を神に誓う。居合の始祖・林崎甚助の生涯を描く大河シリーズ始動！　文庫書き下ろし。
207226-8

い-138-2
剣神　炎を斬る　神夢想流林崎甚助2　岩室　忍
仇討を果たした甚助を待ち受けていたのは、荒ぶる神の怒りであった。神の真意を悟った甚助は、廻国修行に身を投じ、剣豪塚原卜伝を訪ねる。文庫書き下ろし。
207256-5

い-138-4
剣神　風を斬る　神夢想流林崎甚助4　岩室　忍
関ヶ原の戦い、始まる。甚助はその時、薩摩の島津が睨みを利かせ、加藤清正、黒田如水、立花宗茂ら猛将智将がしのぎを削る九州にいた。文庫書き下ろし。
207303-6

い-138-5
剣神　竜を斬る　神夢想流林崎甚助5　岩室　忍
蜻蛉切、唸る！　家康が豊臣秀頼を警戒する慶長十二年、重信は猛将本多平八郎と対峙していた。戦国を戦い抜いた男たちの生き様を見よ。文庫書き下ろし。
207335-7

い-138-6
剣神　水を斬る　神夢想流林崎甚助6　岩室　忍
巌流小次郎と宮本武蔵の決闘。徳川家康が仕掛ける大坂の陣。武を以て名を揚げる覇道の時代が終わりを告げ、甚助は最後の修行の旅に出る。文庫書き下ろし。
207363-0

い-138-7
剣神　心を斬る　神夢想流林崎甚助7　岩室　忍
神に与えられた剣技を磨く旅もついに終わる。全国を巡り、故郷楯岡に帰った重信は、奥の院に庵を結ぶ。居合の源流を描く歴史大河、堂々完結！　書き下ろし。
207386-9

き-17-8
絶海にあらず（上）　北方謙三
京都・勧学院別曹の主、純友。赴任した伊予の地で、「藤原一族のはぐれ者」は己の生きる場所を海と定め、律令の世に牙を剥いた！　渾身の歴史長篇。
205034-1

き-17-9
絶海にあらず（下）
北方謙三

海の上では、俺は負けん――承平・天慶の乱で将門とともにその名を知られる瀬戸内の「海賊」純友。夢を追い、心のままに生きた男の生涯を、大海原を舞台に描く！

205035-8

き-17-10
魂の沃野（上）
北方謙三

加賀の地に燃え拡がる一向一揆の炎。蓮如や守護・富樫政親との奇縁から、闘いに身を投じることになった地侍・小十郎の青春を描く血潮たぎる歴史巨篇開幕！

206781-3

き-17-11
魂の沃野（下）
北方謙三

蓮如の吉崎退去、小十郎の恋、そして守護・政親の強権。加賀の雪が、血に染まる時が近づいていた。一向一揆を生きた男たちそれぞれの明日。〈解説〉清水克行

206782-0

き-17-12
悪党の裔《すえ》（上）新装版
北方謙三

目指すは京。悪党の誇りを胸に、倒幕を掲げた播磨の義軍は攻め上る！　寡兵を率いて敗北を知らず、建武騒乱の行方を決した赤松円心則村の鮮烈な生涯。

207124-7

き-17-13
悪党の裔（下）新装版
北方謙三

おのが手で天下を決したい――新政に倦み播磨に帰った円心に再び時が来た。尊氏を追う新田軍を食い止めるのだ！　渾身の北方「太平記」。〈解説〉亀田俊和

207125-4

き-17-14
道誉なり（上）新装版
北方謙三

毀すこと、それがばさら――。後醍醐帝との暗闘、実弟直義との対立で苦悩する将軍足利尊氏を常に支え南北朝動乱を勝ち抜いた、ばさら大名佐々木道誉とは。

207150-6

き-17-15
道誉なり（下）新装版
北方謙三

足利尊氏・高師直派と尊氏の実弟直義派との抗争は一触即発の情勢に。熾烈極まる骨肉の争いに、将軍尊氏はなぜ佐々木道誉を欲したのか。〈解説〉大矢博子

207151-3

き-17-16
楠木正成（上）新装版
北方謙三

乱世到来の情勢下、大志を胸に雌伏を続けた悪党・楠木正成は、倒幕の機熟するに及んで寡兵を率い強大な六波羅軍に戦いを挑む。北方「南北朝」の集大成。

207178-0